조세핀을
위하여.....

조세핀을
위하여.....

도서출판
바람. 강

차례

序詩 7
프롤로그. 9
기이한 범죄. 14
가십. 30
안녕? 녹두야. 56
메비우스의 띠처럼. 85
악마는 선하고 자비로운 모습으로 다가온다. 98
탐정사무소. 123
끊어져 버린 메비우스의 띠. 146
불운은 꼬리에 꼬리를 물고. 165
함무라비 법전. 188
조세핀을 위하여. 240
에필로그 253
작가의 말 258
해설 262

序 詩
-석양

해거름
오솔길에
거슬러
올라오는

한 방울
메아리는
누굴 위한
노래인가

뻐꾹새
울음소리 슬픈
네 영혼의
발자욱

프롤로그.

접물(接物)

생명을 대함에 있어, 풀 한 포기 나무 한 그루라도 이유 없이 이를 해쳐서는 아니 된다. 사람을 공경하고 생명을 가진 모든 것을 공경하라. 사람이 하눌을 공경할 줄 알되 사람을 공경할 줄을 모르고, 사람을 공경할 줄 알되 생명을 가진 생물을 공경할 줄 모른다면 하눌과 사람을 공경한다고 함을 모르는 것과 같음이라.
모든 생명이 나의 동포이며 모든 생명이 또한 하눌의 표현이니 생명을 공경함은 하눌을 공경함이며 하눌을 기르는 것이니라.

=해월의 말씀 중에서=

'고양이 사랑'이란 주제로 작가 박찬영의 그림 전시회가 열리고 있었다. 주최는 '조세핀과 까뮈의 고양이 사랑'이라는 단체에서 맡고 있었다. 그림의 판매 수익은 길고양이 구조와 보호를 위해 전액 사용된다고 했다. 단체 대표의 인터뷰가 진행되고 있었다.

-대표님은 어떤 계기로 고양이 구호 활동을 하셨나요?

단체의 대표를 맡고 있는 고양이 구호 활동가 김재영이 대답을 했다.

-고양이는 원래 사람과 함께 공존하는 동물이었어요. 밥도 사람과 함께 나누어 먹던, 일종의 가족과 같은 개념의 식구라고 봐도 되겠지요. 불과 오십 년 전까지만 해도요. 집집마다 쥐가 많으니 그 쥐를 쫓거나 잡기 위해서 고양이는 인간에게 꼭 필요한 동물이었지요. 하지만 산업화가 진행되고 발전을 하면서 주택의 구조가 바뀌고 쥐가 사라지자, 고양이도 더는 인간에게 필요한 존재가 아닌 게 된 거죠. 사람이 집에서 길바닥으로 고양이를 내몬 상황이 된 거죠.

-혹시 종교의 가르침 이런 게 구호 활동의 계기가 된 것은 아닌가요?

-저는 종교가 없어요,

-그렇다면 어떤 존경하는 분이라도?

-아프냐? 나도 아프다. 라는 대사 아시나요?

-그럼요. 유명했던 드라마 다모에서 이서진씨가 하지원씨

에게 했던 명대사잖아요.
 -저는 그 드라마를 보지 않아서 내용은 잘 알지 못해요. 그런데 그 대사의 의미가 타인의 고통을 자신도 함께 느끼는 인간애의 표현이잖아요.
 -그렇지요.
 -드라마의 배경이 되는 시대가 조선시대였지요? 제가 알기로는 그 대사가 양반과 노비 사이의 대화라는 정도로만 알고 있어요. 좁은 의미로는 남녀 간의 사랑에 대한 감정의 표현, 넓은 의미로 보아도 인간에게 상호 적용되는, 인간관계에서의 존엄성을 내포한 대사였다고 저는 생각 해요.
 -그렇군요.
 -그 드라마는 허구이지만 지금으로부터 160여 년 전에 신분제가 존재했던 조선시대에 인간의 평등함과 생명에 대한 존엄을 실천하신 분이 계셨어요.
 -그런 분이 계셨었군요. 혹시 어떤 인물인가요. 우리도 다 아는 분인가요?
 -해월이에요. 해월 최시형. 많이 알려지지는 않은 분이에요. 그분의 커다란 생명사상에 비해서는.
 -그렇군요.
 -태풍이 지나간 다음일 것이라고 저는 생각해요. 해월이 바람에 꺾여버린 나뭇가지를 보고 눈물을 흘리시고 계시는 모습을 본 제자가 물어봐요. 어찌 그리 슬퍼하시냐고. 해월

은 말씀하셨지요. 저 나무도 생명을 가진 하늘님이신데 어찌 아프지 않을까, 인간은 작은 생채기에도 고통스러워하거늘 저렇게 커다란 가지가 꺾여버린 저 나무는 얼마나 아플 것이냐. 그래서 나도 슬플 수밖에. 라고 답하셨다고 해요. 해월의 커다란 생명 존중 사상에 저는 감히 범접하지 못해요. 하지만 내가 실천할 수 있는 만큼의 행동을 시작한 거예요. 유기견 문제나 불법 개 사육장 등, 인간에 의해 생명의 존엄이 해를 당하는 것을 감시하고 보호하는 단체는 많이 있었어요. 하지만 길고양이들을 구호하고 구조하는 사람이나 단체는 그 당시 많지 않더라고요. 그래서 시작한 거예요. 제가 감당할 수 있는 만큼의 행동을 해왔고 앞으로도 그럴 겁니다. 고양이 이쁘잖아요? 창밖에 지는 저 노을만큼이나.

-네 고양이 이쁘죠. 인터뷰 감사합니다.
-네 감사합니다.

전시회는 많은 관람객들이 찾아 주었다. 벽면 걸린 그림들 속에는 햇볕 쬐는 고양이의 모습. 아기고양이들이 서로 엉키며 장난치는 모습. 졸고 있는 고양이의 모습 등 평화로워 보이는 작품이 많았지만, 눈물을 흘리는 고양이의 눈망울을 커다랗게 표현한 작품과 굶주림과 추위에 떨고 있는 모습 등 아파하는 고양이를 표현한 작품도 있었다. 관람객들은 오히려 그 그림들에 더 많은 관심을 가져주었다.

인터뷰를 마친 재영은 창밖의 노을을 보며 생각했다. 해월은 그런 사람이었다. 관의 지목을 피하여 한 달 혹은 석 달이 멀다 하고 이사를 하는 상황에서 새로 든 집에 가서는 반드시 나무를 심고 멍석을 만들던 사람. 집안사람과 제자들이 '내일이라도 어느 곳으로 피난을 해야할지 알 수가 없는데 그것은 해서 무엇하겠습니까?' 하고 물었을 때 '이 집에 오는 사람이 과실을 먹고 이 물건들을 쓸 것 아니겠느냐.' 라고 대답하시던 160여 년 전의 해월을.

그녀가 우리 곁을 떠난 지 3년이 되는 해였다. 시신 기증을 선택했던 그녀의 유골이 얼마 전 우리에게로 왔다. 그것을 기념하기 위해서 지금의 전시회가 기획되었다. 해월을 존경했던 그녀. 무던히도 그 사상을 실천하기 위해 묵묵히 노력하던 한 사람이었다. 그녀가 한없이 보고 싶은 날이다.

기이한 범죄

-이해할 수 없는, 설명할 수 없는,

'왜 하필 나란 말인가?'
 대한민국의 인구수가 5천만 명이 넘고 서울 경기에 거주하는 인구가 2천만 명 이상, 그중에 여성과 노인 미성년자를 제외하고도 수백만 명 이상의 남성들이 존재할 터인데 지금 이곳에 있는 사람이 왜 자신인지 그는 스스로 이해하지 못하고 있을 뿐이다. 오늘 그 시간 그 자리에 가지 않았다면? 내가 그녀의 눈에 띄지 않았다면? 아니 내가 그녀의 요청에 응하지 않았다면 나는 지금 이 자리에 있지 않을 수 있지 않을 수 있는 것이 아닌가?
 수많은 생각들이 머릿속을 맴돌고 심장은 쉴 새 없이 두근거리며 메질하고 있다. 두려움이 엄습하며 몸은 더욱 움츠러들고 두 개의 콧구멍으로 들고나는 숨조차 점점 가빠지고 있다. 공포의 심연으로 가라앉고 있는 자신의 급작스러운 상황을 도무지 이해할 수가 없다.

어쩐지 운수가 좋은 날이었다. 봄이 오는 것을 시기한 영등할매의 시샘이었을까 예년에 비해 더욱 기승을 부려 오히려 겨울로 되돌아가듯 전국을 꽁꽁 얼어붙게 하던 꽃샘추위가 물러난 것이 이번 주 초반이었다. 기온이 올라가고 얼었던 대지가 녹으며 축촉해진 사이 모든 식물은 일제히 그 수분을 빨아들여 싹을 틔우기 시작하며 꽃망울을 틔울 준비에 들어갔다. 금요일인 오늘 하늘은 오랜만에 미세먼지도 없이 푸르렀고 대기의 온도도 평온한 주말을 축복이라도 하듯 온화했다. 일주일간 쌓인 피로와 스트레스를 풀기에 모든 조건이 완벽하게 갖춰진 그런 금요일이었다.

금요일 퇴근을 하고 나면 나는 항상 인근에 있는 커다란 호수 둘레길로 드라이브를 즐긴다. 차들이 많이 다니지 않는 한적한 곳이기 때문에 서두를 이유도 없이 그저 느긋하게 멀리서 서서히 어둠을 부르는 해넘이를 볼 수 있는 곳. 해가 질 때 노을빛은 아름답다. 많은 사람은 황금빛으로 보여 아름답다 말하지만 내 눈에는 선홍빛 붉은 색상으로 보여 아름답게 느껴진다. 오늘도 여느 때와 다름없이 운전석 등받이에 몸을 최대한 편안히 뉘이 듯 기대어 서쪽 하늘 너머로 지는 해를 바라보며 빠르지 않은 속도를 유지하며 하늘을 응시하고 있었다. 하늘이 선홍빛으로 가득해질 무렵 나는 이 순간을 오롯이 느끼기 위해 갓길 쪽으로 서서히 차를 세우고 등받이를 조금 더 뒤로 젖혀 가장 아름답게 하늘을 바라볼 수 있는 시야를 맞췄을 때였다. 아주 미세한 충격의 진동이 뒤 범퍼로부터 전해져 왔다. 순간 분노랄까 짜증스러움이랄까 언짢은 감정이 불쑥 올라왔다. 나의 금요일을 나의 노을을 순식간에 도둑맞는 느낌이랄까?

똑똑똑. 운전석 유리창을 노크하는 소리가 났다. 나는 짜증스러운 감정이 가득 섞여 미간을 찡그린 채로 차창을 내렸을 때 유난히 깡마른 여성이 허리를 숙이고 긴 머리카락을 늘어뜨린 채 어쩔 줄 모르는 표정으로 나를 바라보고 있었다.

-노을이 너무 아름다워서……

아주 사소하고 보잘것없는 접촉 사고였다. 아니 사고라고 하기에도 민망할 정도의 말 그대로 접촉이라고 해도 무방할 것이다. 그녀도 노을을 보고 있었다고 했다. 갓길에 차를 세우고 붉어지는 노을에 취해 기어를 D에서 P로 옮겨 놓는 것을 잊은 듯했다. 두 차는 아주 가벼운 충돌은 있었지만, 손상은 없어 보였다. 그녀는 연신 두 손을 모으고 죄송하다는 말만 반복하고 있었다.

이미 해넘이는 끝이 났고 추위가 어느 정도 누그러졌다고 해도 해가 지는 봄날의 기온은 낮과는 상당한 차이로 쌀쌀해지고 있었다. 그녀는 사시나무 떨듯 바들대고 있었다.

-괜찮습니다.

특별히 차가 손상된 것도 없었고 깡말라 보였던 그녀의 단아한 얼굴을 본 순간 조금 전 짜증스러움은 따스한 봄햇살 아래로 내리는 눈이 스르르 녹아내리듯 없어지고 자신이 매너 있는 남자인 듯 보이고 싶었다. 호수 아래 강변에 조금은 널찍한 간이 주차장이 있다. 그곳에서 다시 만나자고 그녀가 제안했다. 자신의 차에 따뜻한 커피가 있다고 했다. 사과하고 싶다고 했다. 나는 그녀의 제안을 받아들였다.

강변 주차장으로 가는 길에는 그녀의 차가 앞장서고 나는 그 뒤를 따랐다. 그녀의 깡마른 모습과는 어울리지 않는 승합차였다. 강변 주차장에 나란히 주차했고 그녀는 자신의 차로 나를 초대했다. 승합차 뒤쪽 슬라이딩 도어를 열자 얼핏 캠핑카 느낌이 나는 공간이 보였다.

-블랙 괜찮으실까요? 아니면 라떼도 있는데...
-블랙이 좋을 것 같네요.

그녀는 온장고에서 캔 커피를 꺼내어 나에게 건넸다. 창밖으로는 어스름하게나마 흐르는 강물의 비늘이 보이는 듯했고 물오른 수양버들이 머리칼을 길게 늘어뜨린 평화로운 모습이 펼쳐지고 있었다. 온장고에 보관돼 있던 커피는 마시기 적당한 온도로 데워져 있었다.

-제가 노을에 정신이 팔려 실수했어요. 진심으로 죄송하다는 말씀드려요.

그녀는 다시 한번 나에게 사과했다. 향긋한 커피 냄새와 함께 그녀의 샴푸 냄새였을까? 아니면 향수 냄새였을까? 조금은 나를 설레게 하는 향기가 그녀의 말과 함께 나에게 전달되고 있음을 느꼈다. 좁다면 좁은 공간 가까이서 본 그녀의 얼굴에서 화장했다는 느낌을 받을 수 없었다. 그러나 그러한 모습이 더욱 단아해 보였고 직장 내 여사원들에게서 느낄 수 없었던 신선한 끌림으로 다가왔다.

-저는 유유히 흐르는 강물 그리고 연둣빛 저 수양버들이 아까 보았던 노을만큼이나 좋아요.

그녀는 주말이 되면 노을과 강물과 수양버들을 보기 위해 이 차를 마련했다고 했다. 오늘도 차박을 즐기기 위해 이동하던 중 노을이 너무 아름다워 잠시 넋을 놓고 바라보다 실수했던 것이라고 했다. 나도 노을을 좋아한다고 답했다. 노을을 좋아하는 것이 사실이지만 그녀에게 공통 관심사가 존재한다는 것을 어필하고 싶은 마음이 더 앞섰던 것이 맞을 것이다.

그렇게 얼마 동안의 시간이 흘렀을까? 문득 하품이 나고 졸음이 몰려들고 있었다.

-혹시 담배 태우시나요?

그녀가 대뜸 나에게 흡연의 여부를 물었고 나는 흡연을 하지 않는다고 말했다. 그녀는 담배 하나를 피우고 오겠노라며 잠시 기다려 달라고 했다. 슬라이딩 도어가 열리고 닫혔으며 강물을 향해 돌아선 그녀의 뒷모습 앞으로 라이터 불이 잠깐 번쩍이는 모습이 스쳤다. 내가 기억하는 것은 거기까지였다.

정신이 어렴풋이 들기 시작했을 때 온몸이 결박되어 있음을 느낄 수 있었다. 이곳은 지금 어디인가? 엎드려진 상태에서 결박된 나의 몸, 어깨 위를 지나 양쪽 겨드랑이 사이. 등 한가운데를 가로지르는 부분, 허리를 가로지르며 상반신만 세 곳이 단단히 결박되어 있었고 양쪽 허벅지와 종아리 부분도 옴짝달싹할 수 없이 묶여 있음을 느낄 수 있었다. 또한 나의 눈은 가려져 있었으며 입에는 재갈이 묶여 있어 말조차 할 수 없었으며 숨을 쉬는 것조차 버거운 상황이었다.

갑작스러운 이 상황을 이해할 수 있는 사람이 있을까? 이곳은 어디일까? 나는 왜 이런 모습으로 이곳에 있어야 하는가? 차라리 나를 이렇게 만든 사람을 보고 싶다. 이유라도 알고 싶다. 시간은 얼마나 지난 것일까? 지금이 낮일까 밤일까? 어떠한 상황 판단도 할 수 없는 무력감이 두려움의 불꽃에 크기를 더해가고 있었다.

얼마쯤의 시간이 흘렀을까? 결박된 몸으로 느끼는 시간의 흐름은 종잡을 수가 없었다. 스르르 슬라이딩 도어가 열리는 소리가 들렸다. 나는 광기 서린 신음을 토해내고 있었다. 깡마른 여인. 이곳은 아직 그녀의 차안 일것이란 생각이 들었다. 문이 닫히는 소리가 들렸지만, 아무런 인기척을 내지 않는다. 나는 재갈에 묶인 상태에서 결박된 상태의 움직일 수 없는 몸부림과 크게 소리내지도 못할 괴성을 쏟아내고 있었다. 하지만 상대는 아무런 말이 없었다.

무엇을 바라고 내게 이러는 것인가 도저히 짐작할 수 없다는 것이 더욱 공포심을 부추기고만 있었다. 있는 힘껏 몸부림을 친 결과였을까 아주 미세하지만, 결박이 조금은 느슨해짐을 느끼려는 찰나 다시금 결박의 조임이 팽팽해짐을 느낄 수 있었다. 나를 결박하고 있는 것은 단순한 로프가 아니었음을 새삼 깨우칠 수 있었다. 병원에서 환자의 몸부림을 방지하기 위해 고정하는 결박용 밴드나 아니면 화물차에서 화물을 고정할 때 쓰는 기계식 고정용 밴드라는 것을 직감할 수 있었다. 끼리릭 소리가 한 번씩 들릴 때마다 나의 신체는 바닥과 점점 압박되는 고통이 느껴지고 있었기 때문이다.

스르륵 슬라이딩 도어가 다시 열리고 닫혔다. 도대체 무엇 때문인지 알 수 없는 이 상황이 두려움과 불안을 증폭시키고 있었다. 온몸이 부르르 떨리고 심장이 다시 요동치고 있었다. 이제는 괴성을 지를 힘도 몸부림을 칠 의지도 모두 사그라지고 있었다.

슬라이딩 도어가 열리고 닫혔다. 물비린내가 스치듯 지나갔다.

-궁금하겠지?

나에게 커피를 건네던 여인의 목소리였다. 나는 고개를 움직일 수 있는 최대한 끄덕였다.

-궁금해야지. 그래서 미치고 환장할 정도로 그 이유를 알고 싶어야 하겠지. 하지만 나는 말해주지 않을 거야. 왜? 그래야

네가 더욱 괴로울 테니까. 고통스러울 거니까.
그녀는 도무지 종잡을 수 없는 말을 이어가고 있었다.
-이제부터는 조금은 아플 수도 있을 거야. 그래도 걱정은 하지 마. 나는 너를 죽이지는 않을 거니까. 그래 죽이지 않을 거니깐 너는 어쩌면 나에게 고마워해야 할 거야. 아니 차라리 죽는 게 나을 수도 있다고 생각할 수도 있을 거야. 지금부터는. 그래도 죽지 않음에 감사하고 고마워해야 해. 개똥밭에 구르더라도 이승이 좋다는 말도 있잖아?
그녀의 언어에는 아무런 감정이 느껴지지 않았다. 특별한 억양이나 악센트도 느껴지지 않았다. 아주 건조했고 나를 향해 들으라고 하는 것 같지도 않은, 그저 허공을 향해 혼자서 독백하는 듯한, 그러면서 짙은 슬픔과 쓸쓸함이 진하게 스며든 살면서 단 한 번도 들어보지 못했던 언어. 수많은 드라마와 영화에서조차 들어보지 못했던 억양의 느낌이었다.
-조금 아플 거야, 그래도 참아.
내 오른손의 주먹을 쥐게 하더니 압박붕대로 칭칭 동여맸다. 그리곤 나의 팔꿈치 아래쪽을 단단한 받침대 같은 곳에 고정을 하기 시작했다.
-혹시나 해서 하는 말이야. 움직이면 안 돼, 고정을 해놓긴 했지만, 그냥 참아. 다 너를 위해 하는 말이야.
말이 끝남과 동시에 손목 부분에서 큰 통증이 파고들었다. 재갈이 물린 입에서 신음이 흘러나왔다. 재갈은 이미 나의 침으로 범벅이 되어 있었지만, 그 뒤로도 입술 사이로 고통스러운 신음과 함께 꾸역꾸역 침이 흘러내려 나의 뺨을 흥건하게 적시고 있었다.

-아직 하나 남았어. 참을 만 하지?

이유도 모른 채 일방적으로 당하는 나에게 던져지는 그녀의 말에 머릿속이 엉킨 실타래처럼 너저분해질 무렵 조금 전 고통의 부분 10센티 정도의 윗부분에서 무엇인가 나의 살갗을 파고드는 통증이 밀려왔다.

고통도 고통이지만 내가 왜 이런 학대의 대상이 되어야 하는지에 대한 의문이 들었다.

-이제 준비는 됐고 지금부터가 중요해. 내가 실수 하지 않도록 기도해.

그녀의 말이 끝남과 동시에 차가운 금속 느낌이 손목에 닿는 듯하더니 수욱하고 살 속을 파고들어 지나갔다. 처음 두 번과는 통증의 면적이 다름을 느꼈으며 눈물과 콧물과 침으로 뒤섞여 미끌미끌한 액체들이 얼굴 전체를 뒤덮어 버렸다. 아랫도리에 축축한 느낌이 들었다. 내가 오줌을 지린듯했다.

-생각보다 피가 많이는 나지 않아. 그래도 지혈은 제대로 해줘야겠지?

나에게 무슨 일이 어떻게 되고 있는지 도무지 파악할 수 없는 상황에서 그녀의 말을 나는 도무지 이해할 수가 없었다. 그리고 아까와는 또 다른 통증이 엄습했다. 뜨거움이었다. 내 살이 타는 냄새가 나의 콧구멍 속으로 깊숙이 각인 되어 왔다. 잠깐 동안 기절을 했던 모양이었다. 머리 위로 차가운 액체가 흐르는 듯했다.

-고작 이 정도에 기절을 하니? 앞으로 세 군데나 남았는데 이를 어쩌니?

머릿속이 텅 비어버렸다. 아무런 생각을 할 수 없었다. 단지 두려움과 앞으로 닥쳐올 고통의 공포만 가득했다.

-네 모습이 조금은 측은해져서 내가 아량을 조금 베풀기로 했어. 그렇다고 하려던 일을 멈추겠다는 건 아냐. 나에게 케타민과 리도카인이라는 두 가지 마취제가 있어. 케타민은 전신 마취제고 리도카인은 국소마취제인데 어떤 것으로 해 줄까? 참고로 케타민은 전신 마취제이긴 한데 내가 의사도 아니고 용량이나 투여 방법도 잘 몰라. 잘못하면 깨어나지 못하고 죽을 수도 있을 거야. 그에 비해 리도카인은 국소마취제라 죽을 일은 없을 거야. 넌 뭐로 선택할래? 담배 한 개비 피우고 올 동안 심사숙고 해보시길.....

그녀는 차 문을 열고 밖으로 나갔다. 물비늘 냄새가 더욱 비릿하게 밀려 들어오고 있었다. 무엇을 선택해야 할까? 태어나 처음 들어보는 의학용어였다. 케타민, 리도카인. 이 두 단어를 얼마나 반복해서 되뇌었는지 셀 수 없었다. 다시 차 문이 열리고 그녀의 목소리가 들려왔다.

-그냥 리도카인으로 할래. 케타민은 자신 없어. 잘못 사용했

다가 네가 죽기라도 하면 말이야 내가 너무 실망이거든. 네가 죽으면 살인죄. 네가 다치면 그냥 상해죄. 내가 너를 위한답시고 실수해서 네가 죽으면 난 살인자가 되는 거잖아. 그건 싫어.

더 이상 저항을 할 수도 할 의지도 없는 상태가 되어 버린 나의 정신과 육체는 체념이라는 단어에 순응할 수밖에 없는 존재가 되어 있었다. 더 이상 인간의 존엄 따위는 이 공간에서만큼은 존재하지 않았다.

왼쪽 팔에 먼저 주삿바늘이 네다섯 번 찔리는 느낌이 들었고 그 뒤론 둔탁한 무엇인가가 찌르는 느낌과 스윽 베어지는 느낌 정도, 그리고 조금 전 맡았던 살이 태워지는 냄새. 상황은 두 번 더 반복되었다. 오른쪽 발목과 왼쪽 발목 순으로. 모든 상황이 끝났을 때 비로소 내 입에 물렸던 재갈이 풀려 졌고 나에게 진통제라며 알약 서너 알과 함께 물을 주었다.

진통제라는 말에 나는 꿀꺽꿀꺽 목구멍을 넘기려 애쓰고 있었다. 그렇게 그날의 악몽은 끝이 나는 듯했다.

봄이다. 큰 일교차와 낮은 습도, 강한 바람 등 계절적 요인으로 인해 건조한 날씨가 이어지면 대형 화재 발생위험이 높아진다. 최근 5년간 화재를 분석한 결과 계절별 화재 발생은 봄철에 가장 많이 발생했다. 봄철 화재로 인한 인명피해는 연평균

660명 정도이며 재산 피해도 사계절 중 가장 많다. 그래서 3월 1일부터 5월 31일까지 3개월 동안 전국의 소방서는 비상 아닌 비상이다. 그리고 금요일, 일주일 중 가장 출동 빈도가 높은 금요일 야간 근무조. 죽을 맛이다. 금요일을 불태우겠다는 일념으로 많은 사람들이 거리로, 음식점으로, 클럽으로 쏟아진다. 술이 소비되는 양이 많아질수록 여러 종류의 사건 사고의 발생빈도가 높아지고 그에 따라 우리의 출동 수도 많아진다.

서진시 소방서의 모든 근무 인원은 조용한 금요일 밤. 오늘을 무탈하게 넘기고 싶어 하는 이유다. 23시가 지나가고 있는 현 시점까지 이상하리만큼 조용했다. 단 한 건의 출동조차 없었다. 모두 이 평온의 시간이 지속되기를 바라던 그 시각, 출동 안내방송이 흘러나왔다.

-문석 방조제 요구조자 발생. 응급 구조팀은 긴급출동 바람. 문석 방조제 요구조자 발생, 응급 구조팀은 긴급출동 바람.

금요일 밤이 그냥 지나갈 리 만무했다. 응급 구조팀은 사이렌을 올리며 문석 방조제 방향으로 출동을 시작했다. 출동 중 무전에 의하면 삼포 방면에서 정고항 쪽으로 6km 지점에 있는 간이 주차장 쪽 신원불상자가 상해를 입고 있다는 신고가 들어왔다고 했다. 가장 가까운 거리에 있던 서진 소방서 소속 한진 119안전센터에 출동 명령이 떨어졌고 거리는 약 20km, 출동 소요 시간은 약 15분에서 20분이 예상되었다.

서해의 중소 도시는 일몰 시각 이후는 번화가를 제외하고는 유동 인구가 적을 뿐 아니라 외곽지역은 차량의 통행도 잦지 않은 편이었다. 특히 지금 출동하는 방조제 쪽은 거의 차량의 통행이 없는 지역에 속했다. 출동 명령을 받은 119 응급 구조팀도 그곳에서 응급상황이 발생했다는 사실이 의문스러웠다.

삼포 방면에서 방조제 길로 접어든 구급차는 상향등을 켜고 속도를 조금 늦춰가며 호수 쪽 방향을 응시하며 전진했다.

방조제길로 접어들어 약 5분 정도 지났을 무렵 문석호를 알리는 커다란 표지석 앞쪽으로 흰색 물체가 언뜻 보였다. 구조대원들은 들것을 준비하고 흰색 물체가 있는 곳으로 다가갔다. 흰색 물체는 캐시미어 담요였다. 캐시미어 담요를 벗겨내자, 키 170㎝ 정도의 사람이 양손과 발목에 흰색 압박붕대를 칭칭 동여맨 채로 의식이 없는 상태로 누워 있었다.

단순 응급상황이 아니란 것을 느낀 구조대원들은 무전으로 상황을 본부에 보고한 뒤 남성을 들것에 옮긴 뒤 차량으로 이동했다.

구조자를 실은 응급 구조 차량은 바로 병원으로 달리기 시작했다. 피 구조자의 몸에 어떠한 구조 활동을 추가로 할 수 있는 상황이 아니라고 판단했기 때문이었다. 간단한 맥박과 호흡의 정도만 확인한 구조팀은 서진시에 단 하나밖에 없는 종합병원의 응급실에 연락한 뒤 병원으로 달리기 시작했다.

병원까지의 거리는 약 40㎞ 구조 차량의 사이렌 소리는 더욱 호흡을 가쁘게 소리를 뱉고 있었으며 시내에 있는 병원까지의

도로에서 마주친 모든 차량은 응급차가 먼저 지나갈 수 있도록 길을 터 주고 있었다.

 병원 간판이 보이기 시작했고 응급차량이 응급실 입구 주차장에 도착했을 때 병원 응급실의 의료진이 입구에서 대기를 하고 있었다.

 환한 응급실 내부로 옮겨진 피 구조자의 모습에 구조팀과 의료진 모두 경악했다. 양손과 발목에 칭칭 감긴 압박붕대에는 선홍색 핏물이 배 있었고 얼굴은 여러 타액으로 범벅되어 있었으며 바지는 축축하게 젖어 지린내가 진동하고 있었기 때문이었다. 그러나 그것은 겉으로 드러난 모습일 뿐이었다.

 응급실에 있던 단순 환자 그리고 보호자로 보이는 다수의 사람이 그 광경에 주위로 몰리기 시작했다. 호기심으로 가득 차 구경거리가 생긴 듯한 모습으로. 경찰과 의료진이 주위를 통제했다.

 -어느 베드로 옮길까요?

 구조대원이 물었고, 의료진은 일반인들의 시선과 관심을 차단할 수 있는 독립된 공간으로 구성된 하이브리드 룸으로 환자를 옮기기로 했다. 환자는 의식이 없었다.

 하이브리드 룸으로 옮겨진 상태에서 경찰은 피 구조자의 모습을 동영상과 사진으로 담았다. 상처를 확인하기 위해 칭칭 감긴 압박붕대를 제거해야 했다. 경찰은 수사자료와 증거물로 써야 한다며 조심스럽게 다루어 줄 것을 의료진에게 부탁했다.

먼저 왼손 부분의 붕대를 제거했고 환부가 드러났을 때 지켜보던 모든 사람은 경악에 빠졌다.

손목의 신경과 힘줄이 지니는 부분 약 10센티 정도가 1센티 깊이로 통째로 베어져 있었으며, 그 상처 위로는 고대기나, 인두로 지진 듯한 화상으로 환부가 엉망이었다. 야간 응급실을 지키는 의료진 대부분은 전문의가 아닌 인턴과 레지던트였기에 치료에 대한 방법을 생각해 내지 못하고 있었다. 나머지 세 곳도 모두 동일한 상처일 것임은 자명한 일이었다.

의료진은 정형외과 교수와 신경외과 교수에게 긴급 콜을 했다.

얼마 후 콜을 받고 달려온 정형외과와 신경외과 전문의들은 환자의 상태를 보고서 현재 상태에서 환자에게 해 줄 수 있는 치료는 환부를 소독하고 환자의 상태를 지켜보는 것 외에 특별한 시술이나 수술을 할 수 없다는 결론을 내렸다. 그만큼 심각한 상황이라는 방증이었다. 병원 측에서 큰 도시의 여러 전문 병원으로 연락을 해 보았지만, 전송된 환자의 상태를 본 모든 병원에서는 전원을 거부하는 상황이었다. 그 시각까지도 피해자는 여전히 의식이 없었다.

피해자의 신원을 확인 할 수 있는 것은 아무것도 발견되지 않았다. 병원으로 출동했던 경찰관들은 피해자의 양 손가락 10개의 지문을 채취했고, 현장에서 환자와 함께 발견된 캐시미어 담요와 최초 피해자의 상처를 감고 있던 압박붕대와 입고 있던 옷 등을 증거물을 담는 비닐에 넣은 뒤 증거물 박스에 담아서 일단 지구대로 복귀했다.

그 시각 중앙 지구대의 다른 한 팀은 구조 현장 주변을 수색하고 있었다. 하지만 특별한 정황이나 단서가 될 만한 특이점은 발견할 수 없었다.

가십.

-물질이 지배하는 세상의 뉴스

다음 날 오전부터 매스컴에서 온통 난리가 났다. 보통의 경우 상해 사건이 이 정도로 주목받을 일은 아니었다. 하루에 살인 사건이 몇 건씩 일어나기도 하지만 보통 짤막한 꼭지 뉴스 정도로 보도되는 경우가 대부분이다. '희대의 범죄'라는 타이틀로 공중파 및 뉴스 전문 채널에서 기자들이 직접 내려와 취재하고 있었고 일간지의 인터넷판에서도 연발성 뉴스를 생산해내고 있었다.

서진 경찰서도 분주했다. 새벽부터 소집된 강력반 형사들은 서장과 함께 회의하고 있었다. 지구대에서 올라온 초동 수사 보고서에는 유의미한 내용이 없었다. 피해자 발견 장소에서는 별다른 흔적이 나오지 않았고, 피해자의 유류품 및 상처를 싸맨 붕대와 캐시미어 담요 등은 가해자의 흔적을 찾기 위해 국과수로 보내졌다.

　서진 경찰서 창설 이래 이렇게 주목받을 사건이 벌어진 것도 처음 있는 일이었다. 일단 강력반에서 2개 팀으로 구성한 수사팀이 꾸려졌다. 신속하게 사건을 해결하라는 서장의 의지가 담겼다고 할 수 있었다.

　새벽녘에 피해자의 의식은 돌아온 상태라고 했다. 1팀은 피해자를 만나 조사를 하고 2팀에서는 피해자 발견 장소 재조사 및 탐문을 맡기로 하면서 일단의 회의를 마쳤다.

　1팀은 정년퇴임을 얼마 남기지 않은 김윤종 형사가 팀장으로 있었다. 주말을 맞아 가족들과 봄나들이라도 다녀올까, 생각하고 있었는데 이번 사건으로 주말을 통째로 날려버리게 된 상황이 결코 유쾌할 수는 없는 상황이었다. 잔뜩 미간을 찌푸린 팀장은 서 형사를 불렀다.

　-서 형사 병원이나 한번 들러 보세.

　다른 팀원들에게는 병원에서 채취해 온 지문을 바탕으로 피해자의 신원을 파악하라는 지시를 남기고 병원으로 향했다. 피해자가 의식은 돌아왔지만 사건 당시 받은 충격 때문인지 횡설수설하며 자신의 신상에 대해 아무런 정보도 말하지 못하고 있다고 했다.

　주차장으로 가는 길 봄햇살이 따사로웠다. 주차장 화단에 심어놓은 목련이 새하얀 꽃잎을 금방이라도 활짝 피울 듯 꽃 몽우리를 밀어 올리고 있었고 산수유나무와 살구나무도 각각 꽃망울을 틔울 준비를 하고 있었다. 봄이 오고 있음을 실감케 했다. 김 형사는 조수석에 앉아 등받이를 뒤로 젖히고 눈을 감았다. 운전하던 서 형사가 물었다.

-팀장님 이런 사건 맡아보신 적 있으세요?
-그러게, 나도 형사 생활 30년이 넘었지만, 이번 건은 좀 특별하네.

의도를 종잡을 수 없는 범행이란 생각이 들었다. 왠지 쉽게 해결될 것 같지 않겠다는 불길함이 스쳤다.

-원한이겠죠?
-그렇겠지. 병원에 도착하면 깨워.

김 형사는 창 쪽으로 몸을 틀고 웅크린 자세로 눈을 감고 있었다. 잠을 자려는 것은 아니었다. 지구대에서 작성했던 초동수사자료의 사진을 떠올려 보았다. 끔찍한 모습이었지만 어떠한 단호함이랄까? 피해자를 향한 가해자의 망설임 없는 상해 의지가 느껴졌다. 차라리 살해하는 것이 간단하지 않았을까? 살인이 아닌 상해, 가해자는 어떠한 분명하고도 뚜렷한 목적성을 가지고 범행을 실행했을 것이라는 생각에 가까워졌을 때 서 형사의 차가 병원 주차장으로 진입하고 있었다.

원무과로 가서 경찰임을 밝히고 피해자의 상황을 물으니 일반외과 병동으로 일단 입원 절차를 진행했다고 했다. 일반외과 병동은 6층에 있었다. 6층 일반외과 간호스테이션으로 가서 문의를 하니 612호 병실에 입원했다고 했다. 지금은 섬망 발작

행동으로 인해 진정제를 투여해서 잠이 든 상태라고 했다. 병실로 들어가니 창가 쪽 베드에 손과 발이 결박된 상태로 피해자가 잠들어 있었다. 발작을 대비하기 위해 결박을 해 놓았다고 간호사가 말했다. 침대의 환자 신상 명세표에는 '무명남'이라는 세글자만 달랑 적혀 있을 뿐이었다.

-담당 의사를 만나 볼 수 있을까요?

김 형사가 물었고, 지금은 회진 시간이기에 기다려야 한다고 했다. 명함을 건네주며 대기실 쪽에서 기다리겠노라고 회진이 끝나면 연락을 달라고 했다. 그때 김 형사의 전화기에서 벨소리가 울렸다.

-팀장님, 뉴스 좀 보셔야겠는데요.

막내 형사의 전화였다. 서 형사의 휴대전화로 뉴스를 검색하니 병원 관계자로 보이는 사람이 피해자의 상황에 대해 브리핑하고 있었다. 어제 119로 본병원에 내원하게 되었으며 상처의 부위가 광범위하고 피해 정도가 심하다고 했다. 현재까지의 치료 상황은 환부의 확대를 막는 것에 집중하고 있으며, 인대와 신경의 과도한 손상으로 인해 치료가 끝나더라도 정상적 활동을 기대하기는 어려울 것이라는 소견을 밝히고 있었다. 생명에는 지장이 없을 것이라고도 했다. 병원에 더 있어야 할 이유가 없어진 것 같았다. 일단 경찰서로 돌아가기로 했다. 스테이션에 있는 간호사에게 피해자가 안정되면 연락을 해달라고 부탁했다.

미디어에서는 각각의 전문가들을 섭외해서 다루고 있었다. 전직 경찰과 범죄학 교수를 섭외한 방송사, 정신과 교수를 섭외한 방송사, 각각 이번 사건을 계기로 시청률을 올리기 위해 서로 경쟁이라도 하듯 많은 시간을 할당하기도 했고 비중 있게 다루고 있었다. 다시 화살은 경찰을 향할 것으로 생각했다.

경찰서에 도착하니 피해자의 신원이 지문 조회를 통해 확보되어 있었다.

이름 : 이기혁
나이 : 31세
주소 : 경기도 의인시 **동 **번지 **오피스텔 306호
소유차량 : 흰색 그랜저 168 더 17*3
전과기록 : 동물보호법 위반 벌금 500만 원 배상금 100만 원 지급 명령 확정판결 1건
벌금 납부 완료. (2021년)

김 형사는 이기혁의 차량을 긴급 수배하라고 막내 형사에게 말한 뒤 서 형사와 함께 피해자의 주소지로 일단 탐문을 나가기로 했다. 주말 오후의 고속도로는 정체 구간이 길었다. 서진시에서 의인시까지의 거리는 70km 정도 되었다. 평일 차량이 많지 않을 때 약 1시간 정도면 도착할 수 있는 거리였다. 하지만 봄나들이 차량이 한꺼번에 고속도로로 쏟아진 듯 서행과 정

체를 반복하고 있었다. 차라리 국도로 가는 것이 더 빠르지 않았겠느냐는 생각도 들었다. 고속도로 상황을 알리는 전광판에서 전방의 상황을 알리는 문자가 빨간색으로 지나가고 있었다. **터널 내 차량 사고로 인해 정체 예상. 사고 수습 중. 고속도로는 그 이름값을 하지 못한 채 대형 주차장으로 바뀌고 있었다. 국도로 우회를 할 만한 나들목도 사고지점을 지나야 나온다. 꼼짝없이 주차장으로 바뀐 고속도로에 감금된 상황이었다. 어쩌면 이 사건도 지금 정체되어 있는 고속도로와 같이 미궁으로 빠져드는 것은 아닐까 하는 생각이 김 형사의 머릿속을 맴돌았다. 주머니에서 담배를 꺼내 물고는 차창을 내렸다. 봄꽃들이 여기저기서 꽃을 피울 준비를 하고 있었다. 심지어 들판과 도로 주변에 자란 들풀에서도 짙은 풀색으로 봄을 재촉하고 있었다. 전화벨이 울렸다. 경찰서였다. 수배를 내렸던 이기혁의 차량이 발견되었다는 막내 형사의 연락이었다. 차량이 발견된 장소는 의인시가 아닌 명광시라고 했다. 지역 외곽을 순찰하던 순찰차에 의해 발견되었다고 했다. 고속도로의 차량들이 조금씩 앞으로 전진하기 시작했다. 사고가 어느 정도 수습된 모양이었다. 김 형사는 서 형사에게 명광시로 목적지를 바꾸라고 하고선 의자를 뒤로 뉘었다.

이기혁의 차량이 발견된 장소에 도착했을 무렵 뉘엿뉘엿 해가 지고 있었다. 강변 너머로 황금빛 노을이 붉게 타고 있었다. 차량의 문은 잠겨 있지 않았다. 조수석 의자에는 이기혁의 지갑과 핸드폰 그리고 차 키가 덩그러니 놓여 있었다. 특이한 점은 발견되지 않았다. 이 차량에서 범행이 시작되지 않았음을 알 수 있었다.

블랙박스를 확인해 보려 했는데 블랙박스의 메모리가 빠져있었다. 아마도 범인이 메모리 카드를 빼간 듯했다. 서 형사는 주변을 수색하고 있었다.

-혹시 범인의 것일 수도 있을까요?

서 형사의 손에 담배꽁초 여러 개가 담긴 체증용 비닐봉지가 들려있었다.

-그럴 수도 있겠지.

주변을 수색해 보았지만 더 이상 유의미한 흔적들은 보이질 않았다. 현장에 있던 명광시 소속 순경들에게 차량을 견인해 둘 것을 부탁하고 둘은 서진 경찰서로 일단 복귀하기로 했다. 피해자 이기혁이 어느 정도 안정을 찾았다는 막내의 연락이 있었기에 의인시 이기혁 자택 탐문은 의미가 없다는 판단 때문이었다.

서진 경찰서로 돌아온 시간 늦은 시간임에도 불구하고 수사 회의가 시작되었다. 세상의 이목이 쏠려 있는 사건인 만큼 주말이나 늦은 시간 따위는 핑곗거리가 되질 않았다. 언론과 시민들로부터 경찰에게 날아들 화살들을 피해야 하는 것이 급선무였다, 당분간 집에 들어가 일상을 보내는 퇴근이라는 단어는 서랍 속 깊숙이 넣어두고 자물쇠를 걸어 잠가야 할 분위기였다. 경찰, 그중에서 형사, 특히 강력계 형사의 삶은 사건이 발생하면 일상이라는 단어의 의미가 무색해진다.

1팀에서 먼저 수사한 내용을 브리핑했다. 먼저 어느 정도 안정을 되찾은 피해자의 진술이었다. 범인은 20대 후반에서 30대 초반으로 보이는 여성임. 캠핑카로 개조한 듯한 스타렉스 차량을 소유하고 있음. 접촉 사고 후 사과하며 건네준 커피를 마시고 의식을 잃음. 일방적 상해를 당한 뒤 범인이 준 약을 먹고 또다시 의식을 잃음. 두 번째로는 김 형사와 서 형사가 다녀온 현장에 관한 내용이었다. 최초 납치는 피해자의 차가 발견된 강변으로 추정, 현장에서 용의자의 것으로 의심되는 담배꽁초 채취 후 국과수 분석의뢰함.

2팀의 브리핑 내용. 문석 방조제 CCTV에서 용의자의 차량으로 의심되는 흰색 스타렉스 차량이 피해자 유기 시간대로 추측되는 시각 이동하는 영상 확보함. 화질이 좋지 않아서 번호판은 식별 불가임, 동선 추적 중.

사건 발생 이후 하루 만에 어느 정도 용의자의 윤곽은 잡은 것 같았다. 하지만 수사를 하면서 형사들은 모두 한 가지 의문을 품었다. 범행동기. 도무지 범행의 동기를 유추할 수 있는 상황이 아니었기 때문이다. 금품 강탈을 위한 강도의 목적도 없었고. 무엇보다 이기혁은 범인을 처음 보는 사람이라 진술했기 때문이다. 피해자의 차량에서도 별 다른 특이점이 발견되지 않은 것으로 보아 원한 관계에 관해서 확인해 보았지만, 피해자는 스스로 누구와 원한을 맺을만한 상황을 만들지 않았다고 진술했다. 보통의 경우 이런 유형의 사건은 남성에 의해 여성이 피해를 보는 사례가 대부분이다. 성범죄의 대상이 거의 여성을 향하고 있기 때문이다.

　1팀은 피해자를 중심으로 용의자 지목에 대한 수사를 하기로 하고, 2팀은 사라진 용의자의 스타렉스 차량의 추적에 집중하기로 하며 회의를 마치기로 했다. 어느덧 시간은 자정을 넘기고 있었다. 지친 형사들은 휴게실이나 근처의 사우나로 하나둘 흩어졌다. 잠시라도 휴식을 취해야 내일 날이 밝으면 수사를 할 에너지가 생기기 때문이었다. 하루 종일 차로 이동했던 김 형사와 서 형사도 지칠 대로 지쳐있었다. 특히 정년을 얼마 남기지 않은 김 형사는 체력의 한계를 여실히 느끼지 않을 수 없었다.

　날이 밝아 오자, 수사팀 형사들이 하나둘 사무실로 모이기 시작했다. 분석을 의뢰했던 국과수로부터 회신이 왔다.

1. 캐시미어 담요에서는 여러 종류의 DNA 추출됨.
2. 상처에 감긴 붕대와 피해자의 옷에서는 피해자의 것으로 보이는 DNA 이외의 다른 특이점을 발견할 수 없었음.
3. 혈액 분석 결과 옥시코돈 염산염 계열의 마약성 진통제 성분과 아미다조피린 계열의 수면제(졸피뎀으로 추정) 성분과

플루니트라제팜 계열의 수면제(루나팜으로 추정) 성분이 검출되었음.

4. 현장에서 수거된 담배꽁초에서는 O형의 혈액형으로 확인되는 여성으로 추정되는 DNA 확인.

=이상 의뢰된 분석물에 대하여 상기 소견을 전달함.

국립과학 수사 연구소 **지원 *** 검사원

이른 시간 회의가 다시 시작되었다. 2팀에서는 지난밤 용의자로 의심되는 스타렉스를 추적하고 있었다. 용의 차량번호가 확보되었고 동선을 따라 추적하고 있다고 했다. 차량의 조회 결과 이미 파산한 **법인 소유의 차량으로 밝혀졌다. 대포 차량으로 확인된 것이다. 2팀은 차량의 이동 동선 파악에 주력한 결과 동해안 쪽으로 가는 고속도로 영인시 톨게이트를 빠져나가 청화군 방향으로 빠져나간 것까지 확인되었다고 했다.

1팀은 피해자를 중심으로 다시 탐문에 들어가기로 했다. 김형사는 자신의 팀원 두 명을 2팀에 지원하기로 했다. 아마도 이 잡기 수사가 불가피할 것 같았기 때문이었다. 2팀의 형사들은 용의자 도주 지역 지도를 보며 머리를 쥐어짜고 있었다. 2차선 국도를 중심으로 수백 개가 넘는 농로가 산을 향해 뻗어 있었다. 저곳을 다 뒤져야 할 수도 있을 것이다. 게다가 이곳 서진시에서 마지막으로 확인된 북영인 톨게이트까지의 거리가 300km가 넘었고 쉬지 않고 달려도 족히 4시간은 걸리는 먼 거리였다. 2팀 팀원들은 1팀의 지원 인력 2명과 함께 2인 1조로 나누어 3대의 차량으로 출발했다.

김 형사는 서 형사와 함께 피해자 이기혁을 면담하기 위해 병원으로 향했다.

-해장국 한 그릇 먹고 가시죠.

서 형사의 말에 시계를 보니 8시 30분을 조금 넘기고 있었다. 지금, 이 시각이면 병원에 도착해도 어차피 회진 시간과 겹칠 것 같기도 했고, 어차피 식사도 챙겨야 하는 상황이었다.

-그렇게 하지.

서 형사는 늘 들르던 해장국집으로 차를 돌렸다.

밥알을 씹는 것이 모래알 씹는 것 같았다. 잘 풀리지 않는 사건을 마주할 때마다 이런 입맛이었다. 왠지 씁쓸한 기분이 들었다. 아무래도 소화제를 먹어야겠다는 생각이 들었다. 식사를 마치고 병원에 도착해 보니 이기혁의 곁에 늙은 어머니가 와 있었다. 이기혁은 침대에 누워 있었다. 형사들의 방문을 눈치챈 이기혁이 누운자세로 목례를 했다. 가까이 가서 김 형사와 서 형사도 인사를 했다.

-침대 좀 올려 주시죠.

이기혁이 대화를 나누기 편한 자세로 침대의 각도를 높여 달라고 요구했고 서 형사는 침대 앞부분 아래에 있는 손잡이를 돌려가며 이기혁이 원하는 각도를 맞추어 주었다.

-용의자로 의심되거나 의심되는 부분이 있습니까?

김 형사가 낮은 목소리로 이기혁에게 물었다. 도무지 알 수 없다는 표정이었다. 그의 모습은 두 형사가 보기에도 참담해 보였다. 사람이 어느 정도 원한을 품으면 저렇게까지 무지막지한 상해를 입힐 수 있을까? 사소한 시빗거리나 아무리 원한이 깊다고 해도 우발적으로 저 정도의 상해를 입힐 수는 없다고 생각했다. 우발적 살인, 계획적 살인이라는 단어는 자주 사용되지만, 계획적 상해는 형사들로서도 이해하기 어려운 상황이었다. 하지만 지금 피해자의 모습을 보고 있노라면 계획적 상해라는 말로밖에는 표현할 수 없었다.

피해자 이기혁은 스스로 식사조차 할 수 없을 뿐 아니라 혼자서는 화장실도 오가지 못하는 삶을 살아 가야 할 수도 있다. 의료 보조기가 어느 정도 발달한 상황인지는 알 수 없으나 일단의 모습으로는 치료가 끝이 난다 해도 두 발로 걸을 수도 양손을 자유로이 쓰지도 못한다고 의사는 말하지 않았던가. 양손목과 두 발목에는 상처 소독을 마친 하얀 붕대가 감겨 있다. 상처가 덧날 수 있으므로 쉬이 움직일 수도 없이 꼼짝없이 침대에 감금되어 버린 상황인 것이다. 의식을 되찾고 진정된 이후로 오줌 호스는 빼놓은 상황이지만 자유롭지 않은 탓에 대소변의 처리를 위해 환자용 기저귀를 착용하고 있어야만 한다고 했다. 늙은 어머니가 이기혁을 보살피는 데 어려움이 많을 것이라는 생각이 들었다.

피해자 이기혁은 지금 자신이 처한 상황에 대한 분노를 감추지 않고 있었다.

-그년을 제발 잡아주세요. 어떻게 사람을 이렇게 만들어 놓을 수 있는지. 왜 나에게 이런 몹쓸 짓을 했는지 저는 도무지 이해할 수가 없습니다.

이기혁은 몸을 부르르 떨며 항변하고 있었다. 더 이상의 면담은 수사에 도움이 될 것 같지 않았다. 김 형사는 사건 접수 경위부터 다시 살펴보기로 했다. 피해자는 119를 통해 구조되었다.

-소방서 119안전센터로 가보지.

서 형사에게 말하자 서 형사는 어떤 의도인지 파악하지 못했다는 듯 김 형사의 얼굴을 빤히 바라보고 있었다.

-119 접수 상황부터 다시 체크해 보자는 거야.

-아 네.....

서 형사는 머리를 긁적이며 주차장을 향해 뛰어갔다. 병원 정문 쪽에서 서 형사의 차를 기다리고 있을 때 간호사 한 명이 다가와 김 형사에게 말을 걸어왔다.

-혹시 형사님 맞으세요?

그렇다고 하자 조심스레 다시 말했다.

-이 내용 도움이 될 수도 있을까요?

간호사는 자신이 사고 발생일에 응급실을 담당하고 있었다고 했다. 그런데 피해자가 병원에 도착한 지 얼마 되지 않아서 피해자와 비슷한 환자가 내원해 있냐는 전화를 몇 차례나 받았다고 했다. 그때는 상황이 정신없어 피해자의 가족들인가 보다 생각했었는데 조금 이상한 생각이 들어서 지금 이야기하는 것이라고 했다.

-감사합니다. 관심 가져 주셔서. 수사에 도움이 될 수도 있을 것 같습니다.

김 형사가 감사의 인사를 건네고 있을 때 서 형사의 차가 스르르 앞에 멈추었다. 김 형사는 차에 타며 다시 한번 목례를 건넸다.

소방서로 향하며 사건 발생 시각 병원 응급실로 문의를 한 통화 기록을 확인해 보라고 강력3팀의 형사에게 부탁해 놓았다. 소방서 119상황실을 방문했을 때 사건 당일 상황실에서도 장난전화일 가능성을 의심했었다고 했다. 하지만 사실적이고 구체적인 신고 상황에 무시할 수는 없다고 판단, 출동 지시를 내렸는데 그 사건이 현실이었다고 말하고 있었다. 당시 신고된 녹취 본을 들어본 뒤 파일을 복사해서 일단 경찰서로 돌아가기로 했다.

경찰서로 돌아왔을 때 강력3팀의 젊은 형사가 김 형사에게 찾아왔다. 통화 내역을 조사해 보니 모두 6개의 언론사에 동일한 번호로 제보된 것으로 확인되었다고 했다. 김 형사는 119안전센터에서 확보한 전화번호와 비교해 보았으나 다른 번호였다. 공범이 있다는 것인가? 일단은 전화번호의 주인을 찾는 것이 먼저였다. 언론사 제보도 분명 녹취가 되어 있을 것이다. 김 형사는 젊은 형사에게 언론사에 확인해 녹취된 내용을 파악해 달라고 부탁하고, 다시 서 형사와 함께 병원으로 향했다.

주차장으로 내려와 잠시 생각하던 김 형사는 서 형사에게 이기혁의 전과기록에 대해 구체적으로 파악하라고 지시하고는 홀로 병원으로 향했다. 아무래도 피해자의 전과 내용이 마음에 걸렸기 때문이었다.

병원을 다시 찾았을 때 이기혁은 김 형사의 방문에 혹여나 범인이 잡힌 것은 아닐까? 하는 희망을 품고 김 형사에게 먼저 말을 건넸다.

-혹시 범인이 잡혔습니까?

-죄송스럽게도 아직 범인의 행방을 추적하고 있습니다. 범행 차량으로 의심되는 차량번호를 확보하고 추적하고 있으니 조만간 검거할 수 있을 것으로 판단됩니다.

김 형사의 말을 들은 이기혁의 얼굴이 일그러지고 있었다.

-다름이 아니라 이기혁 씨의 신원 파악을 하던 중 동물 학대 전과기록을 확인했었는데 혹여나 이 사건과 연관된 것은 아닐지하고 자세한 사건 경위를 파악하기 위해 다시 방문하게 됐습니다. 그 사건에 대해 자세히 말씀 부탁드립니다.

김 형사는 조용하게 최대한 예의를 갖춘 듯하였지만, 한편으로 단호하게 질문을 던졌다.

이기혁은 그 사건에 대해 자신도 억울한 부분이 많았다고 했다. 자신도 동물을 좋아해서 길고양이들에게 사료도 나누어주고 간식도 챙겨주었다고 했다. 그 사건 당일에도 카페 근처를 지나고 있는데 고양이가 보여 츄르를 주는 과정에서 갑자기 달려들어 자신의 팔을 할퀴는 바람에 자신도 모르게 발길질을 했는데 고양이가 다치게 되었고, 나오는 길에 다른 고양이가 자신의 다리에 머리를 비비며 다가오기에 머리를 쓰다듬다가 갑자기 자신의 손을 깨물어 피하는 과정에서 뿌리치다가 고양이가 화분에 머리를 부딪쳐 죽게 되었는데 하필이면 그 고양이들이 주인이 있는 고양이여서 자신이 동물 학대 가해자가 되어 경찰 조사를 받고 법원 판결까지 받았다고 했다.

-정말이지 저도 피해자라고요. 회사 생활에 지장을 주는 것 같아 그냥 판결에 승복하고 벌금과 배상금을 공탁했지만 경찰 조사니, 법원 출석이니, 시간적으로나 정신적으로 본 손해가 이만저만 아니었습니다.

-그런 일이 있었군요, 혹시나 그때 피해자의 얼굴을 기억하십니까?

-그럼요, 경찰서에서 얼마나 나를 혐오하는 눈빛으로 보던지, 내가 뭐 사람을 죽이거나 다치게 한 것도 아닌데 저를 마치 살인범 취급하던 그 모습을 잊을 수가 없어요. 그 뒤로는 아예 동물 기피증까지 생겼다니까요.

-혹시 범인이 그 고양이 주인은 아니었을까요?

-아니에요. 제가 본 고양이 주인과는 아주 다른 스타일의 여자였어요.

-알겠습니다. 제가 좀 더 수사를 해 보겠습니다. 회복 잘하시길 바랍니다.

이기혁과의 면담은 아무런 성과가 없었지만 김 형사는 왠지 마음 한구석에서 이기혁의 전과기록이 미심쩍음을 느끼고 있었다. 일단 경찰서로 돌아가서 사건 내용을 구체적으로 살펴봐야겠다고 생각했다. 사무실에 도착하니 3팀의 젊은 형사와 서 형사가 자료를 준비해 놓고 있었다.

먼저 젊은 형사가 확보한 내용은 다음과 같았다.

119 제보 전화 명의자
이름 : 천상배
나이 : 52세
주소 : 대전시 00구 00동 00번지
소재 파악 안 됨. 사업에 실패한 뒤 가족과도 연락이 되지 않은 지 5년이 지남.
휴대전화 개통 3주 전. 대구의 00통신 대리점에서 개통. 6개월 선불폰.

언론사 제보 전화 명의자
이름 : 노상철
나이 : 58세
주소 : 서울시 00구 00동 00번지

역시 소재 파악 안 됨. 가족과 연락되지 않은 지 3년 이상 지남.

휴대전화 개통 3주 전. 대전의 00통신 대리점에서 개통. 6개월 선불폰.

특이 사항 : 2대의 전화 모두 개통 후 전원이 꺼져있다가 사건 당일 119안전센터 1건. 언론사 6곳 통화 이후 모두 전원이 꺼짐. 이후 사용 내역 없음.

서울에서 김 서방 찾기도 아니고 두 명의 휴대전화 명의 자를 찾는 것이 의미가 있는 일일까? 하는 생각이 들었지만, 경찰로써는 또 찾아야 할 수사 대상이 아닐 수 없는 노릇이다. 소재 파악이 안 되는 이 두 사람을 어디에서 찾아야 한다는 것인가? 일단은 3팀의 젊은 형사에게 각각의 휴대전화 개통 점의 관할 경찰서에 수사 협조를 하라고 지시한 뒤 서 형사의 조사 내용을 살펴보았다.

사건 개요.
일시 : 2021년 3월 29일 오후 2시경
내용 : 피해자 김재영의 찻집 다사랑에서 기르던 고양이 두 마리가 각각 상해와 사망의 사고 발생. 피해자의 신고로 경찰이 수사를 통해 이기혁 검거, 검찰로 송치. 법원 판결 전 상해

고양이의 사망으로 인하여 최종적으로는 고양이 두 마리의 사망으로 동물 학대 판결 확정.

이기혁 측에서 자신의 왼쪽 팔에 고양이 발톱에 의해 긁힌 상처와 오른손 엄지 부분에 고양이 이빨에 물림으로 인한 상처로 확인되는 사진을 첨부하여 감경 사유로 인정됨.

이기혁의 진술과 같이 동물 학대 사건이 있었다. 조서의 내용을 보니 이기혁의 주장과는 상반된 피해자의 진술과 증거 자료들이 첨부되어 있었다. 아무래도 직접 현장에 가서 피해자 진술을 들어 봐야 할 것 같았다. 김 형사는 이기혁의 전과기록과 이 사건의 발생 경위 사이에 어떠한 연결고리가 있을 것이라는 의심이 들었다.

-서 형사, 이기혁 전과기록 피해자를 만나봐야 할 것 같네.

김 형사는 서 형사와 함께 의인시에 있는 김재영의 찻집을 탐문 하기 위해 출발했다. 지난번 출장과 달리 교통상황은 양호했다. 의인시에 도착할 무렵 뉘엿뉘엿 해가 지고 있었다. 묘한 생각이 들었다. 지난 이기혁의 차량을 수사하기 위해 수도권의 도시를 방문했을 때도 일몰 시각이 가까워져 붉은 노을을 보았던 기억이 있는데 오늘 역시 김재영의 찻집 '다사랑' 주차장에 차를 주차하는 시간, 서쪽 하늘 가득 노을이 타오르고 있었기 때문이었다.

-오늘도 노을이 유난히 붉게 보이는군.

김 형사는 혼잣말하며 차에서 내렸다. 서 형사도 김 형사를 따라 찻집 '다사랑'으로 향했다. '다사랑'이라는 이름 앞에 조그마한 글씨로 '고양이와 함께하는 찻집'이라는 글귀가 쓰여 있었다. 입구의 문을 열고 들어서자 '딸랑'하고 현관문 상단에 메어 둔 작은 종에서 맑은소리가 났다. 찻집은 소담스러운 분위기로 깔끔하게 인테리어 되어 있었다. 일반 찻집과는 다르게 카페 여러 군데 캣타워가 보였고 테이블 아래 고양이 텐트 같은 것도 보였다. 찻집 안으로 들어간 두 사람은 형사임을 밝히고 면담을 부탁했다. 두 형사를 마주한 재영은 두 형사가 왜 자신을 찾아왔는지 이해할 수 없다는 표정을 지었다. 김 형사는 대략의 수사 상황을 설명하고 이기혁의 전과기록과 이번 사건과의 연관성이 있지 않을까? 하는 생각으로 이기혁의 사건에 대해 보다 구체적 사실확인이 필요하다고 정중히 재영에게 부탁했다. 사고 당일 재영의 알리바이는 확인되었다. 사건이 있던 날 재영의 찻집은 정상영업을 했고 CCTV를 통해 재영의 일하는 모습이 녹화되어 있었기 때문이었다.

-이기혁의 동물 학대 당시 상황을 구체적으로 들을 수 있을까요?

김 형사는 재영에게 이기혁의 범행 당시 상황을 물었다. 볕이 좋은 날이었다고 했다. 평소 사람을 좋아하던 고양이 까뮈와 조세핀이 테라스 쪽에서 볕을 쬐고 있었다고 했다. 그 당시 찻집 외부에 설치된 CCTV 녹화 영상을 보여 주었다. 경찰과 법원에도 제출한 영상이었다고도 했다. 이기혁의 진술과는 어딘가 맞지 않은 모습이 보였다. 법원에서 유죄판결을 받을만한 충분한 이유가 있어 보이기도 했다. 재영은 그날 이후 자신이 기르고 있는 다른 고양이들의 외부 출입을 철저히 차단한다고 했다. 사람이 무섭다고도 했다. 재영은 또한 두 형사에게 자신이 돌보고 있는 고양이들을 보여 주었다. 찻집 뒷문 쪽으로 이어진 문을 열고 들어서니 10평은 넘어 보이는 또 다른 공간이 나왔고, 그곳에는 각종 캣타워 및 캣 휠이 놓여 있었다. 고양이만을 위한 특별한 공간이었다. 그곳에는 10여 마리의 고양이들이 생활하고 있었는데 조금은 특이한 부분이 있었다. 대부분의 고양이가 장애를 가지고 있었다.

-이곳에 남은 아이들은 일반인들이 분양을 꺼리는 아이들이에요.

발목이 잘려진 고양이, 한쪽 눈이 실명된 고양이, 꼬리가 잘려 나간 고양이 등등. 두 형사의 눈에도 평범하게 보이지 않는 아이들이었다.

-작년부터 이런 아이들이 자주 구조가 되었어요.

재영의 말로는 주로 어미가 버리고 이소한 어린 고양이나, 굶주려 사람에게 도움을 스스로 구하는 고양이들을 주로 구조해서 임시 보호를 하다가 입양을 보내는 일을 해왔다고 했다. 그런데 일 년 전부터 이렇게 사람으로부터 학대가 의심되는 고양이들이 구조되어 이곳으로 왔다고 했다. 하지만 장애를 앓고 있는 고양이들이 입양을 선택받는 것은 쉬운 일이 아니라고, 그렇다고 살아있는 생명을 포기할 수도 없는 노릇이라고, 그렇게 자신과 함께 살아가고 있는 것이라고 말했다.

-경찰에 동물 학대로 신고도 해 보았지만 사람 간의 사건·사고도 하루에 수십, 수백 건씩 일어나는 상황에서 주인도 없는 길고양이들의 사고를 제대로 수사해 주기나 하겠어요? 당한 아이들만 불행한 일이지요. 주인이 있다고 해도 이 아이들은 생명의 존엄을 인정받는 것이 아닌, 그냥 주인의 재산 재물 정도로밖에 취급받질 못해요. 안타까운 현실이죠.

재영은 상처받은 고양이들에게 시선을 고정한 채 두 형사에게 말했다.

-필요하신 내용이 있으면 언제든지 연락해 주세요. 저도 일을 해야 할 것 같네요.

재영이 자신의 명함을 건넸다. 김 형사와 서 형사도 더 이상 찻집에 머무를 이유를 찾기 어려웠다.

-협조 감사했습니다.

두 형사는 정중히 재영에게 인사를 한 뒤 찻집을 나왔다. 서진시로 돌아가는 발걸음이 무거웠다.

-서 형사, 일단 혹시 모르니 김재영 씨 통화 기록과 3개월간의 금융기록을 조사해 보도록 하지. 의심이 가는 부분이 있는지 체크는 해봐야 할 것 같아.

김 형사는 사건을 캐면 캘수록 더욱 깊숙한 미로 속으로 들어

가는 느낌을 지울 수가 없었다.

그 시각 스타렉스 차량을 추적하던 2팀의 형사들도 북영인 톨게이트를 빠져나와서 청화군 방향으로 향했다. 차량이 마지막으로 확인된 방범 카메라로부터 다음 카메라까지 30㎞ 구간까지 좌우로 향하는 마을 길 및 농로가 수백 개가 넘었다. 협조 요청을 받은 경북 경찰청의 기동대 2개 중대가 이미 수색에 들어가 있었다. 기동대 1개 제대가 20명으로 구성되는데 1개 중대가 3개 제대로 편성되니 총 120명의 인원이 수색에 동원되어 일대를 이 잡듯 수색하고 있었지만, 녹록한 형편은 아니었다. 지역이 워낙 광범위하다 보니 드론을 활용한 항공 촬영도 병행되어 사라진 스타렉스 차량을 찾는 데 주력하고 있었다.

불과 몇 년 전만 하더라도 이곳은 사과나 복숭아 등을 생산하는 과수원들이 많이 있었다. 하지만 인구 감소 및 생산인구의 노령화로 인하여 방치되는 과수원들이 늘어났다. 인건비의 상승과 농사에 필요한 자재 가격의 상승으로 농사를 지어도 수익이 크지 않게 되었고, 태풍이나 가뭄 등의 자연재해가 한 번씩 찾아올 때는 막대한 손실을 감수할 수밖에 없어 그나마 남아 있던 젊은 농사 인력마저 도시로 떠나버린 상황이었다. 어쩌면 수익이 생겼다고 한들, 교육 환경이 도시와는 현저히 낙후되어 있어 아이들의 교육을 위해서라도 도시행을 선택하는 젊은 사람들이 늘었을지도 모를 일이었다.

과수원이 경작되었을 때만 해도 각각의 과수원에 CCTV가 설치되어 있었기 때문에 수사가 훨씬 수월했을지도 모를 일이었다. 하지만 지금의 상황에서는 제대로 가동되는 CCTV는 손에 꼽을 만큼 몇 개 되지 않았고 또한 계절적 상황으로 그나마도 제 기능을 하지 않고 있어 수사는 오롯이 경찰이 인력으로 감당해야만 했다.

2차선 국도를 중심으로 왼편은 주로 마을이 조금씩 형성되어 있었지만, 오른쪽은 높고 깊은 산으로 이어지는 작은 농로를 따라 주로 과수원과 밭으로 민가는 간혹 있을 뿐, 아예 민가가 존재하지 않는 곳도 많았다.

수십 대의 헬리캠이 항공 수색을 하고 있었지만, 용의 차량은 발견되지 않았고 탐문 및 수색을 하던 기동대원들도 용의차량의 행방을 찾지 못하긴 마찬가지였다. 수색할 면적의 3분의 1도 끝내지 못한 상황에서 서서히 어둠이 밀려들고 있었다. 파견된 서진 경찰서의 형사들과 경북청 소속 기동대원들의 체력도 바닥난 상태였다. 일단 오늘은 철수하고 다음 날 다시 수색을 이어가기로 했다.

다음날 수색이 다시 시작되었다. 서진 경찰서 2팀의 형사들도 각각 흩어져 산으로 향하거나 마을로 향하는 농로를 하나씩 수색했다. 2차선 도로에서 산으로 향하는 농로 입구에 '은적암'이라는 글씨와 방향을 알리는 화살표가 산 쪽으로 향해있는 안내표지판이 보였다. 절이 있다면 CCTV가 있을 확률이 높아 보였다. 은적암까지 가는 길을 어제와 마찬가지로 민가는 거의 없었고, 버려진 과수원과 황무지로 변한 자그마한 밭이었을 것으로 추정되는 버리지는 않았지만, 등기상으로는 누군가의 주인으로 등재되어 있을 것이지만 버려진 것과 다름없이 방치된 토지들이 있을 뿐이었다.

　은적암에 도착하기 전 오른편 샛길 끝에 민가로 보이는 건물이 하나가 보였다. 혹시 사람이 사는 민가일까 하는 생각에 입구까지 가 보았지만, 입구에는 커다란 철문이 오랫동안 방문자의 소식이 없었다는 듯 녹이 슨 채 굳게 닫혀 있었다. 수색하던 형사들의 모습에도 기운이 빠져있었다. 도무지 끝을 알 수가 없었다. 후진으로 차를 빼 다시 은적암을 향해 갔다. 은적암은 생각보다 작은 암자였다. 그곳에는 두 분의 비구니 스님이 계셨다. 요사채가 왼편에 자리를 잡고 있었고 오른쪽으로 작은 법당이 있었다. 주차장은 승용차 서너 대를 간신히 댈 수 있는 작은 공간이었다. 형사들은 스님들께 양해를 구한 뒤 혹시 CCTV가 있는지 물었고 몇 대의 CCTV가 있는 것을 확인하였다. 하지만 CCTV는 법당과 요사채, 주차장으로 들어오는 입구를 비출 뿐 산 아래까지 확인할 수 있는 영상은 없었다.

　-혹시 며칠 전 낯선 사람의 방문이나 오가는 길에 이런 차량을 혹시 보신 적 있으신지요?

　형사들이 물었지만,

　-절집에 부처님 제자와 신도들 외에 뭐시 낯선 사람이 오겠습

니까? 특별히 이상한 부분은 보진 못했습니다.

　스님들은 합장을 하시고는 사시불공을 위해 법당으로 들어가셨다. 잠시 후 은은한 목탁 소리와 함께 불경을 외는 소리가 잔잔하게 법당 밖으로 흘러나왔다.

　며칠 동안, 이 잡듯 뒤집는 수색을 진행했지만, 용의차량을 찾는 데는 실패를 했다. 잠정적으로 수색 미제로 결론 내고, 경북청의 기동대는 철수 하였고 서진시의 형사들도 서진 경찰서로 복귀할 수밖에 없었다.

　김 형사가 맡은 수사 부분도 별다른 진척을 보이지 못하고 있는 것은 마찬가지였었다. 수사의 장기화는 불가피할 듯 보였다.

안녕? 녹두야.

그해 여름은 예년에 비해 훨씬 더 더운 폭염이 지속되었다. 서울은 39.6도를 기록하였고 강원도 홍천은 41도를 기록하기도 했는데 이는 국내에서 기상관측이 시작된 이래 전국적으로 가장 높은 기록이라고 했다.

우리나라뿐만 아니라 지구촌 전체가 폭염에 시달리고 있다고도 했다. 일본도 40도를 넘겼다고 했고, 미국의 경우에도 42.2도를 기록하였는데 이는 기존 최고 기록이었던 36.3도에 비해 5도 이상 높다고도 했다. 또한 우리나라보다 위도가 높은 북유럽의 스웨덴에서는 고온 건조한 날씨로 인해 전국에서 동시다발적으로 산불이 일어났고, 냉방장치가 없어 위험에 처한 인구가 11억 명에 이른다고 발표하는 등 세계가 더위와 사투를 벌이고 있었던 상황이었다.

8월 하순으로 접어드는 상황에서도 더위는 누그러질 기미를 보이지 않고 있었다. 여름이 지나면 더위도 가시고 선선한 가을을 맞이하게 된다는 의미로 더위가 그친다는 뜻에서 붙여진 이름을 가진 처서가 3일이 지난 뒤였다.

비라도 거세게 내려 이 더위를 좀 식혀 줬으면 하는 생각이 들 즈음 투둑투둑 창가에 빗방울이 튕기는 소리를 내더니 장대비가 내리기 시작했다. 소나기였다. 더위를 집어삼킬 듯 맹렬하던 기세는 금방 사그러 들었다. 겨우 5분여 남짓 쏟아붓고는 언제 비가 내렸냐는 듯 태양은 다시 이글거리고 있었다.

차라리 비가 내리지 않은 것이 더 나았을지 모른다. 이글거리는 태양의 입김으로 오히려 습식사우나가 개관한 듯한 모양새가 되어 버렸다.

오전 내내 에어컨 바람에 시달렸던 탓일까? 머리가 지끈거렸다. 책 속의 글자들이 산만하게 흔들려 머릿속에 들어오지 않았다. 작업이 제대로 될 것 같지 않아 잠시 산책이라도 하고 싶었다. 창밖의 태양은 이글거리고 있었다. 그래도 일단 나서 보기로 했다. 자주 들르던 찻집의 언니와 두런두런 이야기가 하고 싶었다.

예상대로 현관문을 열자 열기가 확 쏟아졌다. 언니의 찻집은 걸어서 5분 거리에 자리 잡고 있었다. 횡단보도에서 신호를 기다리는 시간이 길게만 느껴졌다. 초록 불이 들어오는 시간만큼

땀방울의 굵기는 굵어지고 있었다. 양산을 챙겨오지 않은 것을 후회하고 있었다.

언니의 찻집에 들어섰을 때 셔츠가 온통 땀으로 젖어 있었다.

-몰골이 그게 뭐니? 잘 지냈어?

언니는 반갑다는 표현을 잘 지냈냐는 안부를 늘 이런 식으로 표현했다.

-날씨가 매우 덥잖아. 올여름은 왜 이리 더울까? 나라도 에어컨을 켜지 않아야 지구가 조금은 덜 괴로울까?

평소에 가지지 않았던 환경오염에 관한 생각을 요즘 부쩍 하게 되는 이유가 폭염이 길어지는 것과 관계가 없는 것은 아닐 것이다. 지구의 온도가 올라가고 있으며 온실가스 배출을 줄여야 한다는 주장이 거의 매일 뉴스와 다큐멘터리, 시사 프로그램의 단골 주제였기에.

-시원한 거 줄까?

수건을 건네며 언니가 물었다.

-아니 오늘은 우전이 마시고 싶어.

-넌 이렇게 더운 날씨에도 꼭 더운 차를 마시고 싶니?

언니는 핀잔 아닌 핀잔을 늘어놓으며 주방 쪽으로 발걸음을 옮겼다.

-손님이 왜 이렇게 없어?

평소와는 다르게 텅 빈 찻집을 둘러보며 언니에게 물었다.

-그러게, 나도 온실가스를 줄여야 하나? 날씨가 더워도 어지

간히 더워야지. 사람들이 외출을 하지 않아. 봐봐 길가에 걸어 다니는 사람들 보이니? 너도 고작 5분 거리도 안 되는 여기까지 오는 동안 홀딱 젖었으면서.

　언니는 다구를 준비해 내 앞에 앉았다.

　-손님도 없는데 나도 너랑 같이 오랜만에 우전이나 즐겨야겠다. 이 불볕더위에 말이야….

　내 앞에 앉은 언니는 챙겨온 차 쟁반에서 테이블 위로 가지런히 다구를 정돈했다. 찻주전자와 귀때그릇을 놓고 나무로 깎아 만든 앙증맞은 찻잔 받침을 나와 자신 앞에 하나씩 놓은 다음 그 위에 회색과 군청색이 섞인 찻잔을 놓은 다음 개수 그릇을 옆쪽에 내려놓으며 언니가 말했다.

　-알코올이 떨어졌어. 오늘은 전기 포트로 하자? 차라리 잘됐지. 뭐. 이 더운 여름에 알코올램프 불까지 붙여야겠니? 그것도 어쩌면 온실가스를 배출하는 것일 수도 있어.

　언니는 멋쩍은 듯 웃으며 동그란 전기 포트 뚜껑을 열고 생수를 부었다.

　-지금부터는 네가 해. 녹차는 네가 우리는 것이 맛있더라. 특히 우전은. 네가 없을 때 간혹 녹차가 생각날 때마다 한 번씩 우려 보는데 어째 네가 우려줄 때 맛이 나질 않아.

　전기 포트에서 치지치직 물 끓는 소리가 나더니 탁하고 스위치가 올라가는 소리가 났다. 나는 귀때그릇에 물을 담아서 먼저 찻주전자에 물을 부었다. 그리고 잠시 예열을 한 뒤 언니의 찻잔과 나의 찻잔에 찻주전자의 물을 따르고 기다렸다. 다시 귀때그릇에 포트의 뜨거운 물을 따르고 서서히 적당한 온도로 식기를 기다린다. 우려 마시는 녹차는 대략 다섯 종류로 나뉜다. 우전, 곡우, 세작, 중작, 대작. 이 다섯 종류는 채취 시기를 기준으로 나뉘는데 절기상 곡우 이전에 채취한 1심 2엽의 차를 우전, 곡우 7일 이전에 채취한 1심 2엽의 차를 곡우, 곡우 이후 8일에서 10일 사이에 채취한 1심 2엽의 차를 세작, 5월에 채취한 1심 3엽을 중작. 6월 이후에 채취한 차나무 잎을 대작이라 부른다. 우려낼 차의 종류에 따라서 우리는 물의 온도가 다른데 찻잎의 크기에 따라 온도가 다르다. 대작은 약 70도 전후, 중작은 대략 60도 정도, 세작과 곡우, 우전은 50도에서 60도 사이의 온도에서 우려내는데 우리는 시간과 찻물의 온도에 따라 그 맛이 확연히 달라질 수 있다.

지금 우리려는 우전은 이른 봄 가장 먼저 딴 찻잎으로 만든 차라 하여 첫물차라고도 하는데 여린 찻잎으로 만들어 은은하고 순한 맛이 특징이라 할 수 있다.

귀때그릇 위로 손바닥을 스치듯 지나간다. 귀때그릇 위로 스칠 때 느껴지는 손바닥의 느낌으로 찻물의 적정한 온도를 느낄 수 있다.

찻주전자의 물을 개수 그릇에 모두 따르고 대나무로 만든 차시에 담긴 여린 우전 잎을 찻주전자로 옮긴 뒤 귀때그릇의 물을 찻주전자에 부었다.

찻잔의 물도 개수 그릇에 부었다. 찻잔은 적당한 온도로 예열되어 있었다. 우려진 차를 언니의 찻잔에 먼저 따라 주었다.

-왜 내가 우리면 이 맛이 나질 않을까?

언니는 늘 이런 식이다. 그래서 내가 올 때에만 녹차를 마신다고 했다. 나도 오랜만에 마셔보는 차향이 달큰했다. 귀때그릇에 물을 서너 번 채웠고 그렇게 차향이 조금씩 옅어질 즈음 출입구에 달린 종에서 딸랑하는 소리가 났다. 나도 집으로 돌아갈 시간이 되었다고 생각했다.

-언니 나 이만 가볼게.

찻값을 내려고 했지만, 언니는 한사코 받질 않았다.

-다음에 또 맛있게 우려줘! 다음에는 서민적인 대작의 맛을 느껴보고 싶어. 알았지?

차를 마시는 동안 잠깐 쏟아부었던 소나기도 그친 상황이었다. 찻집을 나섰을 때는 열기와 함께 높은 습도가 코와 입, 그리고 온몸으로 전해졌다. 빨리 작업실로 돌아가 차가운 물로 샤워를 하고 싶다는 생각이 들었다. 온몸이 땀으로 끈적끈적했다. 작업실로 돌아가는 횡단보도에서도 초록불은 쉬이 들어오지 않았다. 지나가는 차량이 뜨문뜨문해서 무단횡단을 할까? 하는 생각이 막 들 무렵 뒤쪽 풀숲에서 자그마한 소리가 들려왔다.

-애옹 애옹 애애옹.

소리 나는 곳으로 다가가 보니 아기고양이 한 마리가 힘겨운 울음을 내고 있었다. 주먹보다 조금 더 컸을까? 아주 작은 고양이였다. 주변을 둘러보았지만, 어미 고양이나 다른 새끼 고양이들은 보이질 않았다. 아마도 이소를 마친 상태였던 것 같았다. 나는 안다, 어미 고양이는 자신이 캐어 가능한 새끼들만 데리고 안전한 곳으로 이소한다는 것을. 이 더운 날씨에도 불구하고 고양이는 사시나무 떨듯 떨면서 애원하듯 사그라지는 울음을 울었다. 나는 다시 찻집으로 뛰었다.

-언니! 수건 한 장만!

언니는 숨을 헐떡이는 나를 보며 무슨 일이냐는 듯 눈을 동그랗게 뜨고 나를 바라보았다.

-아기 고양이가..... 얼른 수건 좀.....

나는 언니가 건네는 수건을 낚아채듯 받아 들고는 고양이를 향해 다시 뛰었다. 아기 고양이의 울음소리는 조금 전보다 더욱 작아져 있었다. 나는 수건을 펼치고 아기 고양이를 감싼 뒤 집으로 발걸음을 재촉했다. 신호등의 빨간불도 무시했다.

조금 전 내린 소나기를 오롯이 맞은 모양이었다. 털이 축축하게 젖어 있었다. 미지근한 물을 세숫대야에 받아와 조심스럽게 씻겨 주었다. 창고 방으로 향했다. 그곳에 다행히도 얼마 전까지 같이 지냈던 앵두가 먹다 남은 사료가 있었다. 종이컵에 사료를 조금 덜어와 사료 몇 알을 물에 불려 놓고 혹시나 남아 있을까? 하는 마음에 다시 창고 방으로 들어가 앵두의 짐을 뒤지기 시작했다. 다행히 빨간색 츄르 몇 개가 남아 있었다. 나는 츄르 한 개를 들고 나와 아기 고양이의 입에 갖다 대었다. 킁킁 냄새를 맡는가 싶더니 앙증맞은 작은 혀를 낼름거리며 츄르 한 개를 금세 먹어 치웠다. 사료도 어느 정도 불어있었다. 숟가락으로 사료를 으깨어 물에 적신 뒤 죽처럼 만들어 입 앞으로 가져다주자, 아기 고양이는 비틀거리며 일어서더니 다시 뒷다리를 쪼그리고 앉아 사료를 향해 고개를 숙였다.

다행이다 싶었다. 감사하다 생각이 들었다. 아기 고양이는 츄르와 사료를 먹고 나서 조금씩 기운을 차리는 것 같았다. 그제서야 나는 고양이를 자세히 살펴볼 수 있었다. 이마에 조그마한 점이 있었다. 녹두 알 만한. 그래서 생각했다. 너의 이름은 녹두야 라고. 그래서 말했다.

-안녕 녹두야?

휴대전화의 진동음이 들렸다.

-무슨 일이야? 왜 이렇게 전화를 안 받아?

찻집 언니의 전화였다.

-응 그게 아기고양이가 혼자 버려져 있었어. 아마도 어미가 버리고 이소를 한 것 같아. 지금 츄르 하나랑 사료 먹고 잠들었어. 아기용 사료를 사야 될 것 같아. 그래도 젖은 뗀 것 같아서 다행이야. 앵두가 먹던 사료를 불려서 주니깐 곧잘 먹네.

-걱정했었네. 다행이다. 그리고 걱정이다. 다음에 전화할게. 끊어

-응 언니. 고마워.

전화기를 내려놓고 잠든 녹두의 얼굴을 들여다보았다. 눈물이 계속 흐르는지 눈 밑 콧등 위쪽으로 촉촉이 젖은 것이 붉게 물들어가고 있었다.
　오늘도 열대야는 계속될 거라는 소식이 뉴스를 통해 전해지고 있었다. 샤워를 해야 할 것 같았다. 에어컨으로 냉방 된 방안이었지만 식혀진 땀으로 적셔진 몸은 끈적임을 동반한 개운하지 못한 기분이 머리부터 발끝까지 이어졌기 때문이었다.
　샤워를 마치고 나오니 조금은 살 것 같았다. 이 더위는 언제까지 계속될 것인가. 젖은 머리카락을 말리기로 했다. 녹두는 꿈속을 뛰어다니는 듯했다. 잠을 자며 앞발을 이리저리 휘젓고 있었다. 시간이 걸려도 뜨거운 바람이 싫었다. 헤어드라이어를 냉풍에 맞추고 여유롭게 머리카락을 말려 나갔다. 머리카락을 말리며 문득 예전의 일이 떠 올랐다. 그때는 봄이 한창이던 때였다. 아름답던 벚꽃이 막 사그라지고 장미가 피기 전이었던 것 같다. 집으로 돌아오던 길, 길모퉁이 쪽에서 오늘 같은 소리를 들었었다. 젖도 떼지 못한 어린 고양이 한 마리가 애처롭게 울고 있었다. 나는 오늘처럼 본능적으로 고양이를 품에 안고 집으로 향했었다. 현관문 앞에서 나를 보던 엄마의 동그란 두 눈. 그렇게 큰 눈으로 나를 바라보던 엄마의 표정은 몇 번 되지 않은 것으로 기억된다. 엄마는 내 얼굴과 내 품에 안긴 아기고양이를 번갈아 쳐다보았었다.
　-어쩌려고? 어디서? 어쩌다가?

엄마는 짧게 한숨을 내쉰 뒤 내 품에 있던 아기 고양이를 받아 들면서 내게 말했다.

-엄마는 밤에 젖 못 준다. 세 시간에 한 번씩이야! 밥 차려 놨으니깐 밥 먹어. 엄만 다시 병원에 가봐야겠다.

엄마는 고양이를 안고 현관을 나서며 중얼거리셨다.

-젖도 떼지 못한 것을 어쩌려고..... 에휴.....

엄마와 아빠는 작은 동물병원을 운영하고 계셨다. 그날은 일주일에 두 번 있는 야간 진료가 있는 날이었기 때문에 아빠는 병원에 계셨고 엄마가 먼저 퇴근해 하교하는 나를 기다리고 계셨던 것이었다. 식사를 마치고 식탁을 정리하고 있을 때 엄마가 돌아오셨다.

현관문이 열리자마자 엄마의 목소리가 들렸다.

-120그램. 에미가 포기하고 간 놈이야. 얘는 똥오줌도 혼자 못 눠. 세 시간에 한 번씩 초유 먹이고 아랫배를 살살 문질러서 똥오줌 싸게 해줘야 해. 그런데 그렇게 해도 살 수 있을지 엄마는 장담 못하겠다.

엄마는 말씀하셨다. 고양이가 서너 마리의 새끼를 낳고 키울 수 없을 정도의 약한 개체라고 판단되는 새끼가 있으면 다른 새끼들의 건강을 위해 약한 새끼를 버리고 이소를 한다고. 고로 지금 네가 데리고 온 이 녀석은 어미 고양이가 이미 살릴 가능성이 없다고 판단한 새끼일 것이라고. 모든 짐승의 새끼가 그렇겠지만 특히 고양이의 경우 어미가 포기한 뒤 사람의 보살핌을 받으며 건강하게 성장할 수 있는 경우는 100마리 중에 한두 마리에 불과하다고. 지금 이 녀석이 그러한 녀석이라고. 그러면서도 엄마는 초유를 타서 온수에 젖병을 데우고 계셨었다. 그러면서 나에게 잘 보라고 하셨다. 수유는 어떻게 하는지, 수유 후 배변 유도는 어떻게 하는지, 배변 후에는 어떻게 처리하는지.

원래 고양이는 수유를 마치고 새끼들의 항문과 성기를 핥아 배변을 유도한 뒤 그 배설물을 모두 먹는다고 했다. 배설물의 냄새로 인한 포식자로부터의 위험에 노출되는 것을 방지하기 위함이라고도 했다.

-알람 맞춰 놓고 자! 고3이라고 봐주는 거 없어. 네가 데려온 녀석이니까 책임감을 가지고. 대신 낮에는 엄마가 병원에서 대신 돌봐 줄게.

그날 그렇게 우리는 가족이 되었고 육아가 시작되었었다. 아빠는 녀석을 보시곤 둥글둥글 감자 같다며 감자, 엄마는 갈색 점이 많다는 이유로 밤톨이라고 이름을 짓자고 하셨지만 나는 내가 데려왔으니 이름은 내가 짓겠다고 했었다. 그렇게 고민하던 이름, 나는 율무라고 이름을 지어 주었다.

율무는 낮에는 엄마의 보살핌 그리고 하교 이후에는 나의 보살핌(솔직히 조금은 부끄러운, 밤에도 엄마 혹은 아빠의 육아 활동이 절대적이었음)을 받으며 무럭무럭 자라는 듯했다.

그렇게 3주 정도 지났을 무렵 율무가 분유를 제대로 먹지 않기 시작했다. 엄마의 말씀으로는 약하게 태어난 새끼 고양이에게서 흔히 발생하는 탈장의 증세가 있다고 했다. 탈장된 상태에서는 배설 활동이 원활하지 못하기 때문에 먹는 것도 힘들어한다고도 했다. 수술해야 하지만 탈장 수술은 전신 마취를 해야 하는데 체중이 최소 1킬로그램은 넘어야 마취를 견딜 수 있다고 하셨다. 그러나 율무의 체중은 고작 450그램을 조금 넘기는 데 그치고 있었다.

엄마와 아빠는 지금까지 버텨온 것도 대단한 일이라고 하셨다. 집에 데리고 온 지 일주일 정도 지났을 무렵 엄마 아빠는 알고 계셨다고 했다. 그때 이미 탈장의 징후가 보이기 시작했음을.

하루를 꼬박 분유를 먹지 않던 율무는 우리 가족이 된 지 23일 만에 무지개다리를 건넜다. 7년 전의 일이었다.

머리를 다 말리고 주방에서 커피를 내리고 있었다. 녹두의 공간을 마련해 주어야 할 것 같았다. 커피를 한 모금 마시고 창고 방으로 향했다. 앵두가 사용하던 물건들 중에서 먼저 몇 가지만 챙겨 나오기로 했다. 스크래쳐 하나와 고양이 화장실용 모래 한 봉지를 꺼내 들었다. 수유가 끝난 고양이라면 스스로 배변은 할 수 있을 것으로 판단했다. 하지만 앵두가 사용했던 화장실은 너무 커서 아기고양이가 들고 나기 힘들 것으로 생각했다. 스크래쳐를 거실에 두고 신발장을 열어 얼마 전에 구입했던 운동화 상자를 꺼내 커버 부분을 칼로 잘라내고 모래를 반쯤 채웠다. 녹두는 쌔근쌔근 잠들어 있었다. 고양이 방석을 가져와 녹두를 옮겨 놓고 그 옆으로 스크래쳐와 임시로 만든 임시 화장실을 놓아두었다.

아무래도 사료를 사 와야 할 것 같다고 생각하고 있는데 녹두가 기지개를 켜며 잠에서 깨어나고 있었다. 츄르를 하나 먹이기로 했다.

-녹두야 츄르 하나 먹을까?

잠에서 깨어난 녹두를 품에 앉고 츄르를 조금씩 짜주자 낼름낼름 잘 받아먹었다. 길고양이들은 본능적으로 사람의 손을 피하는 것이 보통인데 녹두는 품속에서 조용히 츄르를 받아먹고 있었다. 어미에게 버림받았다는 것을 본능적으로 알아서 그러는 것일까? 하는 생각이 들었다.

츄르를 먹는 녹두의 두 눈에 눈곱이 심하게 낀 것이 보였다. 눈물인지 진물인지 눈 밑 털이 콧등 주변으로 축축이 젖어 있었고, 눈을 제대로 뜨지 못한 상태에서 혓바닥만 낼름거리며 츄르를 핥고 있었다. 소독용 면봉으로 눈 주위에 있던 눈곱을 조심스레 닦아주니 겨우 눈을 떴다.

녹두는 두 손바닥을 겨우 채울 만한 크기의 아기 고양이었다. 조심스레 몸통을 부여잡고 녹두의 얼굴을 들여다보았다. 눈동자가 제대로 보이지 않았다. 양쪽 눈 모두 하얀 고름 같기도 한 백태가 끼어 있었고 눈가로는 눈물이 조금씩 계속 흐르는 것 같았다. 그러고 보니 콧잔등 주변에 털이 많이 빠져있기도 했다. 그래서 코가 유난히 핑크색으로 보였다. 엄마에게 전화해야 할 것 같았다. 작업을 한다는 이유로 한동안 엄마와 통화를 하지 못했었는데 미안한 생각이 들었다.

-어이, 딸. 작업은 잘 돼 가? 밥은 잘 챙겨 먹고?

엄마는 전화를 받자마자 나의 안부부터 물었다.

-응 그렇지 뭐. 근데 엄마 있자나.....

나는 녹두의 문제를 쉬이 꺼낼 수가 없었다.

-왜, 무슨 일 있어?

-아니. 아빠도 잘 계시지?

-우리야 뭐 항상 그날이 그날이지. 아빠도 잘 계셔. 지금 진료 중.

-요즘 날씨가 많이 덥잖아. 열대야도 길어지고..... 엄마 아빠 잘 계시는지 궁금해서.....

한동안 작업을 핑계로 안부 전화조차 안 하던 내가 불쑥 전화해서는 고양이의 이야기를 묻기 위해 전화를 드렸다는 것이 나 스스로 조금 민망했다.

-본론을 말씀하셔. 딸. 돈 필요해? 보이스피싱이라도 당했니?

엄마는 농담을 섞으시며 피식 웃으셨다.

-아니 그간 전화도 못 드리고 죄송해서요..... 근데 있잖아. 오늘.....

쉽사리 녹두의 이야기를 꺼내지 못하고 있는 나에게 먼저 말씀하셨다.

　-그래 오늘은 누구네 집고양이야?

　항상 그랬던 것 같다. 안부를 묻는 전화를 가장해 지인들의 고양이 상태를 여쭤본 일이 잦았던 사실을 부인할 수 없다.

　-그게 아니고..... 오늘 산책하고 돌아오는 길..... 애기고양이 하나를 데려왔는데 얘가 좀 이상해서.

　-에휴, 니가 그렇지 뭐. 사진 몇 장 찍어서 보내봐. 조금 있으면 진료 끝나니깐 아빠하고 같이 봐줄게.

　전화기 너머로 병원 입구에서 들려오는 알림음이 들려왔다.

　-손님 오신다. 일단 사진 보내줘. 끊는다.

　나는 녹두의 얼굴 사진을 여러 장 찍어 엄마에게 전송했다. 품속에 있던 녹두가 몸을 뒤틀었다. 임시로 만들어 놓은 운동화 상자 화장실에 녹두를 올려놓자 여기저기 냄새를 맡더니 구석 쪽에서 배변을 시작했다. 누가 가르쳐 주지도 않았을 것인데, 배변을 마친 녹두는 뒷발을 이용해 모래를 자신의 배설물 위로 끼얹기 시작했다. 조금 어설퍼 보이기도 했지만, 열심히 그리고 정성스럽게.

　조그만 운동화 상자를 빠져나오는 모습도 조금은 어설프고 불안해 보였다. 이리쿵 저리쿵. 비틀비틀. 조심스럽게 녹두를 들고 거실 바닥으로 내려놓아 주었다. 기분이 좀 상쾌해진 것일까? 이리저리 뒤집어가며 몸을 굴렸다. 스크레쳐 위로 올려 주자, 자신도 어엿한 고양이인 양 몸을 앞으로 쭉 펴며 앞발로

스크레쳐를 긁는 시늉을 하고 있었다.

사료를 사러 가야겠다는 생각이 다시금 들었다. 차 키를 챙겨 동물용품점으로 향했다. 아기용 화장실과 츄르 습식사료와 건식 사료를 구매했다. 간단한 장보기를 마친 나는 서둘러 작업실로 향했다.

작업실에 도착하니 녹두는 거실 여기저기를 탐색하고 있었다. 조심스럽게 발걸음을 옮기며 아장아장 걸었는데 앞을 볼 수 없는 상태라는 것이 티가 많이 났다. 가구들의 위치를 확인하지 못하고 장애물을 마주치면 쿵쿵 부딪히기 일쑤였다.

그때 전화기의 진동벨이 울렸다. 엄마였다.

-네 엄마.

-애기 상태는 어때?

-응 지금 잘 놀고 있는 거 같아. 그런데 앞을 보지 못하는 것 같아.

-잘 들어. 그 애 허피스 결막염이야. 아기고양이나 면역력이 약한 고양이들에게 자주 발생하는 병인데.....

엄마는 잠시 말씀을 멈추셨다. 좋은 상황은 아닌 것 같았다.

-엄마 아빠가 생각하기에는 각막까지 손상이 된 상태인 것 같구나. 이럴 경우 예후가 좋질 않아. 다행히 치료가 잘되어 살 수 있다고 해도 시력을 되찾을 수는 없을 거야.

나는 아무런 대꾸를 할 수 없었다.

-전염성이 강한 병이니 혹여나 다른 고양이들하고 접촉하는

일은 없어야 한다. 일단 가까운 동물병원으로 가서 허피스 결막염 연고를 사서 발라주고, 살리고 싶다면 내일이라도 데리고 내려와. 여기 온다고 해도 지금 상태로는 살린다는 장담은 하질 못해.
　-네 엄마. 감사해요.
　-참, 넥카라 꼭 씌워라. 자꾸 긁으려 할 거야 그러다 보면 상처가 더욱 악화될 수 있으니깐. 아니 그러지 말고 일단 가까운 동물병원으로 데려가 응급처치하고 넥카라 단단히 씌워달라고 해.
　-네 알겠어요. 엄마.

　허피스 결막염은 고양이에게 흔히 발생하는 허피스 바이러스에 의해 유발되는 눈 질환이라고 했다. 허피스 바이러스는 눈과 호흡기 질환을 유발하는데 특히 새끼들이나 면역력이 약한 늙은 고양이들에게서 바이러스가 눈에 영향을 미쳐 결막염을 일으킨다고 했다. 증상은 주로 눈과 호흡기에서 나타나는데 눈물, 눈꺼풀 부기, 결막의 붉어짐 등이 주요증상으로 나타나며, 심한 경우 각막의 손상으로 이어진다고 했다. 결막이 붉게 변하고 염증이 생기며, 결막이 부어오르고 눈이 매우 민감해져서 고양이가 눈을 자주 비비거나 깜빡일 수 있으며 눈에서 과도한 눈물이 흐르고, 투명한 눈물이나 녹색 또는 노란색의 고름 같은 분비물이 생긴다고도 했다. 눈에 불편함을 느끼기 때문에

발로 긁는 행동을 보일 수 있어 심할 경우 각막에 영향을 미쳐서 각막염을 일으키는데 엄마의 말씀으로는 이미 결막염 단계를 넘어 각막염 단계에 들어선 것 같다고 하셨다. 염증이 뇌로 전이되는 경우 치사율은 100퍼센트라는 말씀도 덧붙이셨다. 최악의 상황을 각오하라는 의중이 포함된 말씀인 것이다.

전화를 끊고 마음이 착잡해졌다. 내 마음을 아는지 모르는지 녹두는 제자리 뛰기를 깡충깡충하고 있었다.

앵두가 쓰던 캐리어를 꺼냈다. 녹두가 들어가기에는 너무 컸지만 어쩔 수 없었다. 고양이 방석 두 개를 겹쳐 깔고 뒷면에 쿠션을 넣은 뒤 수건을 반으로 접어 바닥에 다시 한번 깔았다. 조심스럽게 녹두를 캐리어에 넣은 뒤 동물병원으로 향했다. 다행히 야간 진료를 하는 병원이 있었다.

엄마의 말씀대로였다. 허피스 바이러스성 결막염이라고 했다. 상태가 그리 좋아 보이지 않는다고도 하셨다. 검진을 하신 뒤 치료를 하기 전 차라리 발견한 곳 근처에 다시 데려다 놓는 것이 좋지 않을까 권유하시기도 했다. 나는 그럴 수는 없다고 하자 항생제 주사와 함께 연고를 처방해 주셨다. 치료를 위해서는 앞으로 비용이 많이 들 것이라는 걱정도 해 주셨다.

-쉽지 않은 일인데... 힘내세요.

병원을 나서는 나에게 말씀해 주셨다. 아마도 응원보다는 연민에 가까웠으리라.

집으로 돌아왔을 때는 유난히 길게만 느껴지던 여름의 낮이 물러가고 어둠이 깔려있었다. 찻집 언니에게 전화를 걸었다.

-응, 영주씨. 안 그래도 전화해 보려던 참이었는데. 무슨 일 있었어? 낮에 말했던 아기 고양이는 무슨 이야기야?

-언니, 나 부모님 댁에 며칠 내려가 봐야 할 것 같아요.

-무슨 일 있어?

-낮에 아기 고양이 한 마리를 구조했는데 아이 상태가 그다지 좋지 않네.

나는 그간의 사정을 언니에게 구구절절 설명 했다.

-내가 이런 말 할 처지는 아니지만 참 너도 참 어지간하다. 조심해서 다녀와. 부모님께 안부 전해 주고.

-그래요. 언니.

새로 사 온 사료를 물에 불려주니 잘 먹었다. 사료를 먹고 난 녹두는 기우뚱거리며 화장실로 오르려 작은 몸으로 애쓰고 있었다. 살짝 들어 화장실 모래 위에 올려 주고서 간단하게 부모님 댁으로 내려갈 채비를 했다.

죄송스러운 마음이 앞섰다. 매번 이런 식이다. 부모님께 짐만 안겨드리는, 하지만 내 눈으로 본 이상 외면할 수는 없는 일이었다. 당분간 부모님 댁에서 지내야 할 것 같아 작업하고 있던 자료들과 노트북을 챙기고 간단한 옷가지를 캐리어에 담았다. 시계를 보니 자정이 다가오고 있었다. 정신없이 보냈던 하루의 피로가 한꺼번에 몰려왔다. 고양이는 잠을 많이 자는 동물이다. 특히 어린 고양이는 더 많은 잠을 잔다. 녹두도 배가 부르고 편안함을 느껴서인지 앵두가 쓰던 방석이 제 것인 양, 방석 위에서 몸을 동그랗게 말고서 쌔근쌔근 잠 들어있었다. 넥카라가 조금 불편했던 것일까? 앞발로 가끔 넥카라를 툭툭 쳤다. 높이가 높지 않은 그릇 두 개를 싱크대에서 꺼내어 물과 함께 불려둔 사료를 죽처럼 묽게 개어서 녹두의 방석 옆에 두고 소파에 누워 잠시 눈을 붙이기로 했다.

커튼을 치지 않은 거실 창으로 강한 햇살이 비춰 들어오는 것이 느껴졌다. 시간을 보니 6시가 조금 넘은 시간이었다. 방석에서 잠자던 녹두가 보이질 않았다. 사료 그릇이 깨끗이 비어 있었다. 소파 아래에서 애옹애옹 소리가 들렸다. 나에게로 오려 한 것일까? 아니면 보이지 않는 눈으로 이리저리 돌아다니다 이곳으로 온 것일까. 녹두의 움직임은 어제보다 더욱 활력이 넘치는 듯했다.

녹두를 품에 안고 얼굴을 보니 눈이 조금 돌출된 듯 보였고 눈곱이 잔뜩 끼어 있었다. 콧잔등도 촉촉이 젖어 있었다. 소독된 물티슈로 조심스레 눈곱을 떼어주고 콧잔등도 닦아 주었다. 그리고 안연고를 발라주었다.

간단한 세면을 마치고 녹두를 다시 캐리어로 옮겼다. 가장 큰 텀블러를 꺼내어 얼음을 가득 채우고 내려놓은 커피를 텀블러에 옮겨 담았다. 7시가 조금 지나고 있었다. 도로 상황만 좋다면 2시간이면 부모님이 계신 해산시에 도착할 수 있을거라 생각 했다. 그 시간이면 두 분 모두 병원에 계실 것이다.

주차장으로 내려가 조수석에 녹두의 캐리어를 두고 뒷좌석에 작업자료와 노트북이 든 가방을 내려놓은 뒤 트렁크를 열고 어제 싸놓았던 캐리어를 실었다.

시동을 걸고 네비게이션에 부모님의 병원 주소를 찍었다. 도착 예정 시간은 9시 20분으로 찍혀 있었다.

엄마에게 전화를 걸었다.

-엄마 지금 출발해요. 9시 20분 도착이라고 그러네.

엄마는 운전 조심하라는 당부를 하시며 녹두의 안부를 물었다.

-어제보다는 조금더 활기찬 것 같아요.

-연고는 발라줬지?

-네. 그런데 눈물을 많이 흘리네.

-그 병 증상이 원래 그래. 조심히 내려와.

다행히 도로 사정은 나쁘지 않았다. 캐리어에 있던 녹두도 간혹 낑낑대기만 할 뿐 그다지 보채는 행동을 하지 않았다. 평소보다 조심스레 운행 했고 차간 거리도 길게 유지하려 했다. 혹시나 발생할 급정거를 피하고 싶었기 때문이었다. 부모님의 병원에 도착한 시간은 예정 시간보다 10여 분 늦은 9시 34분이었다.

병원문을 열고 들어서니 아빠가 맞이해 주셨다.

-말썽꾸러기, 이번에는 어떤 앙증맞은 놈일까?

아빠는 다정스러운 모습으로 내 손에 들려진 고양이 캐리어를 건네받으셨다.

-엄마는 수술 중. 오늘 중성화만 3건 잡혀 있다신다.

-매번 죄송해요, 아빠.

아빠는 양쪽 눈을 끔뻑이시며 웃으셨다.

-진료를 시작해 볼까요?

암컷이라고 했다.

-320그램.

젖을 간신히 뗀 상태일 것이라는 말씀도 하셨다. 문득 율무의 마지막 모습이 떠 올랐다.

-아빠, 율무는 450그램 때도 급유를 했잖아요?

-그 녀석은 너무 어릴 때 데려왔고, 탈장 증세가 심해서 건식 사료를 먹을 수 없었던 거야. 그래도 이 녀석은 엄마 젖을 얼마 동안이라도 먹어서 다행이긴 하다.

아빠는 집에 가 있으라고 하셨다. 병원에 있어 봤자 별 다른 도움을 드릴 수도 없는 상황이라는 것을 나도 알고 있었다.

6개월 만이었다. 이런저런 핑계로 본가에 온 것이. 현관문을 열고 거실로 들어서자, 남향의 창가에 설치된 캣타워에서 아는 척, 반가운 척, 한편으로는 섭섭하다는 척, 힘에 겨운 야-아-옹 소리가 들려왔다. 앵두였다. 앵두는 이제 힘에 부친 듯 그리 좋아하던 캣타워 꼭대기까지 올라가지 못하고 두 계단 위에서 몸을 늘어뜨린 채 나를 향해 얼굴을 마주하고 있었다.
 -안녕 앵두야? 누나가 너무 오랜만에 왔지?
 가까이 가서 얼굴을 부비자 앵두도 앞발로 나의 얼굴을 문질렀다. 짧은 왼쪽 앞다리로.
 앵두는 3년 전 내가 졸업하고 취업한 지 얼마 되지 않았을 무렵 우연히 출장 갔던 서울과 멀지 않은 도시에서 처음 만났다. 출장업무를 마쳤을 때 시간은 이미 7시가 넘었고, 같이 출장을 갔던 선배는 현지에서 바로 퇴근하는 선택을 했었다. 늦었으니 저녁을 먹고 헤어지자고 했다. 이곳에 출장을 올 때마다 자주 찾는 해장국집이 있다고. 해장국을 좋아하느냐고 나에게 물었고 나는 괜찮다고 했다. 대로변이 아닌 골목 안쪽에 있는 크지 않은 식당이었다. 선배는 자신의 고향에서 자주 먹던 다슬기 해장국을 추천했다. 새로운 음식을 맛보는 것이 나쁘지 않다고 생각했다. 선배는 자신의 고향에서는 다슬기를 올뱅이라 부른다고 했다. 해장국은 깔끔한 맛이 났다. 함께 곁들여 나온 밑반찬도 정갈했다. 선배와는 식사를 마치고 헤어졌다. 금요일이었기에 부모님 댁으로 내려가려는 나는 선배와 다른 방향으로 가야 했다. 골목을 얼마 정도 걸었을까? 고통에 몸부림치는 듯한 괴로워하는 단말마의 고양이 울음이 들려왔다. 소리 나는 방향으로 다가가 보니 왼쪽 발목이 잘려져 나간 채 피를 흘리며 떨고 있는 고양이 한 마리가 있었다. 나는 가방에 있던 스카프를 꺼내 고양이를 감싸고 대로변으로 뛰었다. 택시를 탔다.
 -기사님, 해산시로 가주세요.
 고통에 몸부림치는 고양이, 피로 얼룩진 나의 외투를 번갈아 보던 기사님은 한동안 나를 빤히 바라보았다.
 -빨리 최대한 빨리 해산시로 가 주세요.
 가방에서 손수건을 꺼내 지혈을했다. 고통스러운 몸부림에 내 팔 이곳저곳에 할퀴어진 상처가 났다. 일단 가방 속에 넣고 다니던 마트 장바구니를 꺼내어 몸부림을 최소화 하기 위해 고양이를 옮겼다. 그리곤 전화를 걸었다.
 -엄마, 고양이가..... 고양이가.....
 갑자기 왈칵 눈물이 쏟아졌다.
 -무슨 일이야? 고양이가 뭐?
 늦은 저녁을 준비하고 계시던 엄마는 갑작스러운 나의 전화에 많이 당황하셨으리라. 아빠를 찾는 목소리가 들렸고 이내 아빠의 목소리가 들려왔다.
 -무슨 일이니?
 -아빠, 고양이가 발목이 잘렸어요. 지금 택시 타고 해산으로 가고 있어요.
 -갑자기 고양이가 발목이 왜 잘려?
 -퇴근하는 길에 우연히 봤는데..... 발목이..... 잘려져 있었어요.....
 아빠는 울지 말라고 했다. 스피커폰으로 바꾸라고 하셨고 기사님께 동물병원 이름과 위치를 알려 주셨다. 아빠와 통화를 마치자, 기사님은 비상등을 켜고 속력을 내기 시작했다.
-우리 집에도 키우는 고양이가 있어요.
 병원은 환히 불을 밝히고 있었다. 엄마와 아빠는 병원 앞에서 기다리고 계셨다. 택시가 도착하자 아빠는 뒷자리에 타고 있던 나를 발견하시곤 문을 열어 주셨다. 그리고 고양이가 들어있는 쇼퍼백을 받아 들고는 병원 안으로 뛰어 들어가셨다. 나는 내리지 못한 채 떨고 있었다. 엄마가 나를 부축해 내리시면서 택시 요금이 얼마인지 물으셨다.
-제가 깜빡하고 미터기를 안 눌렀네요. 허허. 고양이 치료비에 보태세요.
 택시 기사님은 적지 않은 금액을 한사코 거절하시며 차를 출발했다.
 봉합 수술을 마친 고양이는 다행히 생명에는 지장이 없었고 잘 회복되었다. 그렇게 앵두는 우리 식구가 되었다. 아빠는 한 살이 채 되지 않은 고양이라고 했다. 길고양이는 수명이 보통 3년 오래 살아도 5년 정도밖에 되지 않는다고 하셨다. 통계적으로 2살 정도 까지 성장하는 고양이는 10퍼센트에도 못 미친다는 말씀도 하셨다. 길 생활이 오래되다 보면 좋지 않은 환경과 영양의 불균형 각종 병원균에 쉽게 노출될 수밖에 없기에 우리가 돌봐 주어도 여느 집에서 기르는 고양이들처럼 오래 살 수는 없을 것이라고도 하셨다.

그래서였을까? 잘 지내던 앵두가 조금씩 힘들어하는 모습을 보이기 시작한 것이 6개월 전쯤이었다. 내가 돌보는 것보다는 부모님이 돌봐 주시는 것이 좋을 듯했다.

엄마 아빠는 앵두를 데리고 오라고 하셨다. 앵두를 다시 본 엄마 아빠의 모습. 혹시 앵두가 무지개다리를 건너게 되더라도 슬퍼하지 말라고 했었다. 3년이라는 시간 참 행복했을 것이라고, 그리고 마지막 순간이 온다고 해도 고마웠다고, 사랑한다고 생각하리라고.

앵두는 해가 떠 있는 시간에는 항상 창가 자리에서 잠을 자거나 혹은 창밖을 바라보았다. 많은 고양이가 햇볕을 좋아하지만, 앵두는 그 정도가 과한 편이었다. 마음의 준비를 해야 할 것 같은 생각이 들었다.

전화벨이 울렸다. 엄마였다. 병원으로 오라고 하셨다. 어느덧 점심시간이었다. 병원에 도착하자 부모님은 병원 문을 잠그며 점심시간 안내 팻말을 걸어 놓으셨다.

[12시 - 14시] 점심시간입니다. 응급일 경우 아래의 번호로 연락 바랍니다. 010-7585-2***. 010-7585-***7.

근처 식당에 도착해 음식을 주문하신 엄마는 일단 밥부터 먹자고 하셨다. 식사를 잘 챙기지 않는 나의 생활 방식을 잘 알고 계시기도 했지만, 지금의 상황에서 끼니를 챙기지 않은 나의 상황을 꿰뚫고 계시듯 줄곧 밥 먹으라고 재촉하셨다. 사실 어제 아침 간단하게 먹은 토스트 한 조각이 지금까지 식사의 전부인 게 사실이기도 했다.

-얼른 먹어. 그리고 열심히 돈 벌어라. 네가 모시고 온 녀석이 얼마짜리인지는 알고 있니? 얼추 천만 원은 될 거야. 안 그래 여보?

엄마는 아빠를 바라보며 동의를 구하는 듯하셨고,

-밥 안 먹으면 일시불로 청구할 거야!!

아빠는 나에게 식사를 재촉하셨다. 앞으로 많은 고비가 있을 거라고 하셨다. 내일 아니 오늘 식사를 마치고 병원으로 갔을 때 이미 무지개다리를 건넜다고 해도 이상할 게 없다고도 하셨다. 그렇지만 최선을 다해 노력해 보겠다고도 하셨다. 아직은 살아있는 생명이라고.

-1킬로 그램. 알지?

아빠가 말씀하셨다. 율무 때의 경험으로 무슨 의미인지 아빠의 말씀을 이해할 수 있었다. 아기고양이가 전신 마취를 이겨낼 수 있는 최소한의 몸무게라는 것을.

녹두가 잘 버텨주며, 잘 먹고 무럭무럭 자라서 1킬로 그램이 되면 수술을 할 수 있다는 사실을. 그때 문득 의문이 생겼다.

-아빠, 이 애는 그냥 눈이 아픈 거 아니에요?

녹두의 경우 결막염 단계를 벗어나서 각막까지 심하게 염증이 진행되는 상황이라고 하셨다. 병원에서 집중 치료를 하며 상태를 지켜봐야겠지만 염증 상태가 호전되더라도 이미 각막은 기능을 상실한 상태여서 자칫 뇌로 염증이 번지는 것을 막기 위해 안구적출 수술이 필요하다고 하셨다.
  -그래도 살려야겠지?
  엄마가 말씀하셨다. 앞으로 한 달이 고비라고 하셨다.
  -짐 안 내렸으면 올라가 봐. 네가 여기 있다고 상황이 달라지는 것은 없으니깐.

  식사를 마치고 병원으로 갔을 때 녹두는 집중치료실에 누워있었다. 수액도 꽂혀있었다. 편안한 모습으로 잠든 것 같았다. 엄마의 말씀처럼 내가 여기에 있는 것이 아무런 도움이 되질 않는다는 사실을 실감할 뿐이었다.
  앵두에게 인사하고 올라가라고 하셨다. 그리고 물으셨다.
  -너 이 아이 이름 벌써 지은 건 아니지? 살 수 있다는 확신이 들기 전에 이름짓지 마라.
  나는 이 아이의 이름을 녹두라고 지었다는 사실을 말씀드릴 수 없었다. 다시 한번 녹두를 바라보며 마음속으로 부탁했다. 제발 잘 견뎌 주기를.
  부모님의 집으로 돌아왔을 때 앵두는 여전히 캣타워에서 햇볕을 쬐고 있었다. 나는 앵두의 곁으로 다가가서 앵두의 머리를 쓸어 주었다. 앵두의 모습은 평온해 보였다. 나를 보며 잘 가라고 눈으로 인사하는 것 같았다.
 '그래 앵두야, 언니 잘 갈게. 건강하게 잘 지내렴'
 나는 의인시에 있는 작업실로 돌아가서 나의 일을 해야겠다고 생각했다.

뫼비우스의 띠처럼.

-앵두를 보내고 조세핀이 오다.

 의인시 작업실로 돌아왔을 때 날씨는 언제 그렇게 무더웠냐는 듯 표정을 싹 바꾼 채로 아침저녁의 온도가 쌀쌀함을 느끼게 했다. 자연은 참으로 대단한 것 같았다. 며칠 사이 인간으로서는 감히 엄두도 내지 못할 대기의 온도를 쥐락펴락하고 있으니 말이다.
 엄마는 녹두의 안부를 하루하루 문자로 알려 주시며 나의 안부 또한 챙기셨다.
 [애기는 잘 있음. 밥 잘 챙겨 먹어라]
 [애기 400g 돌파. 밥 잘 챙겨 먹어라]
 [애기 잘 놀고 있음. 식사 거르지 말고]
 [애기 600g 돌파. 이건 축하할 일이다! 엄빠는 오늘 축하 와인 한잔하기로 함. 밥 거르지 말고]

[세상에나! 750g 하느님 감사합니다.]

폭풍 성장을 하는 녹두의 안부를 사진과 함께 보내주셨다. 나는 감사함과 죄송함이 뒤섞인 문장의 답장을 드릴 수밖에 없었다.

찻집 언니 생각이 났다. 작업실로 돌아와 밀려있던 번역 작업을 마무리하는 동안 언니와 관계가 조금은 소원해졌음을 이제야 느꼈다. 재영 언니도 그러고 보면 배려심이 많은 사람이었다. 내 일상에 혹 방해가 되지 않을까 특별한 일이 없으면 먼저 통화를 걸어오지 않았다. 간단한 안부와 일상을 담은 짧은 문자로 생존의 유무를 간간이 전할 뿐 답장이 없다고 서운해하지 않았다.

언니가 보고 싶었다. 간단히 외출 준비를 하고 언니의 찻집으로 향했다. 해가 부쩍 짧아진 듯했다. 어스름이 내리고 기온이 내려가 제법 가을다운 느낌이 들었다. 며칠 뒤면 추석이다. 오늘 보지 못한다면 명절 뒤에나 서로의 얼굴을 볼 수 있을 것 같아 발걸음을 재촉했다.

현관문을 밀자 경쾌한 딸랑 소리가 울렸다. 종소리에 입구를 바라보던 재영 언니가 따뜻한 시선으로 나를 반겨주었다.

-얼굴 잊을 뻔! 잘 지냈어?

-덕분에요, 언니도 잘 지내셨죠?

나는 언니에게 답하며 항상 앉던 창가 구석 자리에 자리를 잡았다. 다가오는 언니를 보니 검정색 아기고양이가 언니의 품속에 안겨져 있었다. 언니도 검정색 옷을 입고 있어서였는지 고양이가 너무나도 짙은 검정색을 띄고 있어서 그랬는지 가까이 다가왔을 때야 고양이의 모습을 확인할 수 있었다.
-아기고양이?
나는 언니 품속의 고양이가 궁금했다. 분명 지난 방문 때 보지 못한 녀석이었기 때문이었다.
-까뮈야, 3일 전에 구조했어. 저 아래 수로 있지? 그곳에서 울고 있더라고 요놈이. 날 좀 데려가 주세요! 하고 말이야. 대략 2개월령이라고 하네.
언니는 이름을 까뮈라고 지어 주었다고 했다.
-털이 까매서 까뮈 아니고요. 생긴 것 좀 보세요. 얼마나 지적이고 눈망울은 우수에 젖은 듯 예술가적 느낌이 들지 않아? 그래서 까뮈라고 이름을 지었지.
보통의 길고양이답지 않게 사람을 잘 따른다고 했다. 조그만 까뮈를 테이블 위에 살포시 내려놓자 깡충깡충 나에게로 다가왔다. 내가 손가락을 내밀자, 앞발을 모아 손가락을 잡는 시늉을 했다.
-한번 안아 봐도 돼요?
언니는 그래도 좋다고 했다. 아기고양이는 병원균에 취약하기 때문에 이 사람 저 사람 손을 타서 좋을 것이 없다는 것을 알기에 언니에게 양해를 구하고 까뮈를 살포시 안아 보았다. 자그마한 몸집에서 살아있음을 알리는 생명의 두근거림이 내 가습으로 전해지고 있었다. 구조한 날 병원에서 간단한 검사 및 예방접종을 마쳤다고 했다. 언니라면 당연히 그랬을 것을 알았지만 나에게 확인 도장이라도 받으려는 듯 그날의 상황에 대해 자세한 설명이 이어졌다.

-언니, 차 주세요. 차. 오늘은 대추차 달달하게. 그동안 까뮈는 제가 보고 있을게요.

내가 언니의 말을 끊지 않는다면 주문은 아예 받지 않을 것임을 알고 있기에 차를 마시며 이야기를 나누고자 했다.

언니를 처음 만난 곳은 이곳 의인시가 아니었다. 앵두를 만나기 한 두 달 전 서울에서 직장생활을 시작할 무렵이었다. 언니는 내가 다니던 직장 근처에서 작은 카페를 운영하고 있었다. 언니의 카페는 항상 아기고양이들이 있었다. 모두 근처에서 구조된 아이들이었다. 언니는 카페를 운영하며 길고양이 구조 활동을 하고 있었고, 구조된 아이들을 제대로 돌볼 수 있는 사람들에게 무료로 분양하고 있었다. 물론 분양이 되기 전까지 모든 구호 비용은 언니의 몫이었다. 검진 및 예방접종 등등 적지 않은 금액이 들어갔지만, 언니는 개의치 않았다. 카페 운영시간 중에도 구조가 필요한 아기고양이가 있으면 구조 활동이 항상 먼저였던 언니였다. 그랬던 언니가 의인시로 거처를 옮긴 이유 또한 고양이들에게 안락한 공간을 마련해주기 위함이었다. 외곽도시였던 의인시의 경우 도심 주변을 조금 벗어나면 언니가 생각했던 면적의 토지를 구입할 수 있는 환경이었기 때문에 결단을 내리고 의인시에 이 찻집을 열게 된 것이었다. 찻집을 열 당시만 해도 개발이 거의 되지 않은 상황이었기 때문에 조금은 생뚱맞은 모양새의 찻집이었다. 상가도 별로 없고 유동 인구도 거의 없는 이곳에 찻집이라니 보통 사람의 생각으로는 도저히 수지타산이 맞지 않는 모습이었던 것이다. 직접 토지를 구매해 건물을 지었기 때문에 임대료 걱정은 없었고 장사의 유무는 언니에겐 그리 크게 작용하지 않았다. 고양이들이 편히 지낼 수 있는 별도의 공간을 만들고 손님들 또한 자신의 고양이와 함께 차를 마시며 시간을 보낼 수 있는 고양이 찻집으로 알음알음 소문이 나며 고정 손님들도 하나둘 늘었다. 그러던 것이 갑자기 개발 붐이 일면서 언니 찻집 주변이 아파트 단지와 오피스 건물로 둘러싸이며 경제적으로도 한층 단단해진 고양이 찻집으로 자리를 잡게 되었다. 영주 자신도 작업실을 이곳으로 정하게 된 이유가 재영 언니의 존재가 큰 이유 중의 하나였다.

 품에서 꼼지락거리는 까뮈의 심장 박동을 느끼니 잘 견뎌 주고 있을 녹두 생각이 났다. 언니가 대추차를 내어 왔다. 까뮈를 고양이 쉼터 아기방에 옮겨 놓은 뒤 언니와 그동안 있었던 일들에 관해 이야기를 나누었다. 언니는 까뮈에 대해서 이야기를 했고 나는 녹두에 대해서 이야기를 했다. 대추차가 달큰하게 느껴졌다.

 -녹두가 뭐니 촌스럽게.

녹두의 이름을 엄마에게 말씀드리지 못했다는 이야기를 하는 도중에 언니가 녹두의 이름에 대해 말했다. 조금은 우아하고 고급스러운 이름을 지어 주라고 했다. 부모님의 말씀대로 그 아이가 잘 견뎌 주어서 수술을 무사히 마치고 자신의 생명을 제대로 살 수 있게 된다면 그에 걸맞은 멋진 이름을 지어 주라고 했다.

작업실로 돌아가며 재영 언니의 말을 생각해 보았다. 잘 견뎌 수술할 수 있다고 해도 평생을 두 눈 없이 살아가야 하는 녹두의 삶에 대하여. 그때 주머니에서 휴대전화기의 진동이 느껴졌다. 엄마의 문자였다.
 [집에 좀 내려와 봐야겠다. 앵두를 보내줘야 할 때가 된 것 같구나.]
 다리에 힘이 풀렸다. 답장을 했다.
 [준비해서 출발할게요]
 작업실로 돌아와 갈아입을 옷 몇 가지만 대충 가방에 넣고선 해산시로 출발했다. 앵두의 마지막을 지켜주고 싶었다. 재영 언니에게 전화했다.
 -언니, 해산으로 가고 있어요.
 -갑자기 해산은 왜?
 -앵두가 곧 무지개다리를 건널 것 같다고 연락이 왔어요.
 -앵두가? 잘 보내 줘. 앵두도 행복했을 거야, 그리고 모두에

게 고맙다고 생각할 거야. 조금만 슬퍼하고,,,,, 기운 내렴. 추석 지나고 봐야겠네. 부모님께 안부 전해 주고. 조심해서 다녀와. 나도 앵두를 위해 기도 할게.

  눈물이 났다. 한 생명을 먼저 보낸다는 것. 가족 같았던, 아니 우리의 가족이었던 한 생명. 앵두와의 첫 만남부터 같이 보냈던 지난 몇 년의 행복했던 시간 들이 주마등처럼 스쳐 지나갔다. 어떤 사람들은 말한다. 고양이나 강아지 같은 반려동물에 지출되는 돈으로 사람들을 위해서 쓴다면 많은 사람을 구할 수 있을 것이라고. 하지만 나는 생각한다. 반은 맞을 수 있으나 반은 맞지 않는 말이라고. 모든 생명은 생명 그 자체로 존중되어야 한다고. 개나 고양이로 태어났기에 보호받지 않을 이유는 없다고. 사람의 생명이 고귀하듯, 이 세상 모든 생명이 그 자체로 존중받아야 할 충분한 가치가 있다는 것을. 어쩌면 타인을 위해 동전 한 닢 내어준 적 없는 사람들이 더더욱 소리 높여 사람의 생명이 가치 있다고 부르짖고 있을지도 모를 일이다. 재영 언니는 그 일을 실천하고 있는 사람이었다. 생명의 가치를 위해 자신의 모든 것을 아낌없이 내놓고 있는 사람. 언니는 수없이 많은 가족을 먼저 보내는 슬픔을 감내했을 것이다. 그렇기에 나에게 덤덤히 말할 수 있었던 것은 아닐까? 조금만 슬퍼하라고. 예전 재영 언니가 했던 말이 떠올랐다. 살아 있을 때 최선을 다했으면 슬픔은 조금이면 충분하다고. 장례식장에서 슬프게 우는 사람들을 보면 그 사람들의 눈물 속에는 후회와 반성이, 고인에 대한 미안함이 고스란히 담긴 것 같이 보였다는 언니의 말. 최선을 다한 사람은 오히려 고인을 보내는 동안 오히려 덤덤했더라는 말. 장례식장을 눈물바다로 만들던 많은 사람이 오히려 고인이 떠나간 뒤에는 자신들의 기억 속에서 빠른 시간 고인을 지워나가고 있었다는 사실에 대하여, 덤덤히 고인을 보냈던 이들은 오랜 시간 고인의 기억을 오히려 키워나간다는 사실에 대하여, 생명은 심장이 멈춘다고 하여 그 시각과 같이 단절되는 것이 아닌, 남은 이의 기억 속에서 유지되고 이어진다고 재영 언니는 생각한다고 했었다.

해산시의 부모님 댁에 도착했을 때 앵두는 가쁜 숨을 몰아쉬고 있었다. 나는 앵두의 눈을 바라보았다. 앵두도 나를 향해 두 눈을 마주 보았다. 앵두의 등을 쓰다듬어 주었다. 앵두의 뭉툭한 앞발을 만져주었다. 앵두가 눈을 감고 가쁘게 쉬던 숨을 멈추었다, 나는 소리내어 울지 않았다. 앵두를 내 품에 안았다. 볼을 타고 흐르던 눈물이 앵두의 얼굴에 뚝뚝 떨어졌다. 얼마나 시간이 지났을까? 아빠가 말씀하셨다.

-엄마 아빠에게도 시간을 주지 않으련?

엄마와 아빠가 앵두를 쓰다듬으며 인사를 했다.

-사랑했다. 앵두야. 그리고 고마웠다. 우리 앵두. 가족이 되어주어서 고마웠고, 우리에게 기쁨을 주어서 행복했었다. 기억할게. 잊지 않을게.

그렇게 우리는 앵두와 이별을 했다. 소란스럽지 않고 차분하게 그렇지만 절대 가볍지도 않은 이별. 앵두는 우리 가족과 재영 언니의 기억 속에서 계속 존재할 것이다.

다음날 앵두는 부모님의 병원 화단에 묻어주었다. 자연으로 돌아갈 준비를 시작하는 것이리라. 앵두를 보내고 병원으로 들어갔을 때 엄마 아빠는 수술 준비를 하셨다. 주말은 병원 휴무일인데 수술 준비를 하시는 두 분의 모습이 궁금하다는 생각이 들 즈음

-920g 감염이 뇌로 진행될 수도 있어서 아빠랑 의논 끝에 오늘 수술하기로 했다. 이 녀석은 앵두가 지켜주지 않을까?

녹두의 안구적출 수술을 결정하셨던 것이었다.

-아직 1kg 안 돼서 위험하지 않아요?

-그래도 일찍 입원해서 집중관리를 받은 것도 있고, 오히려 시간을 더 끌다가 감염이 확대되는 것보다는 수술이 적절하다고 아빠랑 합의 봤다. 늦어도 두 시간이면 끝나니깐 산책이나 다녀오셔.

아빠는 먼저 수술실로 들어 가셨고 엄마가 녹두를 품에 안고 나에게 왔다.

-인사해. 수술 잘 받고 건강해 지라고. 엄마 아빠 믿고 이 녀석 이름이나 이쁘게 지어 놔라. 수술할 동안.

사진으로만 보아왔던 녹두가 처음 데려올 때 보다 부쩍 자란 모습이었다. 재영 언니의 까뮈 보다는 조금 작다는 생각이 들었지만 그래도 부쩍 살이 올라 고양이다운 모습을 보이고 있었

다.

 -수술 잘 받고 와. 언니가 기다리고 있을게.

 엄마는 수술실로 들어가시며 병원에서 쭈그리고 앉아 기다리지 말라고 하셨다. 근처 공원에 산책이라도 다녀오라고, 산책하며 멋진 이름을 준비하라고. 그 말 안에는 엄마 아빠를 믿어도 된다는 의미도 포함되어 있었을 것이다.

 산책하기에 딱 좋은 날씨였다. 앵두도 자연으로 편안히 돌아가리라. 재영 언니의 말대로 녹두의 새 이름을 생각해 보았다. 어떤 이름이 좋을까? 르네상스를 빛낸 여인의 이름? 이사벨라 데스떼, 카테리나 스포르자, 루크레치아 보르자, 카테리나 코르나로……. 이사벨라…. 카테리나…. 루크레치아,,,, 코르나로,,,, 이쁜 듯 하기도 하였지만 어쩐지 입에 붙지 않았다.

 공원은 한가로웠다. 산들바람이 불어왔다. 가을이라지만 높아지는 태양의 고도 만큼 햇볕이 조금씩 부담스러워질 즈음 때맞춰 불어온 바람이었다. 스치는 바람과 함께 문득 나폴레옹이 머릿속을 스치고 지나갔다. 나폴레옹의 말이 떠 올랐다.

 [조세핀은 늘 거짓말을 했어. 하지만 늘 우아하게 처리했지. 그녀는 내가 일생 동안 가장 사랑한 여자였다]

 [단 하루도 그대를 사랑하지 않은 날이 없소. 단 하룻밤도 그대를 내 팔에 끌어안지 않은 날이 없소. 어떤 여인도 그대만큼 헌신과 열정, 자상함으로 사랑하지 않았소. 공감과 사랑, 진정한 감정으로 묶인 우리를 떼어놓을 수 있는 것은 오직 죽음뿐

이오.]

　나폴레옹이 조세핀의 부음을 듣고 남긴 말이다. 나폴레옹이 가장 사랑했던 여인 조세핀.

　고양이도 늘 거짓 행동들을 한다. 때로는 자신을 위해서 때로는 자신의 집사를 위해서. 녹두도 충분히 사랑받을 생명이었고 비록 두 눈은 보이지 않겠지만 이미 지난 시간 동안 나폴레옹의 부인으로서 조세핀이 감내해야 했을 고통을 이미 받은 것은 아닐까? 수술을 통해 새로운 삶을 살게 된다면 나폴레옹이 조세핀을 향해 말했던 모든 존중을 받을 수 있지 않을까? 내가 비록 나폴레옹은 아니지만 사랑을 담아 사랑을 전해 줄 수는 있을 것이다.

　녹두의 이름을 두고 한창 생각에 잠겨 있을 무렵 엄마에게 전화가 걸려 왔다.

　-병원으로.

　엄마의 말이 짧다는 것은 긍정을 포함하고 있다. 나는 병원을 향해 달렸다. 병원 현관을 열며 말했다.

　-이름 지었어요! 조세핀!

　숨을 헐떡이며 고양이의 이름부터 말하고 있는 나를 보고 엄마 아빠는 동그란 눈으로 나를 바라보셨다.

　-아이 수술 결과는 궁금하지 않아?

　-엄마의 한마디에 결과는 이미 포함된 것 아니었어요?

　엄마 아빠는 어이없다는 웃음을 지으셨다.

-이름 하나는 잘 지었네. 아가야 이제 네 이름이 조세핀이란 다. 안녕 조세핀!

아빠가 회복 중인 녹두 아니 조세핀을 바라보며 자상하게 말씀하셨다. 수술은 잘 진행되었고 염증도 더 이상 진행되지 않을 것이라 말씀해 주셨다. 일주일쯤이면 모두 회복되어 건강하게 퇴원할 수 있을 것이라고도 말씀하셨다. 추석 연휴가 끝날 즈음이면 조세핀과 함께 의인시로 돌아갈 수 있을 것이라는 뜻이었다. 그렇게 앵두가 가고 조세핀이 다시 우리의 가족이 되었다.

추석 연휴를 이번처럼 느긋하게 가족과 보내본 것이 고등학교를 마치고 처음인 것 같았다. 대학생활을 시작하면서 연휴 동안에도 학교생활에 집중해야 했고, 대학을 마치고는 직장생활, 직장을 그만두고, 프리랜서 번역가 생활을 시작했을 때는 오히려 번역 마감 시간을 핑계로 명절에 내려오지 못하는 때도 있었다. 하지만 이번은 원고 마감도 미리 끝나 있었고 조세핀의 놀라운 회복력을 지켜보며 가족들과 함께라는 포근함에 젖을 수 있었다.

연휴가 끝났을 때 조세핀은 넥카라를 벗었고 부모님의 배웅을 받으며 의인시에 있는 나의 작업실로 돌아왔다. 찻집 언니는 반갑게 맞이해 주었다. 조세핀의 이름도 마음에 들어 했다.

-내 말이 맞았지? 녹두가 뭐니? 촌시럽게. 그렇지 조세핀?

언니는 조세핀을 두 손으로 번쩍 들어 올리며 나를 놀리듯 말했다. 조세핀은 앞을 보지 못함에도 불구하고 씩씩하게 잘 적응했다. 나의 작업실 공간에서도 언니의 찻집에서도. 특히 언니 찻집의 까뮈와는 절친이 되어 있었다. 까뮈는 앞을 보지 못하는 조세핀과 특히 잘 어울려 다녔다. 장난을 치며 같이 뒹굴기도 하였고 먼저 간 앵두만큼이나 햇볕을 좋아하던 조세핀과 같이 테라스에서 햇볕 쬐기를 같이했다. 조세핀은 그런 까뮈의 뒤꽁무니를 항상 졸졸 따라다니면서 찻집 공간을 읽혀 나갔다. 그렇게 까뮈와 조세핀 그리고 재영 언니와 나의 시간은 순조롭게 흘러갔다.

악마는 선하고 자비스러운 모습의 가면을 쓰고 다가온다.

　새로운 번역 의뢰가 들어 왔다. 출판사에서 영문판 단행본 소설책 한 권을 받아 들고 왔다, 밤새워 읽어 보았다. 생명 존중에 기반한 소설이었다. 하지만 작가의 의도가 제대로 읽히지 않았다. 기계적 문자의 변환만을 꾀하는 번역은 하기 싫었다. 작가의 집필 의도, 전하고자 하는 메시지의 정확한 전달이 번역가가 선행적으로 파악해야 할 부분이다. 그것을 제대로 파악하지 못한다면 번역은 오류투성이가 될 것이고 독자는 작가의 의도를 파악하지 못한 채 작품을 읽을 수밖에 없을 것이다. 역사와 문화가 전혀 다른 지구 반대편의 작가가 쓴 글을 우리의 역사와 문화에 비추어 전달할 때 비로소 영문판 원고가 한글판 소설이 되어 독자에게 전달될 수 있다고 나는 생각한다.
　어릴 적 엄마와의 일화가 생각이 났다.

學而時習之 不亦說乎 (학이시습지 불역열호)

　단순 번역은 이러했다. 배워서 익히니 좋지 아니한가. 또는 배우고 때맞춰 그것을 익히니 어찌 좋지 아니할까. 정도로 번역되어 있었다. 나는 도저히 이해되지 않는 부분이었다. 배우고 익히는 것이 즐거운 일일까? 물론 배우고 익혔던 것들이 훗날 나의 삶과 인생에 있어 도움이 될 때에, 그때에는 좋고 즐거울 수 있을지도 모르는 일이라는 생각은 들었다. 내가 이 문장을 접한 것은 중학교 3학년 도덕 시간에서였다. 나는 도무지 현재 상황에서는 그 문장이 이해가 되질 않았다. 학생은 배우고 익히는 것이 고난이었고 고통의 연속이 되는 시간의 과정에 불과했기 때문이었다. 친구들에게도 물어보았지만, 즐겁다는 아이들은 없었다. 그냥 시험에 나올지도 모르니 외워두라는 충고 아닌 충고의 말이 되돌아왔을 뿐이었다. 나는 하교 뒤에 언제나 그랬듯 주방 앞에 있던 8인용 커다란 식탁에 앉아 엄마에게 그날의 수업 내용과 문장에 대하여 물어 보았다.

　-엄마 도무지 이해가 되질 않아요. 어째서 배우고 익히는 것이 즐거운 일이에요? 학생 입장에서는 어른들이 회사에서 일하는 것만큼 힘든 일인데. 그 문장은 과거형도 아닌 현재형 또는 현재 진행형의 문장 아닌가요?

　그런 나를 엄마는 꽤나 귀여운 듯 바라보셨다.

　-지금 입장에서는 충분히 오해할 법도 한 이야기구나. 기특해 우리 딸.

엄마는 옆에 놓인 공책과 연필을 잡으시곤 차근차근 설명하시기 시작하셨다. 이 문장은 지금으로부터 대략 2300년도 더 전에 쓰여진 문장이라는 것. 이 문장을 제대로 이해하려면 그 당시 시대 상황과 배경을 이해해야 한다는 것.
-2300년 이전에 사람들도 지금과 같이 모두가 교육을 받을 수 있는 기회가 주어졌을까? 선택받은 소수의 사람이 교육의 기회가 주어졌을 것이고 그 상황에서 때에 맞추어 그것을 익힐 수 있는 것은 기쁜 일이 아니었을까? 엄마와 아빠도 이 첫 문장에 대해서 많은 생각을 나누었었단다.

엄마의 설명은 계속 이어졌다. 문자는 단순히 한가지 의미로 단순히 번역되어서는 아니라는 것을, 이 문장에서 습(習)자를 놓고 아빠와 많은 토론을 하셨다고 했다. 단순히 우리말 '익히다'로 해석해야만 하는지에 대해서. 익힌다는 말의 뜻은 몸에 스며들다라는 뜻인데 그것을 또 다르게 풀이해 보면 내 것으로 만들다 라고도 할 수 있는데 단순히 익히다, 라는 해석에서 벗어나 다른 의미로 해석해 볼 경우 문장 자체가 완벽히 다른 뜻으로 해석될 수도 있다는 말씀을 하셨다. 만약 습(習)자를 익히다가 아닌 깨우치다로 해석할 경우, 지금에서도 충분히 완벽한 문장이 된다고. 가령 수학 문제를 풀 때 잘못된 풀이 과정으로 인해 정답을 도출해 내지 못하고 있을 경우, 제대로 된 풀이 과정의 이해로 정답을 도출해 내는 상황을 비유해 주셨다. 과연 그것은 즐거운 일이었다. 다른 비유도 해 주셨다. 한글을 평생 배우지 못해 스스로 은행 업무도 볼 수 없었고 버스의 번호와 행선지를 읽지 못해 버스를 탈 때마다 다른 사람에게 도움을 요청하셔야만 했던 할머니가 문화센터 등의 교육 프로그램으로 인해서 한글을 배우시고 직접 은행 업무를 스스로 보시고 간판을 읽으시며 스스로 버스를 인지하고 타실 수 있는 상황이라면 기쁘지 아니할까? 이 부분에서 할머니는 한글을 익힌 것이 맞을까? 깨우친 것이 맞을까? 아니면 둘 다 맞을까? 엄마의 설명과 함께 공책은 어느새 빼곡한 연필의 흔적으로 메워지고 있었다.

  나는 그때 엄마와의 기억으로 번역이라는 새로운 세계에 대한 동경이 시작되었던 것 같았다.

  출판사로 전화를 했다.
  - 원작자 연락처를 알 수 있을까요?
  출판사에서는 원작자의 메일 주소를 알려 주었다. 나는 원작자에게 메일을 쓰기로 했다.
  [생명의 지평선 원작자님께. 저는 작가님의 소설 생명의 지평선 한글판 번역을 맡게 된 번역가 민영주라고 합니다. 작가님의 영문판 원작을 읽어 보았으나 작자님의 작품기획 의도 및 철학, 주제를 정확히 파악하는 것이 번역에 도움이 될 것 같아 직접 찾아뵙고 인터뷰를 하고자합니다. 직접 찾아뵐 수 있는

시간을 내어주신다면 감사한 마음으로 찾아뵙겠습니다. 회신 부탁드립니다]

 메일을 보내고 나서 조세핀과 함께 재영 언니의 찻집을 찾았다. '딸랑' 거리는 소리에 조세핀과 나를 먼저 알아본 까뮈가 나에게로 달려왔다. 조세핀을 담은 이동 가방을 내려놓고 까뮈의 머리를 쓰다듬어 주자 까뮈는 조세핀이 담긴 가방 앞에서 뒤집기를 연속으로 했다. 조세핀을 빨리 꺼내 달라는 몸짓이었다. 조세핀을 가방에서 꺼내 주자 까뮈와 조세핀은 찻집을 가로질러 뛰었다. 보면 볼수록 환상의 짝꿍이라는 생각이 들었다. 눈이 보이지 않는 조세핀이었지만 이곳 찻집만큼은 작업실만큼 익숙해진 탓에 특별히 부딪히거나 하지 않고 까뮈와 잘 뛰어다니며 놀았다. 재영 언니의 배려 또한 빼놓을 수 없는 부분이다. 조세핀을 데리고 온 그날 이후 언니는 찻집의 구조를 전혀 바꾸지 않았다. 심지어 바닥에 놓여진 화분들마저도 화분 속의 식물은 바뀌어도 그 위치는 바꾸지 않고 항상 그 자리를 유지해 주었다. 앞을 보지 못하는 조세핀을 위한 배려였다. 오전 시간이라 찻집은 조용했다. 찻집 내부를 이리저리 뛰어다니며 놀던 까뮈와 조세핀은 어느새 테라스로 나가 햇볕을 쬐고 있었다.
 재영 언니와는 여느 날처럼 일상의 대화를 나누며 차를 마셨다.

-언제 저렇게 컸는지 몰라. 손바닥 안에서 놀던 놈들이 이제는 아주 호랑이가 될 모양이야.
-그래도 건강하잖아, 둘 다.
까뮈와 조세핀이 어느덧 5살이 되었다. 저 둘도 언니와 나를 만나지 못했다면 별이 되어 있었을 것이다.
-언니, 어쩌면 내가 출장을 좀 오래 갈 수도 있을 것 같은데......
-그래? 얼마나? 어디로?
언니의 '그래'에는 조세핀을 맡아 주겠노라는 의미가 담겨있다. 조세핀을 작업실로 데려온 이후 출장이나 지방 스케줄이 길어질 때면 항상 언니에게 조세핀을 부탁했었다. 그때마다 언니의 대답은 항상 똑같았다.
-아직 정해진 것은 없어. 외국 소설 번역이 들어왔는데 이번 작품은 왠지 작가 인터뷰를 하지 않으면 번역이 어려울 것 같아서, 일단 메일만 보낸 상태야.
-그렇구나.
겨울이 한 발짝 더 가까이 다가오고 있었다. 가로수로 심어진 은행나무는 잎사귀가 노오랗게 짙어지고 있었고 창가 찻집 마당에 심어진 단풍나무와 감나무도 빨강빛이 돌았다. 화분마다 심어놓은 소국들도 각각의 색을 뿜어내고 있었다. 늦가을의 알록달록한 세상도 봄에 어우러지는 색상에 못지않게 아름답다는 생각이 들었다.

-많이 피곤해 보여?

-응, 어제 밤새 원작 읽었더니 조금 피곤하네.

-너도 참, 조세핀 까뮈랑 놀게 하고 넌 이만 들어가 잠 좀 자 둬. 오늘은 조세핀 엄마 내가 한다.

 언니는 이럴 때 보면 엄마랑 많이 닮아 있었다. 나는 못이긴 척 언니에게 조세핀을 맡기고 찻집을 나섰다. 피곤이 몰려왔다. 테라스에서는 까뮈와 조세핀이 꼭 붙어 햇볕을 쬐며 졸고 있었다. 작업실로 돌아온 나는 침실 창문에 암막 커튼을 치고 잠을 청했다. 왠지 오랜만에 단잠을 이룰 수 있을 것 같았다.

 얼마나 잤을까? 커튼을 쳐 보니 어둠이 짙게 깔려있었다. 휴대폰을 확인해 보니 23시가 넘어가고 있었고 특별한 문자나 알림은 없었다. 조세핀이 잘 있다는 의미이기도 했다. 허기가 몰려왔다. 그러고 보니 오늘도 꽃차 한잔 마신것이 전부였다. 주방으로 가서 커피포트에 생수를 부어 전원을 연결하고 컵라면을 하나 뜯었다. 아마도 나의 장기들은 주인을 잘못 만나 꽤 고생할 것이다. 이 정도면 내 몸속의 장기들이 시위하며, 혁명을 도모할 수도 있을 것이라는 생각이 들었다. 그 투쟁의 선봉에는 분명 위장이 앞장섰으리라. 어쩌겠느냐, 주인 잘못 만난 인연을 탓할 수밖에. 내 안의 장기들에게 미안함을 느끼는 동안 컵라면은 익어갔다.

 라면으로 허기를 채운 뒤 노트북의 전원을 켰다. 새로운 메일이 도착해 있었다. 발신인은 번역을 의뢰받은 '생명의 지평선' 작가였다.

[연락 주셔서 감사합니다. 지금은 집필을 끝낸 뒤 안식년 휴식을 취하고 있는 중입니다. 저도 한국어로 번역될 작품에 대한 관심이 많습니다. 번역가님께서 직접 이렇게 연락을 주셔서 감사합니다. 저는 지금 LA 근교에 위치한 제 작업실에 머물고 있습니다. 번역가님께서 시간이 되신다면 이곳에서 번역 작업을 하시는 과정을 지켜보고 싶습니다. 아시아 다른 나라의 경우 제 작품 의도와 다르게 오역된 부분이 발견되어 실망스러운 부분이 있었습니다. 먼저 번역가님의 제안에 감사드리며 인터뷰만으로는 부족한 부분이 있을 수 있으니 번역 과정을 같이 상호 논의하면서 진행했으면 하는 바람입니다. 시간이 되신다면 이곳에서 작업을 하는 것도 나쁘지 않다는 생각입니다. 결정되면 연락 부탁드립니다. 오시게 된다면 공항으로 마중 나가겠습니다. '생명의 지평선' 작가 글로리아 오웰.]

나는 두 눈을 의심했다. 인터뷰뿐만 아니라 번역 작업 전체를 같이해준다고? 가슴이 두근거렸다. 원작자와의 공동 작업이라니. 하지만 한편으로 걱정이 되기도 했다. 조세핀과 오랜시간 떨어져 있어야 했고, 그만큼 또 재영 언니에게 민폐를 끼치게 되었으니 말이다. 비용 문제도 만만치 않겠다는 생각이었지만 사비를 들이더라도 이번 작품만큼은 꼭 하고 싶은 마음이 앞섰다. 날이 밝으면 출판사부터 찾아가 의논을 해 봐야겠다고 생각했다.

영문판 '생명의 지평선'을 다시 읽어 보기로 했다. 책 표지 안쪽으로 접힌 날개 부분의 작가 소개 부분 사진을 다시 한번 유심히 살펴보았다. 마른 얼굴에 이목구비가 뚜렷한 백인 여성의 사진이 있었다. 날카로워 보이면서도 섬세한 느낌을 주는 얼굴이었다, 나이는 35세, 미혼이었으며 지금의 책이 그녀의 5번째 장편 소설이라는 내용이 첨부되어 있었다. 사진 속 그녀의 눈동자는 작은 얼굴에 맞지 않게 강렬한 소신을 간접적으로 느낄 수 있는 눈빛을 내고 있었다. 책을 읽으며 노트북에 한글판 '생명의 지평선'의 초고를 한 줄씩 써 내려갔다. 창밖으로 서서히 어둠이 걷이고 있었다. 시차 적응을 미리 해두는 것이라고 생각했다. 커피를 내리며 외출 준비를 했다.

출판사에 도착을 하니 편집장이 반갑게 맞아 주었다.
-영주씨, 원작자에게 연락받았어요.
편집장의 말로는 원작자에게 직접 전화가 왔었다고 했다. 나에게 보낸 메일의 내용과 더불어 자신의 작업실에서 모든 숙식을 제공할 것을 전해왔으며, 자신에게도 좋은 경험이 될 것으로 생각한다며 출판사 측에서도 협조를 요청한다는 내용의 전화였다고 했다. 편집장은 번역 작업이 어느 정도 시간이 걸릴 것 인가에 대해 나의 의견을 물었다. 나는 약 3개월 정도의 시간이 필요하다고 했다. 일정은 출판사와 원작자가 조율하기로 했다. 일이 너무 수월하게만 진행된다는 생각이 들었다. 문득 현진건의 소설 '운수 좋은 날'이 떠오를 지경이었다.

출판사를 나와 작업실에 가기 전 재영 언니의 찻집으로 갔다. 조세핀이 너무나도 보고 싶었다. 딸랑 소리와 함께 조세핀이 나를 향해 달려왔다. 조세핀은 앞을 보지는 못했지만 나의 존재는 귀신같이 알아챘다. 청각이 발달한 고양이는 집사의 발걸음 소리를 기억한다. 그래서 자신의 집사를 발걸음 소리만으로 구별할 수 있다. 보통 고양이도 그럴진데 조세핀은 보이지 않는 눈을 대신해 일반 고양이 보다 훨씬 뛰어난 청각을 지니고 있다고 엄마가 말씀하셨었다. 나는 조세핀을 번쩍 안아 들었다. 조세핀도 꼬리를 바짝 치켜올리고 나의 가슴과 얼굴에 자신의 얼굴을 부비고 있었다.
조세핀을 내려놓고 언니에게 인사를 했다.
-누가 보면 이산가족 상봉의 현장이라 그러겠다.
-뭐, 까뮈도 그렇고 언니가 보살피는 고양이 모두 언니에게 그러잖아.
조세핀과 까뮈는 내 다리 곁으로 다가와 바깥에서 묻혀 온 냄새를 확인하며 머리를 내 다리에 문지르며 자신의 체취를 나에게로 옮기고 있었다.

재영 언니에게 어제부터 지금까지의 상황을 설명했다.

-잘됐네! 축하한다. 조세핀 모친!

-고마워요, 언니. 또 신세를 지게 생겼네. 그런데 이번 출장이 결정되면 시간이 오래 걸릴 것 같은데. 미안해서 어쩌지?

언니는 신경 쓰지 말라고 했다. 어차피 사료 그릇 하나 더 놓으면 된다고, 조세핀도 자신의 가족이나 마찬가지라고 나의 앞일을 응원해 주었다. 고마운 인연이었다. 언니가 곁에 없었다면 나는 또 해산시의 부모님에게 조세핀의 안부를 부탁할 수밖에 없는 형편이었다. 엄마와 아빠에게도 연락을 드렸다. 두 분은 특별한 기회인데 가더라도 일만 하지 말고 외국의 자연과 풍경을 느끼며 여행도 겸하라 말씀하셨다. 집순이임을 뻔히 아시는 부모님께서 흔치 않은 외국 출장에서도 일만 하다가 돌아올 것이 눈에 훤히 보인다는 듯 여행도 함께 하라고 당부 또 당부하셨다.

얼마 뒤, 편집장에게 연락이 왔다.

-3주 뒤 출발 가능 하겠어요?

나는 가능하다고 했다. 옷가지 몇 벌과 노트북 하나만 챙기면 끝날 일이었기 때문이었다. 로스엔젤레스의 날씨를 확인하고 짐을 싸기 시작했다. 항공권은 출판사에서 준비해 주기로 했으며, 일부 부대비용은 영수증 처리하면 후불로 정산을 해주겠다고 했다. 번역 작업은 원작자와 같이 하기로 결정하고 출국일까지는 조세핀과 시간을 함께하기로 했다. 엄마 아빠를 뵌지도 오래된 듯하여 조세핀과 함께 해산시의 부모님 댁으로 내려가기로 했다.

　해산시에 도착하니 엄마와 아빠가 반갑게 나와 조세핀을 맞아 주셨다. 해산시는 고등학교 때와 바뀌지 않은 모습으로 있었다. 삼주 동안의 시간이 빠르게 지났다. 이제 다시 떠날 시간이었다. 엄마와 아빠는 재영 언니가 있어 조세핀 걱정은 덜었다며 재영 언니에게 안부를 전했다. 나는 의인시로 돌아와 재영 언니의 찻집에 조세핀을 부탁했다.

　-언니 항상 미안하고 고마워요.
　언니는 조세핀은 걱정 말고 일만 잘 마치고 돌아오라고 했다. 나는 떠나기 전 조세핀을 꼭 안아 주었다. 조세핀도 나를 안아 주는 것 같았다.

　공항으로 출발하면서 오랜만에 느껴지는 설레임이 온몸을 감싸는 듯했다.
　야간에 출발하는 로스엔젤레스 직항편은 인천공항에서도 12시간이 소요 되었다. 결코 짧은 시간이 아니었다. 긴 비행을 마치고 로스엔젤레스 공항 출국대를 나오니 원작자인 글로리아 오웰이 [WELCOME YONGJOO MIN] 작은 피켓을 들고 마중 나와 있었다. 한눈에 알아볼 수 있었다. 그녀도 나를 알아 보았는지 나에게로 다가왔고 우리는 가벼운 포옹으로 첫인사를 했다.

그녀의 작업실은 공항에서 약 2시간 거리에 있었다. 작은 언덕 위에 지어진 작지 않은 그렇다고 너무 크지도 않은 주택이었다. 소음이 싫어 마을과 조금 떨어진 곳에 작업실을 마련했다고 했다. 언덕 아래로 보이는 풍경이 아름다운 곳이었다. 이곳의 날씨도 한국의 날씨와 별반 다르지 않았다. 그녀는 게스트룸으로 사용한다는 2층에 위치한 방 하나를 나에게 내어주었다. 나는 간단히 짐을 풀었다. 짐을 정리하는 동안 그녀가 간단한 음식을 내와 점심 식사를 같이했다.

인터뷰는 순조롭게 이어졌다. 그녀는 대학 시절 동양사상과 철학을 전공했다고 했다. 한국에 대해서도 관심이 많았고 한국 사상에 대해서도 나름 열심히 공부 했다고도 했다. 지금 내가 번역할 소설 또한 한국 사상이 기초가 된 것이라고 했다. 서양 사상과 철학에서는 느낄 수 없었던 생명에 관한 깊은 심연에서 우러나오는 듯한 인간에 대한 연민과 모든 생명, 사물에 대한 존중까지. 그것을 자신의 환경에서 지금 이 나라가 처한 갈등과 차별 그리고 혐오의 상황을 타개할 수 있는 생각의 밑둥을 한국 사상에서 찾았다고 했다. 실제 사상의 주체와 인물을 소설에서 직접 밝히지는 않았지만, 문장과 문장 사이에 그 정신을 녹여내려 노력했다고 했다. 나는 생각했다. 우리 자신은 서양의 철학과 중국의 고전을 앞다투어 읽으며 그것이 자신의 품격을 높이는 행위라 자위하고 있는 동안에 지구 반대편에서는 우리의 사상을 기반으로 창작을 하고있는 아이러니한 상황을.

한편으로 궁금증이 생겼다. 과연 그녀가 말하고 있는 한국 사상의 실체는 무엇일까? 싯달타의 생애와 말씀을 한국의 정신에 맞게 새롭게 정립한 원효의 사상? 아니면 성리학을 집대성한 퇴계? 조선 후기의 정약용? 잠시 혼자 생각에 잠겨 있을 때 그녀가 나에게 물었다.

-스피노자는 사과나무를 심었을까요?

'내일 지구의 종말이 온다고 할지라도 나는 한 그루의 사과나무를 심겠다'라는 말을 남겼던 스피노자. 고등학교 시절 학원을 마치고 집에 돌아오던 길, 아빠가 무심코 내게 물었던 말이었다. 그때 아빠도 같은 말을 했었다. 스피노자는 사과나무를 몇 그루나 심었을까? 심기는 했었을까? 나는 대답했었다. 아빠 그건 상징어잖아요. 라고. 그런데 갑자기 오웰이 나에게 스피노자의 사과나무를 묻고 있다. 나는 잠시 혼란스러웠지만 그때와 같이 대답할 수밖에 없었다.

-스피노자의 사과나무는 상징적인 말 아니었을까요?

-그렇겠죠? 스피노자가 과수원집 아들도 아니고 사과나무 심을 일이 얼마나 있었겠어요.

그녀는 말을 이어나갔다. 자신도 그렇게 이해하고 있다고. 그런데 한국 사상을 연구하면서 놀라운 발견을 했노라고. 국가로부터 박해를 받으며 자신의 신념을 지키기 위해 36년 동안 도망자의 신세가 되었던 사람. 그러한 상황에서도 잠시 머물던 도피처에도 유실수를 심고 멍석을 만들던 그러한 사람. 자신이 사용할 것도 아니고 자신이 그 열매를 따 먹을 수 없음에도 나무를 심던 사람의 사상과 철학이 대단히 위대하게 느껴졌다고 했다. 여성과 어린아이를 남성과 대등한 위치에서의 생명으로 존귀함을 말하던 시대를 뛰어넘은 그의 생각. 어쩌면 지구 역사상 최초의 페미니스트가 아니었을까? 라고 나에게 물었다.

요즘 페미니즘은 주로 여성의 권리 증진을 위한 운동으로 이해되는 부분이 많다. 하지만 페미니즘은 약자를 위한 권리 증진을 위해 태어난 사상임에도 과거 오랜 역사에서 주로 여성이 약자로 여겨졌던 탓에 여성운동의 대명사로 인식되는 형편이 된 것이다. 그녀가 말하고 있는 페미니스트는 힘없고 소외된 모든 이들의 권리 증진 및 보호를 말하는 페미니즘이었다.

-해월을 아시나요? 주위의 한국 사람들에게 물어보면 대부분 모르던데.

그녀는 또렷한 한국 발음으로 해월이라 말했다. SEA MOON이 아닌 해월이라 했다. 비행기를 타고 12시간을 걸려 지금 지구 반대편으로 온 나에게 우리나라 사람들에게도 생소한 이름을 나에게 말하고 있었다. 조금은 충격이었다. 신선하고 설레는.

-네, 잘 알고 있지요. 저도 그분의 사상과 철학을 바탕으로 살아가려 노력하는 사람 중에 하나입니다.

그녀는 해월의 일대기에서 많은 감동을 받았다고 했다. 그래서 이 나라 미국에서 생명의 소중함과 평등을 자신만의 가치관 속에서 해월의 철학을 풀어 보려 쓴 작품이 지금 내가 번역할

'생명의 지평선'이라고 했다. 내가 해월을 알고 있음에 더욱 기뻐했고 자신의 작품 번역을 맡게 된 것이 자신에게도 행운이고 축복이라 말했다.

번역 작업은 순조롭게 이어졌다. 그녀에게 문장과 문맥에 대한 그녀의 생각을 들었고 나는 번역한 내용이 의미 전달을 위해 조금 변형된 형태로 바뀌어져 한글로 옮겨 진다고 말했다. 번역은 단순한 글자의 변형이 목적이 되어서는 안 되고, 그 문장 속에 담긴 의미가 제대로 전달 되어질 때 비로소 가치가 있다는 것에 오웰과 나는 공감하고 있었다.

작업하는 내내 재영 언니의 찻집에서 끔찍한 사고가 벌어졌을 것이라고는 상상할 수 없었다.

번역 작업이 마무리될 때까지 정확히 85일이 걸렸다. 오웰은 만족해 했다. 나는 번역이 마무리된 한글판 '생명의 지평선' 원고를 출판사로 송고했다. 오웰이 나에게 잠시 같이 지내며 여행을 제안했지만 나는 정중히 사양했다. 조세핀이 너무나도 보고 싶었다.

다음날 로스엔젤레스 공항까지 오웰은 배웅을 해주었다. 다음을 기약하며 깊은 포옹으로 인사를 대신하며 나는 출국장으로 향했다. 출국장을 빠져나가는 동안에도 오웰은 나를 향해 손을 흔들어 주었다.

어느덧 해가 바뀌어 있었다. 3개월 가까운 시간을 지구 반대편에서 작업을 했다. 인천공항을 빠져나오니 차가운 바람이 몰아쳤다. 롱페딩을 가져갈지 말지 고민했었는데 잘한 결정이라는 생각이 들었다. 깜짝 방문을 해서 놀래켜 주고 싶었다. 귀국 연락을 하지 않은 이유였다. 재영 언니나 부모님 모두 내가 작업을 하고 있을 때는 특별한 이유가 아니면 연락을 하지 않았다. 내 일에 집중할 수 있도록 일종의 배려였다. 버스를 타고 환승해서 가면 시간이 오래 걸릴 것 같아 택시를 이용하기로 했다. 언니도 조세핀도 까뮈도 너무나도 보고 싶었기 때문이었다.

의인시에 있는 언니의 찻집으로 바로 향했다. '딸랑' 소리를 내며 찻집으로 들어섰는데 익숙했던, 내가 생각했던 상황은 일어나지 않았다. 나에게로 달려와 안겨야 할 조세핀이 보이지 않았다. 나는 입구에서 멍하니 서 있었다.

-조세핀?

나는 조세핀의 이름을 불렀지만, 조세핀은 나에게로 달려 오질 않았다. 안쪽에 있던 재영 언니가 침울한 얼굴로 나에게 다가 왔다.

-미안해 영주씨.

재영 언니의 두 눈에서 굵은 눈물이 흘러내렸다. 어떤 상황인지 알 수 없었다. 재영 언니는 나를 안고 한동안 울고만 있었다.

-무슨 일이에요? 언니?

언니는 나의 손을 잡고 찻집 안쪽으로 향했다. 선반 위에 조세핀과 까뮈의 사진이 새겨진 자그마한 유골함 두 개가 가지런히 놓여 있었다. 나는 그 자리에 주저앉았다. 이 상황을 받아들일 수가 없었다. 멍하니 풀린 눈으로 조세핀과 까뮈의 유골함을 응시할 수밖에 없었다. 심장이 쪼그라드는 것 같았다. 가슴이 먹먹해져 갔다. 눈물만 하염없이 쏟아졌다. 둘은 한동안 아무 말 없이 어깨만 들썩이고 있었다. 찻집의 공기가 무겁게 내려앉고 있었다.

내가 출국한 다음 날이었다고 했다. 바람 한 점 없이 햇볕이 좋은 날이었다고 했다. 조세핀은 늘 그랬듯 테라스의 그 자리에서 햇볕을 쬐고 있었고 까뮈는 주차장을 뛰어다니며 놀고 있는 모습을 본 것이 언니가 마지막으로 본 모습이었다고 했다. 시간이 지나도 찻집 안으로 들어오지 않는 까뮈와 조세핀을 찾으러 밖으로 나갔을 때 조세핀은 화분에 부딪힌 채 쓰러져 있었고, 까뮈는 풀밭 근처에서 신음하고 있었다고 했다. 경찰에 신고를 했고 cctv를 확인해 보니 어떤 남자가 먼저 까뮈를 츄르로 유인해 풀밭 근처로 가서는 발길질을 했고. 햇볕을 쬐고 있던 조세핀에게 다가가 조세핀의 꼬리를 번쩍 들어 화분으로 내팽겨치는 모습을 확인 할 수 있었다고 했다. 범인은 사고 이틀 만에 잡혔다고 했다. 까뮈는 심각한 상처를 입고 병원에서 치료를 받다가 3일 뒤 조세핀을 따라 무지개다리를 건넜다고 했다. 지구 반대편에 있는 나에게 차마 소식을 전할 수는 없었다고 했다. 장례는 해산시의 부모님과 함께 동물 장례식장에서 치르고 유골함을 받아와 언니가 보관하고 있었다고 했다.

조세핀과 까뮈 모두 사람을 잘 따르는 아이들이었다. 그것이 오히려 아이들의 사고원인이 된 셈이었다. 어떻게 그럴 수 있었을까? 자신에게 어떠한 해를 입힌 것도 아닌 상황에서 어떻게. 관심과 보호를 바라는 것이 아니다. 고양이를 좋아해 달라고 부탁하고 싶은 것도 아니다. 사람과 사람이 서로 더불어 살아가듯, 서로 모르는 타인에게 최소한의 예의를 지키듯이 알지 못하는 생명을 가진 모든 것들에 대한 최소한의 예의는 지켜야 하는 것은 아닐까?

가해자는 경찰에서 까뮈가 먼저 츄르를 주는 자신의 팔을 할퀴었다고 했고, 조세핀이 먼저 자신의 손을 물었다고 진술했다고 했다. 까뮈와 조세핀 둘 다 지난 5년간 사람에게 상처를 내는 행동은 단 한번도 하지 않았다. 찻집을 찾았던 많은 사람들과 접촉이 있었지만 사랑받고 이쁨받는 대상이었다. 가해자는 또 조세핀과 까뮈가 그냥 길고양이라 생각했다고 했다. 길고양이는 그렇게 학대를 해도 되는 대상이라는 말인가? 오히려 실내에서 기르지 않은 재영 언니에게 일부 책임을 떠넘기려 했다고 했으며, 오히려 자신이 피해자라는 주장까지 했다고 했다. 오히려 까뮈와 조세핀에 의해 당한 상처의 치료비용을 청구해야 하는 것 아니냐는 터무니없는 주장까지 했다고. 하지만 CCTV 영상을 토대로 경찰에서는 동물 학대 이유가 있다고 판단

검찰에 송치했고 다음 주 약식재판이 열린다고 했다.

 조세핀과 까뮈에게는 선하고 자비로운 모습의 가면을 쓴 악마가 다가갔던 것이었다.

 -언니, 그 사람에 대해 아는 것 있어요?

 나는 가해자를 만나서 이유를 묻고 싶었다. 도대체 어떤 마음으로 아이들에게 그러한 몹쓸짓을 했는가에 대해서. 하지만 언니도 가해자의 신상에 대해 잘 알지 못한다고 했다. 경찰에서도 개인정보 보호를 위해 가해자의 인적 사항을 알려 줄 수 없다고 했다. 생명의 권리는 존재하지 않는 듯했다. 피해자와 그 가족의 슬픔 보다 가해자의 인권이 더 보호받는 나라. 아빠가 해 주셨던 해월의 이야기가 머릿속을 맴돌았다. '나막신을 신고 뛰어가는 어린이의 소리에 내 가슴이 다 아프네' 라는 말씀이. 해월은 어린아이가 신은 나막신의 쿵쿵거림에 땅이 울리고 그 주위의 작은 생명들이 놀라지 않을까? 하는 생명에 대한 존중이 항상 가슴에 스민 사상가였다고 아빠는 말씀하셨다. 오웰과도 함께 나눈 이야기였다. 해월이 온몸과 마음으로 말하던 생명의 존중까지는 바라지도 않는다. 생명에 대한 최소한의 예의와 존중. 그것이 그리도 어려운 일이란 말인가?

 -검찰에서 약식기소를 해서 재판에 가해자가 참석하지 않아도 된다고 해. 가해자를 직접 볼 수 있는 기회는 없을 수도 있어. 가해자가 재판 결과에 대해 이의를 신청하고 정식 재판을 요구하지 않는다면 가해자가 직접 출석하는 정식 재판은 열리지 않

는다고 경찰서에서 이야기해 주었어.

조세핀과 까뮈가 사람이었어도 이렇게 단순한 사건으로 진행되었을까? 지금 이렇게 생각하고 있는 나 자신이 잘못된 생각을 하고 있는 것일까? 이대로 그냥 끝낼 수는 없다고 생각했다. 가해자의 얼굴이라도 한번 보고 싶었다. 도대체 어떻게 생겨 먹은 인간인지.

-언니, 고마워. 그리고 언니 혼자 그 힘들었을 과정을 겪게 해서 내가 미안해. 조세핀은 내가 데리고 갈게.

재영 언니는 두루마리 휴지보다 작은 조세핀의 유골함을 나에게 건네 주었다.

-영주씨, 조금만 슬퍼하고. 먼 곳에서 오는 동안 많이 피곤할 텐데 일단 며칠 푹 쉬어.

나는 조세핀을 안고 작업실로 돌아왔다. 몸은 천근만근 무거웠지만 쉬이 잠이 들 수 없다는 것은 스스로 잘 알고 있었다. 조세핀의 유골함을 품에 안은 채 쇼파에 털썩 주저앉았다. 창밖은 짙은 어둠이 무겁게 내려앉고 있었다. 현관의 센서등이 꺼지고 작업실 내부도 함께 어둠의 심연으로 빨려 들어가고 있었다. 불을 켜고 싶은 생각이 들지 않았다. 이대로 허망하게 조세핀을 떠나보낼 수는 없다고 생각했다. 최소한 가해자의 사과와 반성은 있어야 한다고 생각했다. 사람이라면 그래야 하는 것이다. 가해자를 만나 봐야겠다고 생각했다. 어떠한 방법을 쓰더라도. 어떠한 대가를 치르더라도. 그것이 조세핀을 위한 일이 아닌 나를 위한 내 자신의 평화를 얻고자 함이라고 다른 이들이 손가락질을 한다 해도, 나는 해야 한다고 생각했다.

나도 모르게 잠이 들었던 것 같았다. 쇼파에 웅크린 채로. 커튼을 치지 않은 창으로 햇살이 강하게 비춰오는 느낌을 받았다. 눈을 떠 보니 정오가 다가오고 있었다. 방법을 찾아야 했다. 가해자의 신상정보를 알아낼 수 있는. 품에 안고 있던 조세핀의 유골함을 책상 귀퉁이에 놓인 조세핀의 사진 옆에 옮겨 놓았다.

일주일째 나는 넋이 나간 채 아무런 일도 할 수 없었다. 허기가 지는 것도 느낄 수 없었다. 재영 언니와 부모님의 전화가 걸려 왔지만 받고 싶은 생각이 없었다. 다만 걱정 말라는 생존 확인의 문자를 보냈을 뿐이었다. 어차피 혼자 감당해 내야 할 내 몫의 슬픔이라 생각했기 때문이었다. 엄마에게 죄송하고 걱정하실 것은 알지만 작업실로의 방문은 자제해 달라는 내용의 문자도 남겼다. 지금 이상황의 초췌한 나의 모습을 언니나 부모님께 보여 주고 싶지 않았기 때문이었다.

출판사에서 연락이 왔다. 내가 번역한 글로리아 오웰의 한글판 '생명의 지평선'이 인쇄를 마치고 오늘 출간한다는 소식이었다. 하지만 기쁜 마음이 들지 않았다. 간단한 인사로 전화를 끊었다. 오웰에게서도 메일이 와 있었다. 답장은 짧게 했다. 감사하다고. 하지만 지금은 개인적 문제로 한동안 연락을 하지 못할 수도 있다고. 이 상황이 정리되면 연락을 하겠노라고. 주변인들에게 지금 나의 상황을 알리거나 설명하고 싶지 않았다.
 양치를 하며 거울 속에 비친 내 모습을 보았다. 예전의 내가 아니었다. 머리는 헝클어져 있었고 두 눈은 움푹 들어가 있었으며, 두 눈 아래로 다크써클이 짙게 배어있었다. 어찌 보면 흡사 임종을 얼마 남기지 않은 병자의 모습이었다. 이렇게 스스로 무너져서는 안 된다는 생각이 들었다. 샤워하고 주방으로 가서 쌀을 씻었다. 억지로라도 무언가를 먹어야겠다는 생각이 들었다. 조세핀도 이렇게 무너져가는 내 모습을 원하지 않으리라 생각했다. 또다시 눈물이 볼을 타고 흐르고 있었다. 식사를 마치고 푸석한 얼굴을 감추고 싶어 화장대 앞에 앉아 얼굴에 화장을 했다. 몇 개월 만의 화장인지 기억이 나지 않았다. 직장생활을 그만두고부터는 특별한 이벤트가 있을 때만 했던 화장이었다. 손놀림이 어색했다.
 언니로부터 문자가 왔다.
 [영주씨, 경찰서에서 연락이 왔어. 재판 결과에 대해서.]
 오늘은 재영 언니를 보려고 했었다. 때맞춰 언니에게 문자가 온 것이었다.
 [그러지 않아도 언니에게 가려던 참이었어요. 찻집으로 갈게요.]
 언니에게 답장을 보내고 외출 준비를 했다. 봄이 찾아오려는 것인지 매섭던 추위도 한걸음 물러서는 듯하였다. 재영 언니의

찻집에 도착했을 때 입구에 휴업을 알리는 표지가 붙어 있었다. 귀국 날 언니의 찻집을 찾았을 때는 밤이기도 했지만, 조세핀과 언니를 만날 생각에, 미처 보지 못한 안내문이었다.

=개인 사정으로 당분간 영업을 하지 못하게 된 점 사과드립니다. 12월 30일=

내가 미국으로 출국한 다음 날이었다. 조세핀과 까뮈의 사고가 있던 날, 언니는 그날 이후 지금까지 찻집의 영업을 하지 않았던 것이었다. 내 슬픔에 갇혀 언니의 슬픔을 보지 못했던 것이다. 어쩌면 언니는 나보다 더 깊은 슬픔의 바다 깊숙이 빠져있는 것인지도 모른다. 내가 이기적 인간은 아니었을까? 언니는 혼자서 저 긴 시간을 감내했을 것이다. 찻집의 문을 열었다. 딸랑 거리는 익숙한 소리. 언니는 내가 항상 앉던 자리에서 나를 바라보며 힘없는 손짓을 했다. 가까이서 본 언니의 모습은 수척해 있었다. 귀국 날 조세핀의 이야기를 들었을 때도 저 모습과 같았으리라. 하지만 나는 언니의 모습을 제대로 볼 수 없었었다. 지금에서야 홀로 버텨내야만 했을 고통의 시간이 고스란히 언니의 얼굴에 투영되고 있음을 알 수 있었다.

-미안해요, 언니. 내가 언니의 슬픔과 고통을 알아보지 못했었네.

언니 앞에 주저앉듯 무릎을 꿇었다. 그런 나의 앞에서 언니도 무릎을 꿇으며 나를 감싸안아 주었다.

-내가 더 미안해 영주씨.

한동안 우리는 소리 없는 눈물을 함께 삼켰다.
  재판 결과는 벌금 500만 원에 배상금 100만 원의 판결이 나왔다고 했다. 가해자는 이를 수용했고 벌금 납부 및 배상금을 법원에 공탁했다고 했다. 신분증을 지참하고 법원에 공탁된 배상금을 찾아가라고도 했다고 했다. 언니는 결과를 받아들일 수 없다고 했다. 공탁금을 수령하지 않을 것이라고 했다. 어처구니없는 판결이었다. 두 생명을 앗아간 범죄의 대가가 고작 벌금 500만 원이라니. 나 또한 인정할 수 없었다. 법원 판결의 요지는 동물 학대에 있는 것이 아니었다. 재물손괴에 해당하는 범죄에 가까운 것이었다. 까뮈와 조세핀이 길고양이였다면 이보다 훨씬 가벼운 처벌, 아니 그 누구의 신고도 없었다면 아무런 죗값도 받지 않았을 것이었다. 반려인이 있는 동물을 해하거나 사망에 이르게 한다 해도 이 나라에서는 생명으로서 대하는 것이 아닌 반려인의 재물 또는 재산의 의미로밖에 해석되지 않았다. 반려동물의 생명권이 보장되지 않을진대, 그 생명의 마지막을 추모하는 장례 절차 따위는 생각지도 않을것이다. 조세핀과 까뮈의 생명에 대한 가치가 고작 50만 원이었다. 장례 비용에도 못미치는 금액이 돈으로 환산할 수 없는 조세핀과 까뮈의 목숨값이라는 것에, 언니와 나는 분노감을 느낄 수밖에 없었다.
  -언니, 우리 그 배상금 수령하지 말아요.

탐정사무소

　노트북의 전원을 켰다. 네이버 검색란에 탐정사무소를 입력하자 수많은 업체들이 자신들의 영업 활동 및 노하우를 자랑하는 내용의 홍보 게시물이 올라와 있었다. 서울에 소재하는 여러 곳의 탐정사무소를 검색해 보았다. 주로 이혼 및 상간을 주업무로 하고 있었으며, 최근 사회문제의 중심으로 떠오르고 있는 스토킹 관련 증거 업무가 대부분이었다. 업체를 검색하던 중 경찰 출신 공인 탐정사무소라는 업체에 눈길이 갔다. 전화를 해 보기로 했다. 몇 번의 연결음이 들렸고 상대방의 목소리가 들려 왔다.

　-베스트 탐정사무소입니다.

　젊은 여성의 목소리였다. 아마도 상담을 전문적으로 하는 직원인듯했다.

-사람을 찾고 싶은데 가능할까요?
-기본적인 인적 사항을 알 수 있다면 가능합니다.
-인적 사항을 알 수 없는 상황입니다만.....
-네 그러시군요....
상담직원은 잠시 침묵하다가 대답했다.
-실장님과 직접 상담해 보는 것이 좋을 것 같습니다. 지금 실장님께서 외근 중이신데 돌아오시면 연락드리도록 하겠습니다. 의뢰인 분 연락처와 이름을 알려 주시면 실장님 돌아오시는 대로 연락드리도록 하겠습니다.
나는 전화로 상담하는 것보다는 직접 대면하고 상담해 보는 것이 좋을 것 같다는 생각이 들었다.
-실장님이라는 분 언제쯤 사무실로 복귀하시는지 알 수 있을까요? 제가 직접 찾아뵙고 상담을 하고 싶은데....
-5시 정도면 들어오실 것 같습니다.
시계를 보니 2시가 조금 지나고 있었다. 나는 사무실의 위치를 다시 한번 확인하고는 5시 상담을 예약했다. 사진 속 조세핀은 창가에서 햇볕을 쬐고 있었다. 노트북의 전원을 끄고 조세핀의 유골함을 깨끗이 닦아주었다. 유골함 앞에 조세핀이 좋아하던 사료와 츄르를 놓아 두고 외출 준비를 했다. 출판사에서 보내준 한글판 '생명의 지평선' 한 권을 가방 속에 넣었다.
서울로 가는 길은 대중교통을 이용하는 것이 훨씬 편리했다. 어느덧 벚꽃이 만개해 있었다. 바람이 불 때면 눈이 내리듯 흰

벚꽃이 하늘을 뒤덮으며 땅으로 내렸다. 세상은 평온한 듯 보였다. 탐정 사무소는 서초동의 법원 근처에 변호사 사무실들이 밀집해 있는 곳에 자리 잡고 있었다. 상담원이 알려준 00빌딩 안으로 들어서자, 각종 사무실의 위치를 알리는 안내판이 건물 벽면에 가득 붙어 있었다. 변호사 사무실, 법무사 사무실이 대부분 자리를 차지하고 있었다. 7층을 가르키는 안내판 쪽에 '베스트 탐정 사무소'의 안내판이 보였다. 7024호. 나는 엘리베이터를 타고 7층 버튼을 눌렀다. 시계를 들여다 보니 4시 50분을 가르키고 있었다.

7층에 도착한 엘리베이터 문이 열렸다. 맞은편 벽면에 각각 사무실을 안내하는 표지판이 붙어 있었다. 탐정사무소는 오른쪽 방향이었다. 노크를 하고 탐정사무소의 문을 열었다. 전화를 받았던 것으로 생각되는 여직원이 인사를 하며 맞아 주었다.

-5시 예약하신 민영주씨 맞으실까요?

나는 그렇다고 했다. 여직원은 상담실로 나를 안내해 주었고 티백 녹차 한잔을 내어 주었다.

-잠시만 기다려 주세요. 실장님이 곧 오셔서 상담해 주실거에요.

TV나 영화에서 보아 왔던 일반 흥신소의 모습이 아니었다. 규모도 작지 않았고 깔끔하게 인테리어 된 모습이 흡사 변호사 사무실 같은 느낌을 주었다. 녹차를 두 모금 마셨을 때 40대로 보이는 건장한 체구의 깔끔한 인상을 가진 남자가 정장 차림으로 문을 열고 들어섰다. 나는 일어서서 서로 인사를 했다.

- 베스트 탐정 사무소 실장 서하윤입니다. 어떤 일로 방문을 하셨을까요?

나지막한 말로 나에게 질문을 했다.

-사람을 찾고 싶습니다.

나 또한 간결하게 대답했다.

-어떤 사람입니까? 저희는 범죄와 관련될 수 있는 불법적인 의뢰는 받지 않고 있습니다. 요즘 스토킹 문제가 사회적으로 부각 되고 있어 자칫 스토킹범죄의 대상을 찾기 위한 의뢰가 자주 들어와서 드리는 말씀입니다.

생각을 해 보니 내가 그를 찾는 이유가 충분히 스토킹범죄로 엮는다면 당연히 그럴 수도 있을 것이라는 생각이 들었다.

-제가 찾는 사람을 제가 쫓지 않는다면 스토킹 범죄가 되지는 않겠지요? 직업과 이름 정도만 저에게 알려 주시면 됩니다. 그 외의 인적 사항에 대해서는 요구하지 않겠습니다. 그리고 그의 동선을 한 달 정도 파악해 주시고 특별한 부분이 있다면 저에게 알려 주시는 정도의 의뢰를 하고자 합니다. 가능할까요? 여러 곳을 알아보다 실장님께서 경찰 출신이라는 사실 때문에 이곳에 의뢰하려 했습니다. 경찰 출신 맞으시죠?

-네 그렇습니다. 형사 일을 13년 정도 했습니다. 구체적으로 의뢰하실 인물에 대한 정보를 듣고 싶군요. 들어보고 수락 여

부를 판단하겠습니다.

나는 그간의 일에 관해 설명했다. 까뮈와 조세핀의 사고에 대해서 그리고 그 사람의 행적을 찾는 것은 또 다른 동물 학대를 이어가고 있지는 않을까? 하는 마음에 그를 찾고자 하는 것이라고 했다. 혹시나 범죄의 현장을 접하게 된다면 증거를 확보해 제대로 된 법의 심판을 받게 하고 싶다고 했다. 나의 이야기를 들은 서하윤 실장은 의뢰를 수락하였다. 다음은 수임료에 관하여 서하윤 실장이 설명하였다. 선불과 후불을 선택할 수 있는데 선불의 경우 의뢰를 마칠 때까지 추가 비용은 발생하지 않으며, 후불을 선택하면 경비 일체를 실비로 계산하여 청구한다고 하였다. 각각의 장점이 있으니 판단해 보라고 하였다. 비용은 직원회의를 거쳐 문자로 알려 주겠다고 하였으며, 후불의 경우라도 착수금으로 100만 원은 선입금되어야 의뢰를 진행한다고 하였다. 상담을 마무리 짓고 탐정사무소를 나왔다. 해가 지고 있었다. 서쪽 하늘에 노을이 붉게 물들고 있었다. 가로수로 심어진 벚꽃 나무에서는 여전히 꽃비를 떨구고 있었다.

재영 언니가 보고 싶었다.

[언니, 나 지금 서울인데 언니가 보고 싶네? 넉넉잡아 두 시간이면 갈 수 있을 것 같은데 볼 수 있을까?]

언니에게 문자를 했다. 지하철 입구에 도착했을 때쯤 언니에게 문자가 왔다.

[그래, 조심히 내려와]

언니의 찻집에 도착했을 때 휴업을 알리는 팻말은 여전히 걸려 있었다. 왼쪽 가슴에 지긋한 통증이 몰려오는 것 같았다. 딸랑 소리와 함께 찻집 안으로 들어서니 언니는 예전의 미소로 나를 맞아 주었다. 언니에게는 탐정사무소 방문을 알리지 않기로 했다. 언니의 마음에 걱정 한 숟가락 더 얹어주는 것일지도 모르기 때문이었다.

-서울엔 어떤 일로?

-출판사 잠깐 들렀어.

미리 챙겼던 한글판 '생명의 지평선'을 언니에게 건냈다.

-언니도 이젠 일상으로 돌아가야 하지 않을까?

나는 찻집의 영업을 다시 시작하는 것에 대해 언니에게 말하고 있었다.

-어차피 돈 벌려고 시작한 찻집도 아니고, 남은 애들이랑 좀 더 쉬고 싶네.

언니는 짙은 어둠으로 가득한 창밖을 바라보며 답했다. 언니는 애초 경제적으로 그리 아쉬움이 없는 사람이었다. 일찍 돌아가신 부모님으로부터 물려받은 적지 않은 유산과 길지 않은 시간 언니의 전부였던 사람의 사고로 인한 보상금으로 생계를 위한 경제활동에 목메지 않아도 된다는 사실을 나는 진즉부터 알고 있었다. 거기에다 이곳 찻집을 준비할 때 넓은 면적의 토지를 분양받았던 것이, 도시의 발전과 더불어 가치가 상승하였고 찻집 부지를 남기고 매매한 토지 수익금 또한 적은 금액이 아니었다.
 -그래도 집사들 입장에서는 이곳만한 쉼터도 없잖아.
 틀린 말이 아니었다. 반려묘를 키우는 사람들의 입장에서는 고양이와 함께 휴식을 취하며 차를 마실 수 있는 공간이 거의 없는 것이 사실이었다. 기존에 자주 들르던 언니의 고객들도 지금의 상황이 혼란스러움이었을 것이다. 그들의 입장에서는 이유도 알지 못한 채 갑작스럽게 찾아온 휴업이었으리라. 그들은 조세핀과 까뮈의 사고 소식을 모를 수도 있을 것이다. 언니도 나도 그 사실을 나의 엄마 아빠 말고는 아무에게도 전하지 않았으니 말이다.
 사고 이후 언니는 길고양이 구조에도 한동안 손을 놓고 있었다.
 -언니, 찻집을 찾던 사람들과 고양이들을 위해서라도 일상으로 빨리 돌아갔으면 해.
 언니는 계속 어두운 창밖을 바라볼 뿐이었다.
 한동안 말 없는 침묵 속에서 우리는 서로의 아픔을 위로하고 있었다.
 -책 잘 읽을게, 고마워. 영주씨. 아이들 밥줄 시간이네.
 -그래요, 언니.
 작업실로 돌아오는 길 신호등 앞에 섰을 때 어렸던 조세핀의 울음소리가 들리는 듯하였다. 작업실로 돌아온 나는 사고 이후 찾아온 불면증으로 인해 다니기 시작했던 정신건강의학과에서 처방받은 수면제를 입속에 털어 넣고 벌컥벌컥 물을 마셨다. 꿈속에서 조세핀이 나를 향해 번쩍 뛰어올라 나의 가슴에 안기고 있었다.

심한 갈증을 느끼고 잠에서 깨어 보니 10시가 넘어가고 있었다. 휴대전화에 탐정사무소로부터 문자가 도착해 있었다.
[고객님께서 의뢰하신 부분에 대한 검토가 끝났으며 결과를 안내해 드립니다. 회의 결과 3명으로 구성된 팀을 꾸려야 하며, 선불의 경우 1개월 동안 의뢰하신 내용의 업무를 추진하기 위해서는 1천만 원의 견적으로 결정되었으며, 후불의 경우 100만 원의 착수금을 비롯하여 주간 단위로 인건비를 포함한 업무 진행비 지급을 요청하게 되며 입금이 되지 않으면 의뢰는 자동으로 중지됨을 알려드립니다. 검토해 보시고 연락해 주시기를 바랍니다. -베스트 탐정사무소-]
물을 마시며 나는 생각했다. 어떤 선택이 효과적일까에 대해서. 하지만 탐정사무소의 생태를 알 수 없는 나로서는 결과를 도출해 낼 수 없었다. 일단 전화를 해 보는 것이 좋을 듯했다. 탐정사무소로 전화를 해 보니 선불이든 후불이든, 의뢰를 정식으로 접수를 하기 위해서는 의뢰 계약서를 써야 한다고 했다. 실장과 직접 계약서를 쓸 수 있는지 물었고 가능하다는 답변이 돌아왔다. 오늘 다시 방문하겠다고 두 시간 정도의 이동시간이

필요하다고 그 시간을 고려해서 미팅 시간을 조율해 문자로 알려달라고 했다.

　잠시 후 문자가 왔다.

　[오후 3시경 미팅 가능하실까요?]

　나는 가능하다는 답장을 보냈다. 서둘러 준비해야 할 것 같았다. 준비를 마치고 재영 언니에게 전화했다. 식사는 했냐고. 언니도 아직 식사 전이라고 했다. 나는 언니에게 같이 식사를 하자고 했다. 언니도 그러자고 했다. 조세핀과 까뮈의 사고 사실을 알고 난 뒤 언니와의 첫 식사였다. 언니 찻집 근처의 국수집에서 만나기로 했다. 봄날씨는 변덕이 심했다. 어제 그 평화롭던 날씨는 오간데 없고 뿌우연 황사와 함께 바람이 제법 세차게 불고 있었다. 국수집에 도착하니 언니가 먼저 와 있었다. 나를 향해 손을 흔들어 주었다. 언니와 나는 잔치국수를 시켰다.

　-언니, 어제 제 말에 대해 생각해 보셨어요?

　-어제 영주씨 가고 나서 나도 한참 동안 생각을 해 보았어. 까뮈와 조세핀도 이런 나의 모습을 바라진 않을 거야. 그렇지?

　언니도 많은 고민을 했던 것 같았다. 주문한 잔치국수가 나왔다. 우리는 조용히 국수를 먹었다.

　-언니, 나 서울에 볼일 있어 지금 서울 가요.

　-출판사?

　나는 대답 대신 가벼운 웃음을 보였다.

-조심해서 잘 다녀와. 나도 생각을 조금만 정리해 보고 어찌할지 이른 시간 안에 결정할게.

나는 언니와 헤어진 후 지하철역으로 가는 버스 정류장으로 향했다. 바람에 머리카락이 마구 헝클어지고 있었다. 손목에 있던 고무밴드를 빼어 머리카락을 질끈 동여맸다. 이어폰을 귀에 꽂고 음악을 재생시켰다. 감미로운 나나무스꾸리의 노래가 나의 귀를 통해 심장 깊숙이 파고들었다. 엄마가 좋아하셨던 탓에 어릴 적부터 들어 왔던 노래였다.

약속 시간인 3시보다 20분가량 먼저 탐정사무소에 도착했다. 어제 본 그 여직원이 친절한 미소로 어제와 같은 상담실로 안내를 해 주었다. 차 한 잔 드릴까요? 라는 나는 믹스커피 한잔 부탁해도 될까요? 라고 말했다. 가능하다고 조금만 기다려 달라고 했다. 나 스스로 믹스커피를 부탁한 자신이 당황스러웠다. 나는 믹스커피를 거의 먹지 않았기 때문이었다. 내 몸 깊은 곳에서 달달한 무언가가 필요하다고 외치고 있었던 것일까? 잠시 뒤 여직원과 함께 어제 본 서하윤 실장이 상담실로 들어왔다. 믹스커피는 노란색 머그잔에 담겨서 내 앞에 놓였다.

-오시느라 고생하셨습니다. 커피 드시면서 계약서 검토해 주십시오.

서하윤 실장은 미리 준비해 둔 의뢰 계약서 한 부를 내게 건네주었다. 계약서에는 의뢰 내용과 사무소 측에서 입수한 정보를 성실히 고객에게 전달한다는 내용이 적혀 있었다. 또한 의뢰인은 사무소 측으로부터 받은 정보를 불법적인 일에 사용하지 않는다는 의무 사항 또한 적혀져 있었다. 또한 사무소 측에서 고객의 의뢰 사항을 이행하지 못할 때에는 의뢰비를 반환한다는 내용도 담겨져 있었다.

-의뢰비는 선불로 하겠습니다.

나는 사무소로 오기 전 은행에서 인출한 5만 원권 두 뭉치를 서하윤 실장에게 건넸다.

-사소한 정보라도 좋으니 확인되는 즉시 문자로 연락 부탁드립니다. 제가 직접 통화하는 것에 익숙하지 않아서...

-내일부터 의뢰 착수하겠습니다. 최선을 다하겠습니다.

서하윤 실장은 계약서 두 장을 꺼내서 계약서를 작성했다. 부동산 계약할 때와 비슷한 형식의 계약이었다. 마지막으로 내가 서명을 했고, 입금확인 영수증과 함께 계약서가 끼워진 파일 하나를 나에게 건네주었다. 가해자에게 한발자국은 다가선 것 같았다. 달달한 커피가 입속을 감쌌다. 이 커피의 달달함 만큼 좋은 소식이 빨리 나에게 전해지기를 바라는 마음이 앞섰다. 나는 커피잔을 내려놓고 일어서 가벼운 목례를 하고 탐정사무소를 나섰다. 거리는 사람들로 북적였고 여전히 황사는 짙었다. 바람도 거칠게 불고 있었다. 목구멍이 칼칼해져서 숨쉬기가 힘이 들었다. 근처 약국에 들러 마스크를 하나 샀다. 이대로 작업실로 돌아가고 싶지 않았다. 길 맞은편 쪽에 찻집이 보였다. 잠깐 동안이라도 조용히 혼자 있고 싶었다. 주위에는 행인들로 넘쳐났고, 돌아가는 지하철과 버스에서도 많은 사람들 속에 묻혀 가야 할 것이기에 숨이 막힐 듯하였다. 횡단보도를 건너 2층에 자리한 찻집으로 들어섰다. 다행히 손님이 많지는 않았다. 나는 구석 창가 쪽에 앉아 쌍화차를 한잔 주문했다. 변덕스러운 날씨로 인해 감기가 찾아올 것 같은 느낌이 들었기 때문이었다. 이어폰을 끼고 음악을 재생시켰다. 메리홉킨스의 Those were the days가 재생되고 있었다. 엄마가 보고 싶었다. 하지만 지금이 모습으로 엄마를 만나러 간다면 오히려 걱정만 끼쳐드릴 것 같았기에 마음을 접었다.

　쌍화차가 투박하지만, 소담스러운 옹기 재질의 컵에 담겨서 내 앞에 놓였다. 진한 한약 냄새를 닮은 쌍화차 향이 코를 스치고 있었다. 두 손으로 컵을 감싸니 따스함이 두 손 가득 전해왔다. 쌉싸름한 쌍화차를 한 모금 마시자, 온기가 전신으로 퍼져나가는 느낌이 들었다. 나무로 만든 앙증맞은 찻숟가락으로 쌍화차에 들어있는 고명을 건져 입에 넣었다. 대추의 달큰함과 잣의 고소함이 입안 가득 퍼졌다. 호두와 땅콩 감말랭이도 고명으로 들어가 있는 듯했다. 한 시간 정도가 지난 것 같았다. 이제는 작업실로 돌아가야 할 것 같았다. 교대역에서 2호선을 탔다. 한강을 지날 무렵 서쪽 하늘에서 석양이 지고 있었다. 짙은 황사와 겹쳐 붉은빛을 띠고 있었다. 조세핀의 눈물 같은 노을이 물들고 있었다. 작업실에 도착했을 때는 이미 사위가 어둠에 물들어 있었다. 나는 언제나처럼 수면제를 입에 털어 넣고 물을 마셨다. 센서등이 꺼졌다. 나는 주위를 더듬으며 침실로 향했다. 조세핀은 평생 이렇게 어둠 속에서 지냈었겠지? 하는 생각이 들었다. 옷을 갈아 입을 생각도 하지 않은 채 침대 위 이불속으로 기어들어 갔다.

재영 언니에게 문자가 왔다.
[영주씨, 찻집 문 다시 열기로 결정했어.]
언니의 문자를 확인하고 바로 언니의 찻집으로 달려갔다. 찻집의 문이 활짝 열려 있었고 여러 사람들이 분주하게 움직이고 있었다. 나를 알아본 언니가 걸레를 손에 쥔 채로 나에게 왔다.
-새로운 기분으로 찻집을 열려고.
언니는 그동안 제대로 관리하지 않았던 찻집을 청소하는 중이라고 했다. 찻집의 테이블과 의자들이 모두 주차장 밖으로 나와 있었다.
-이참에 분위기를 확 바꾸어 볼까도 생각 중이야.
나는 알고 있다. 언니가 조세핀을 위해 5년 동안 화분의 위치 하나도 옮기지 않았다는 사실을. 언니에게 지금 그대로의 모습으로 찻집을 다시 연다는 것은 까뮈와 조세핀의 아픈 기억 속에서 헤어 나오지 못할 것이라는 사실을.
-그래요, 언니. 새 술은 새 부대에 담는다고, 우아하게 확 한 번 바꿔 봐요.

나는 그렇게 말하고 있었지만, 찻집의 내부가 바뀐다는 것은 나에게 있어 조세핀과의 추억의 한 페이지가 내 눈앞에서 사라진다는 씁쓸함으로 다가왔다. 하지만 그것은 내 욕심이라는 것도 알고 있다.

-내가 도와줄 일 없어?

-모든 일은 전문가에게 맡기는 게 가장 효율적인 방법이야.

언니는 손사래를 쳤다.

-영주씨도 작업 다시 시작해야 하지 않아?

언니는 알고 있는 것 같았다. 그날 이후 내가 나의 일을 하지 못하고 있다는 것을. 모르는게 이상한 일이었을지도 모른다. 언니와 나 둘, 모두 어제까지도 같은 슬픔의 심연 속에서 허우적 거리고 있다는 것을, 같이 느끼고 있었을 것이기에. 나는 쉬이 대답할 수 없어 그냥 옅은 미소로 언니를 바라 보고만 있었다. 언니는 나의 어깨를 토닥여 주었다.

-커피 타올게.

다행이라는 생각이 들었다. 언니라도 예전의 모습으로 조금씩 돌아가려는 모습을 느낄 수 있었기 때문이었다. 그저 감사하다는 생각이 들었다. 언니가 커피를 들고 나왔다. 우리는 주차장 한쪽에 의자를 놓고 커피를 마셨다. 넝쿨장미가 빨간 봉우리를 틀고 있었다. 시간은 그렇게 흐르고 있었다. 계절은 우리의 슬픔과는 상관없이 자신만의 기준을 지키며 바뀌어 가고 있었다.

문자를 알리는 진동음이 느껴졌다. 탐정 사무소의 문자였다.

[의뢰하신 내용에 진행상황과 확보한 정보를 메일로 정리하여 보냈습니다. 확인 바랍니다]

-언니 필요한 거 있으면 말해요.

나는 휴대전화를 흔들어 보이며 자리에서 일어났다.

-출판사? 일하게?

나는 마냥 웃어줄 수밖에 없었다.

-가볼게요.

작업실로 돌아가는 나의 뒷모습이 보이지 않을 때까지 언니는 나를 바라보았고 내가 뒤 돌아 볼 때마다 언니는 나를 향해 손을 흔들어 주었다. 참으로 고마운 사람이었다.

작업실로 돌아온 나는 노트북의 전원부터 켰다. 로딩 시간이 길게만 느껴졌다. 메일함을 열어보니 베스트 탐정사무소에서 보내온 메일이 있었다. 열어보았다.

의뢰하신 건에 대해 지금까지 확보한 내용을 아래와 같이 첨부합니다.

1. 사건 관계자의 성명 : 이기O(정확한 이름은 계약서에 명시된 바와 같이 밝힐 수 없음.)
2. 사건 관계자의 나이 : 30세
3. 사건 관계자의 직업 : 공무원(정확한 근무지와 직위는 위와 같은 이유로 밝힐 수 없음.)
4. 사건 관계자의 주거지 : 의인시(자세한 주소는 위와 같은

사유로 밝힐 수 없음)
5. 특이 사항 : 매주 금요일 오후 명광시 근처 호숫가를 찾는 것으로 추정됨(2주 연속 같은 시간대에 호수의 같은 장소에서 약 1시간 가량 머뭄.)
이상 2주간 진행된 의뢰에 관한 확인된 상황을 알려드립니다. 계속 관찰 하겠습니다.
=베스트 탐정연구소 실장 서하윤=

이제 두 발자국 정도는 다가간 셈이었다. 휴대전화 문자를 보냈다.
[감사합니다. 계속 관찰 부탁드립니다.]

얼마 뒤 재영 언니의 찻집이 새롭게 단장하여 문을 열었다. 간판도 바뀌어 있었다. 앙증맞은 고양이 발자국이 그려져 있었고 작은 글씨로 고양이와 함께하는 찻집이라는 문구가 적혀 있었다. 찻집 내부는 예전과 완전히 다른 모습으로 바뀌어 있었다. 좀 더 밝은 색상으로 페인팅 되어 있었고, 테이블 개수는 줄어 있었다. 남은 공간은 캣타워와 고양이 텐트, 대형 스크레쳐가 곳곳에 놓여 있었다. 언니의 찻집 '다사랑'은 공식적인 반려묘와 집사를 위한 공간으로 재탄생하게 된 것이었다.
-축하해요, 언니.
나는 행운목 화분과 고양이 발자국이 그려진 머그잔 20개를 선물했다. 우연히 인터넷을 검색하다 본 머그잔이었는데 노랑 빨강 파랑등 여러 가지 색상이 있어 종류별로 주문했었다. 언니도 만족했다.

-어머 어쩜 이렇게 예쁜 놈들을, 고마워 영주씨.

 토요일, 언니의 찻집은 손님들로 북적이고 있었다. 반려묘와 함께하는 많은 사람들이 언니의 찻집에 목말라하고 있었음을 증명이라도 하듯. 손님들은 그동안 찻집을 열지 않은 것에 대해 궁금함을 물었지만, 언니는 단순히 개인적인 사정이 있었다고만 말했다. 또 다른 변화가 한 가지 있다면 언니는 더 이상 주방에서 직접 차를 만들지 않았다는 사실이다. 새롭게 찻집을 열며 언니는 직원을 채용해 찻집의 운영을 대부분 맡기고 고양이들과 함께하는 시간을 많이 가지려고 했다. 언니가 돌보는 고양이든지, 손님과 동행한 고양이든지. 그렇게 언니의 얼굴에는 조금씩 미소가 늘어나고 있었다. 손님들과 함께 온 고양이들도 찻집 공간이 마음에 들었던 모양이었다. 제각각 캣타워 위를 뛰어오르기도 했고 텐트 안에 들어가 휴식을 취하는 고양이도 있었으며, 스크래쳐를 박박 긁기도 하고 넓은 고양이 방석 위에서 뒹굴이를 하는 고양이까지. 사람과 고양이가 각자 나름대로 존중받는 공간이 된 것이었다.

 나는 감사한 마음으로 언니에게 인사를 하고 찻집을 나와 작업실로 돌아왔다. 어쩌면 영업시간 동안은 예전처럼 조용하게 언니와 단둘이 차를 마실 기회가 오지 않을 수도 있겠다는 생각이 들었다. 나에게는 조세핀이 없었고 언니의 찻집은 예전보다 많은 손님과 고양이들이 찾을 것이었기 때문이었다. 조세핀이 더욱 그리워지는 날이었다. 장미가 붉은 봉우리를 활짝 펴고 있었다.

문자를 알리는 진동음이 들렸다. 휴대전화를 확인해 보니 탐정사무소의 서하윤 실장의 문자였다.
 [긴급히 상의드릴 상황이 확인됨에 따라 직접 만나 상황을 설명드려야 할 것 같습니다. 답장 바랍니다]
 계약 종료 5일이 남은 시점이었다. 어떤 상황이 벌어진 것일까? 나는 답장을 했다.
 [제가 서울로 가야 할까요?]
 문자를 보냈다. 잠시 뒤 전화를 알리는 진동음이 연이어 들려왔다. 서하윤 실장이었다. 직접적 통화를 원치 않는다고 분명히 말했었는데, 하지만 이 전화는 받아야 할 것 같은 생각이 들었다.
 -민영주입니다.
 서하윤 실장은 내 목소리를 확인하고선 죄송하다는 말과 함께 직접 만나, 상황에 대해 논의해야 할 것 같다고 했다. 지금 내가 있는 곳이 어딘지 물어왔다. 나는 의인시에 있다고 말했다. 자신이 지금 명광시에 있으니 늦어도 1시간이면 의인시에 도착할 수 있다고 했다. 나는 집앞 공원에서 만나자고 했다. 근처에 와서 문자를 달라 말하고 전화를 끊었다. 어떤 일이기에 직접 이곳까지 온다고 했을까? 그것도 주말인 토요일에 말이다. 대부분 주말은 가족과 함께하든, 지인과 함께이든 그도 아니면 혼자서 휴식을 취하고 싶어 하는 시간이 아닌가? 이런저런 생각에 잠겨 있을 때 문자가 왔다.

[00공원 주차장입니다. 점정색 카니발 2785]

나는 얇은 바람막이 외투를 손에 쥐고 작업실을 나섰다. 공원 주차장까지는 도보로 10분 정도의 거리였다. 5월로 접어든 오후의 햇살은 여름에 버금할만한 강렬함으로 대지를 비추고 있었다. 바람막이는 필요치 않았을 것이라는 생각을 하며 공원 주차장으로 향했다. 주차장 한켠에 검정색 카니발이 주차되어 있었다. 차량번호를 확인해 보니 2785가 맞았다. 조수석 쪽으로 가서 창문을 노크했다. 뒷좌석 슬라이딩 도어가 열렸다. 서하윤 실장이 인사를 했다. 차량은 겉보기와는 달리 일반 카니발 차량이 아니었다. 리무진을 개조한 것이라고 했다. 중앙에 테이블이 놓여 있었고 좌석은 테이블을 중심으로 ㄷ자 형태로 배치되어 있었다. 나는 서하윤 실장 맞은편에 앉았다.

-직접 보여드리고 상의를 해야 할 것 같아서……

서하윤 실장은 나에게 노트북 화면을 돌려 놓았다. 노트북의 화면에는 화살에 맞아 쓰러져 있는 고양이의 사진이 있었다. 다음 사진은 창문이 조금 열린 3층의 건물 사진이었다.

-이곳이 의뢰하신 가해자의 주거지입니다. 저희 직원이 보통

의뢰받은 인물의 출근 및 퇴근 후 약 2시간가량 정도만 관찰했었는데 이날은 좀 특별하다고 생각되어 맞은편 건물 쪽에서 대기했었다고 합니다.
 서하윤 실장의 설명이 이어졌다. 가해자는 이날 어김없이 명광시의 호수가를 찾았고, 집으로 돌아와서는 평소와 달리 자기 집 골목에 고양이 사료와 캔을 놓아두고 집으로 들어갔다고 했다. 잠시 후 고양이들이 한 두 마리씩 모이기 시작했고 사료를 먹던 중에 갑자기 화살이 날아와 고양이를 맞추었다고 했다. 그 당시 주변을 찍은 여러 사진 중 창문이 열려 있던 집은 가해자의 집밖에 없었다고 했으며, 화살에 맞은 고양이를 급히 인근 동물병원으로 데리고 갔지만 이미 손을 쓸 수 없는 상태였다고 했다. 화살을 분석한 결과 석궁에 쓰이는 화살로 확인되었다고 했다. 이 건으로 경찰에 동물 학대로 신고할 수 있다고 했다. 변호사를 소개해 줄 수도 있다고 했다. 남은 시간은 5일이었다. 나는 생각을 해 보아야겠다고 했고, 변호사의 자문을 대신해 받아 달라고 부탁했다. 수사를 통해 범인으로 확인이 된다면 예상 형량은 어느 정도 되며, 제대로 된 법원의 판결을 받을 수 있는지에 대해서. 남은 기간은 낮 동안의 관찰은 제외하고 일몰 이후의 모습에 대한 관찰을 부탁하고 서하윤 실장과는 헤어졌다.
 또 하나의 소중한 생명이 이유도 알지 못한 채 별이 되었던것이다. 인간의 추악함이 인간의 무모함이, 인간의 잔혹함이 치가 떨리게 했다. 전신으로 알 수 없는 전율이 느껴졌다. 일종의 분노였으리라.

다음날 서하윤 실장으로부터 문자가 왔다. 변호인과 상담한 결과 지금의 증거 사진만으로는 경찰에 강제 수사를 요구할 수 없으며 수사가 개시되어 범인으로 밝혀진다고 하더라도 가벼운 벌금형에 그칠 것이라는 내용의 문자였다. 허탈함이 온몸 가득 흘러내렸다. 휴대전화를 꺼내 서하윤 실장에게 문자를 보냈다.
 [오늘 뵐 수 있을까요? 시간 정해 주시면 제가 사무실로 찾아 뵙겠습니다.]
 잠시 뒤 답장이 왔다.
 [4시 가능합니다.]
 일요일이었지만 서하윤 실장은 미팅을 수락해 주었다. 샤워를 했다. 쏟아지는 물줄기를 맞으며 인간에 대해 생각했다. 생명에 대해 생각했다. 해월의 말씀이 떠올랐다. 이 세상 존재하는 모든 생명은 그 존재로서 가치가 있으며, 들판에 흐드러진 잡초 한 포기도 세상의 거름이 되기 위한 나름의 존재 이유와 나름의 생명으로 존중받아야 한다는 말씀이 그럴만한 권리가 있다는 이유가 아닌가.

시간에 맞추어 탐정사무소에 도착하니 서하윤 실장 혼자서 사무실을 지키고 있었다. 차를 권했지만, 나는 물 한 잔을 부탁했다.

 상담실에 마주 앉은 나와 서하윤 실장은 잠시 침묵했다. 물한 모금을 마셨다. 목구멍에서 쉬이 넘어가지 않았다. 울컥하는 통증이 전해왔다. 간신히 물을 넘기고 이를 악물었다.
 -일요일에 죄송합니다.
 -괜찮습니다.
 나는 의뢰계약 연장에 대해 논의하고자 한다고 말했다. 가능하다고 했다. 하지만 너무 과하고 무모한 지출을 하는 것 아니겠느냐며 걱정을 해 주었다. 나는 비용은 걱정 말라고 했다. 그 정도는 감당할 수 있노라고 했다. 의뢰 인물에 대해서 앞으로는 퇴근 이후 행적과 주말의 행적만 관찰해 줄 수 있느냐고 물었다. 가능하다는 답변이 돌아왔다. 평일은 퇴근 후 6시간 동안의 행적과 주말은 되도록 가능한 최대한의 행적을 관찰해 달라고 했다. 비용을 물었다. 1명 전담하면 가능할 것이라는 말과 함께 지난번 의뢰 때 받은 금액에 비해 성과가 없었음을 미안하게 생각한다고도 하였다. 월 500만원의 비용은 생각해야 할 것이라는 답변을 했다. 나는 특약사항을 넣었으면 한다고 했다. 첫째 의뢰 인물에게 관찰이 노출 되어서는 안될 것. 둘째 근접 거리에서 무리하게 채증 행위를 하지 말 것. 이 두 사항이 지켜지지 않아 의뢰 인물이 자신의 관찰을 파악하게 된다면 계약 불이행으로 기지급된 금액의 환불을 요구할 수 있다는 것. 서하윤 실장은 모두 수용하겠다고 했다. 나는 의뢰 인물의 동물 학대를 입증할 수 있는 채증 자료 1건당 50만원의 특별사례금을 지급하겠노라고 했다. 계약서는 다시 작성되었다. 나는 계약서에 서명을 하고서 탐정사무소의 계좌로 500만 원을 송금했다. 관찰 내용은 계약 종료 하루 전 공유하자고 했다.

그놈은 멈추지 않을 것이라는 생각이 들었다. 분명 계속 관찰하다 보면 그놈의 악랄함을 증명할 수 있는 채증 자료들이 나올 것이다. 최대한 무거운 벌을 받게 만들어야 할 것이라고 다짐했다. 탐정사무소를 나오니 뉘엿뉘엿 해가 지고 있었다. 빌딩 사이로 보이는 하늘이 누런빛을 띠고 있었다. 해넘이가 시작되고 있었다. 의뢰 기간이 길어질 수도 있으리라 생각했다.

끊어져 버린 메비우스의 띠.

여름이 시작되고 있었다. 하루가 다르게 지구의 온도가 올라가고 있었다. 나는 지금까지도 예전의 모습으로 돌아가지 못하고 있었다. 간간이 재영 언니와의 만남이 있었을 뿐 사람 만나는 것을 꺼리고 있었다. 재영 언니와의 만남도 주로 언니의 찻집이, 마감을 한 뒤에 이루어졌다. 재영 언니는 어느 정도 일상으로 돌아온 듯 보였다. 핼쑥하던 얼굴도 제법 살이 올랐고 윤기가 돌고 있었다. 출판사에서 번역 의뢰가 들어 왔지만 나는, 일신상의 이유를 핑계로 거절하고 있었다. 조세핀과 카뮈의 가해자가 합당한 처벌을 받게 한 뒤에야 비로소 일상으로 돌아갈 이유라도 만들 수 있을 것 같았기 때문이었다. 부모님과는 며칠 전 안부 전화를 했었다. 엄마 아빠는 본격적 더위가 오기 전 휴가를 앞당겨 다녀오신다고 했다. 두분에서 남해안

쪽으로 일주 여행을 계획하셨다고 했다. 오늘 엄마로부터 사진과 함께 메세지가 도착해 있었다. 여수의 돌게장 정식을 함께 하시는 모습, 향일암에서 바다를 바라보는 풍경 사진들과 함께 빼놓지 않는 '밥 잘챙겨 먹어'라는 당부의 말씀을 남기셨다. 두 분의 다정한 모습이 보기 좋았다. 다섯 시간 전의 일이었다.

책상 위에 놓아두었던 휴대전화에서 진동음이 울리기 시작했다. 확인해 보니 061로 시작되는 전화번호였다. 전라남도의 지역번호였다. 받아 보아야 할 것 같았다.

-민영주입니다.

-여수 경찰서 이필호 형사입니다. 민상오, 최민희 씨 가족 맞으신가요?

불길한 예감이 들었다.

-네 딸입니다.

-교통사고가 있었습니다. 해안가 절벽 아래로 차량이 추락하는. 두 분 모두 사망 하셨습니다. 현재 시신은 여수 종합병원 영안실에 안치된 상태입니다. 내려오셔서 확인해 주셔야 할 것 같습니다.

나는 그 자리에 주저앉았다. 몸이 떨려 왔다. 전화기를 놓쳤다. 떨어진 전화기에서는 상대방의 목소리가 흘러나오는 듯했다. 나의 이름을 부르는 것 같았다. 하지만 받을 수 없었다. 나도 모르게 비명을 지르고 있었다. 통곡 소리였다. 그대로 정신을 잃은 듯했다.
 작업실 현관문을 두드리는 소리가 들리는 듯했다. 나는 꼼짝할 수 없었다. 잠시 후 도어락 비번을 누르는 소리가 들려왔다. 작업실 도어락 비번을 아는 사람은 부모님과 재영 언니 뿐이었다. 엄마와 아빠는 휴대전화에 잠금을 하지 않으셨다. 전화번호 목록에 가장 먼저 내가 있었을 것이고 재영 언니의 연락처가 다음에 자리하고 있었을 것이다. 재영 언니의 목소리가 들려왔다.
 -영주씨, 정신 차려!
 언니는 냉장고에서 생수를 꺼내 내 머리를 들어 언니의 다리에 뉘인 뒤 나에게 먹여 주었다. 그리고 나를 꼭 안아 주었다. 경황이 없는 나를 대신해 언니가 주섬주섬 가방을 쌌다. 내 지갑과 휴대전화를 챙겼고, 여벌 옷을 챙겼다. 언니는 나에게 이럴수록 정신을 똑바로 차리라며 두 손으로 내 어깨는 잡고 흔들었다. 나는 일어나 화장실로 들어가 세수를 했다. 언니는 택시를 불렀다. 언니도 지금 상황에서 운전할 여력이 없는 듯했다. 언니와 나는 택시를 타고 여수로 향했다. 나는 또다시 고아가 된 것이었다. 언니는 여수로 향하며 나를 대신해 경찰과 통화하고 있었다. 여수까지는 4시간이 넘게 걸렸다. 여수에 도착했을 때 자정 가까운 시간이었다. 어둠은 슬픔의 농도 만큼이나 짙게 내리고 있었다. 여수 종합병원 영안실 입구에 도착하니 나와 언니에게 연락을 했던 경찰이 기다리고 있었다. 시신 확인 절차가 필요하다고 했다. 부모님은 싸늘한 주검으로 내 앞에 놓여 있었다. 나는 다시 한번 정신을 잃었다. 정신을 차린 곳은 병원의 응급실 침대에서 였다. 경찰이 나와 언니에게 사고 경위를 알려 주었다. 커브길에서 중앙선을 넘어 마주 오던 덤프트럭을 피하다가 낭떠러지 쪽으로 떨어지며, 차량이 전복되었고 신고를 받은 119 구조팀이 현장에 도착했을 때 이미 두 분 모두 심정지 상태였다고 했다. 사고가 난 지점이 구조대가 접근하기 힘든 장소였기에 시간이 많이 지체된 상황이었다고도 했다. 경찰은 심심한 유감을 표한다고 말했다. 가해 차량 운전자는 자신의 과실을 모두 인정한 상태였고 경찰서에서 조사를 받고 있다고 했다. 가해 차량과 부모님의 차량에 부착된 블랙박스에 사고 상황이 모두 녹화되어 있었기 때문에 담당 검사도 단순 교통사고 변사사건으로 처리하면서 시신을 유족에게 인도하도록 조치하였다고 했다.

장례는 부모님이 생활했던 해산시에서 치러야 했다. 시신 검안서와 사망진단서를 여수 종합병원에서 발급받고, 운구차를 이용해 해산 장례식장으로 이송했다. 경황없는 나를 대신해 재영언니가 대부분의 일을 도맡아 진행해 두었다.

해산 장례식장에 도착하니 이모 스님이 와 계셨다. 3일 장을 치르는 동안 이모스님은 아빠와 엄마의 가시는 길을 위해 추모의 염불을 해주셨다. 시 한편이 스쳐지나갔다.

가시려는
고운 님
뉘인 자리

소주 한 모금
품어
기억을 닦아

듣지 말라고
말하지 말라고
고운 솜
정성스레
비비고서

탕,
-이제는 가는 거요
탕,
-진정 가시는 거요
탕,
-다시 못 볼 님아
뚜껑 닫을 때

당신 위로
허물어져 내릴
무거움에
아려 오는
가슴 한구석
피워내는

시린 눈물 몇 송이

꽃가마 가득
옹색한 변명 없은
국화꽃만
당신이름 부르는,

박소천의 시 -입관

화장을 했다. 유골은 수목장으로 안치했다. 유산의 정리 및 합의 절차는 탐정사무소의 서하윤 실장이 소개해 준 변호사에게 일임했다. 장례를 치르는 동안 서하윤 실장도 자기 일처럼 도와주었다. 모든 절차가 끝나고 이모스님이 나를 꼭 안아 주었다.
 -힘들겠지만 그래도 힘내.
 -고마워요, 스님.
내 곁에서 함께 해 주었던 재영 언니와 나는 이모스님께 합장하며 인사를 드렸다. 해산시의 부모님 집을 가보는 것이 두려웠다. 기억이 모두 되살아날 것 같았다. 재영 언니와 나는 의인시로 돌아왔다.
 작업실 쇼파 앞에 쭈그리고 앉았다. 더 이상 눈물은 흐르지 않았다. 허전함만이 주위를 감쌌다. 이제 엄마 아빠의 목소리를 들을 수 없다는 사실이 현실로 다가왔다. 다시 혼자가 된 것이다. 오롯이 혼자만의 힘으로 이 세상을 버텨내야 하는 것.

창밖으로 해가 지고 있었다. 석양이 붉게 물들고 있었다. 부모님과 조세핀은 만났을까? 그랬다면 조세핀은 부모님에게 쪼르르 뛰어가 안겼을 것이다. 붉은 석양 위로 엄마의 미소, 아빠의 인자하셨던 얼굴, 조세핀의 햇볕 쬐던 모습이 오버랩되고 있었다. 모두 사랑했어요.

나는 고아였다. 젖도 떼지 않은 신생아 때 보육원으로 보내졌다고 했다. 카톨릭 재단에서 운영되던 보육원이었기에 나는 수녀님들의 보살핌 속에서 자랐다. 당연한 일이겠지만 자라면서 카톨릭 영향을 많이 받을 수밖에 없는 상황이었다. 하나님과 예수님 그리고 성모마리아의 구원으로 나는 이 세상에 존재하고 축복 속에 생활해 나간다는 신념 아닌 신념 같은 것이 나의 유아기와 유년기를 지배했다. 내가 지금의 부모님을 기억하는 것은 대략 6살 정도 되었던 무렵이었던 것으로 기억된다. 주말이면 다정히 보육원을 함께 찾아오시던 두 분의 모습. 보육원의 식구들은 모두 두 분을 좋아했다.

보통의 봉사 활동을 오시는 분들은 카톨릭 신자들이 많았다. 주로 여성분들이 많았고 봉사 활동을 마칠 즈음 함께 기도하는 것을 빼먹지 않고 의식처럼 거행했었다. 하지만 두 분은 단 한 번도 하나님과 예수님 성모마리아로 이어지는 기도를 하지 않으셨다. 밀린 빨래와 청소 등을 해주셨으며, 대부분은 우리들과 함께 놀아 주시는 데 많은 시간을 할애하셨다. 동화책을 읽어 주신다거나 그림그리기를 같이해주셨고 남자아이들과는 운동장에서 공놀이를 많이 해주셨던 것으로 기억한다.

나는 말 수가 거의 없는 내성적인 아이였다. 물어 오는 질문에 간단한 대답 또는 꼭 필요한 최소한의 의사 표현만 하는 그런 아이였다. 그렇게 초등학교 생활을 이어나갔다. 학교에서는 보육원에서 다니는 부모 없는 아이라고 또래 친구들에게 놀림을 받기도 하였고, 자신이 착하다는 생각에 빠진 아이들에겐 부모 없는 불쌍한 아이 정도로 동정의 대상이 되었다. 나는 놀림에도 동정에도 별다른 반응을 보이지 않았다. 그렇게 나는 스스로 외톨이가 되어갔던 것 같았다. 그것이 더 편한 것이라고 생각 했는지도 모른다. 그래서였을까? 주말마다 찾아와 일부러 친근한 척 봉사 활동의 대상으로 스스로 성취감의 존재로 여기지 않고서 우리 속에 스며들어 시간을 보내시는 두 분에게 만큼은 나의 마음이 조금씩 열리고 있었는지도.

6학년 겨울 방학을 얼마 남겨 놓지 않은 겨울이었다. 수녀님께 상담실로 오라는 전갈을 받고 상담실로 찾아가 보니 두 분이 앉아계셨다. 문을 열고 들어서는 나를 향해 언제나 그렇듯 온화한 미소를 짓고 계셨다. 맞은편 의자에 앉으라 하신 원장 수녀님께서 말씀하셨다.

-이 분들이 너의 엄마 아빠가 될 수 있을까? 너에게 물어보고 싶다고 하시는구나.

'입양을 원하시는구나' 가 아니셨다. 보통의 경우 나는 너를 정했는데, '할 거니?, 말 거니?'가 아니었다. 선택권이 나에게 먼저 주어진 것이다. 보육원 생활을 통해 나는 알고 있다. 입양은 보통 유아기 때 많이 이루어지며 늦어도 유년기를 지나기 전에 진행되는 경우가 거의 대부분 이라는 것을. 그런데 나는 이제 내년이면 중학생이 되는 사람들이 말하는, 폭풍 질주의 시대 사춘기를 앞둔 13살이 된 상태였다. 이런 나를 입양하려 하신다니 처음엔 얼떨떨했다. 어떤 말도 하지 못한 채 손가락만 만지작거릴 뿐이었다.

사실 지금 이 자리에 오기 전까지 벌써 6개월이라는 시간이 흘렀다는 것은 나중에 안 사실이었다. 입양 심사 과정이 까다로웠다고 했다. 특히 청소년기에 접어드는 여자 아이의 경우 범죄에 이용될 염려가 크기 때문에 더욱 철저한 조사와 상담을 거쳐야 한다는 것을.

수녀님께서는 중학생이 되면 더욱 적극적인 보살핌이 필요할 것이라고 했다. 나의 미래를 위해서 좋은 선택이 될 수 있을 것이라고도 했다. 부모님은 다른 자녀가 없었으며 경제적으로도 안정된 상황이라고도 하셨다. 두 분 모두 아픈 동물을 치료하는 수의사라고 하셨고 병원을 운영하고 계신다는 말씀도 덧붙이셨다.

그해 겨울 방학식을 마치고 우리는 가족이 되었다. 나에게도 엄마 아빠가 생긴 것이었다. 부모님의 집에 도착하였을 때 지금부터 우리집이 될 집을 구경 시켜주셨다. 부모님의 집에는

TV가 없었다. 거실 벽면은 책장으로 가득 차 있었고 책들이 가지런히 꽂혀있었다. 남향으로 햇살이 가득 비쳐 들어오는 통창을 향해 흔들의자 두 개가 나란히 놓여져 있었다. 거실과 맞닿은 주방 앞으로는 8인용 식탁이 길게 놓여져 있었다. 두 분만 계시는데 식탁이 너무 크다는 생각이 들기도 했다. 안방에도 TV는 보이질 않았고 하얀색 붙박이장에 부모님의 침대 하나만 정갈히 놓여져 있었다. 다음으로는 엄마 아빠의 서재방을 구경시켜 주셨는데 책상 2개가 놓여져 있었고 각각의 책상에는 컴퓨터 모니터가 올려져 있었다. 서재 벽면에도 책들이 가득한 책꽂이가 있었다. 마지막으로 보여준 곳이 내가 사용할 나의 방이었다. 현관문을 열고 들어오면 바로 보였던 그 방. 방문을 열자 싱글침대가 오른쪽 벽면에 놓여 있었고, 맞은편에는 붙박이장이 있었다. 창을 향해서 책상이 놓여 있었으며 책상 옆 왼편 벽면 가득 책꽂이가 놓여 있었다. 책상 위에 빨강색 노트북이 놓여 있었다. 아빠가 쓰시던 것인데 당분간은 그걸 사용하라고 말씀하셨다.

-이 책꽂이에 왜 책이 하나도 없는 줄 아니?

엄마가 물으셨던 것으로 기억 된다. 나는 알 수 없다는 듯 고개를 저었다.

-이 책꽂이는 네가 원하는 책들로 가득 채워지기를, 하는 바람에서 이렇게 비워 놓았단다. 책을 읽고 생각을 할 주인이 직접 책꽂이를 채워야 진짜 이방의 주인이 되지 않을까?

엄마와 아빠는 다정한 눈빛으로 그렇게 나를 맞이하여 주셨다.

나만의 공간도 생겼고, 중학교에 입학했을 땐 늘 따라다니던 보육원이라는 꼬리표도 더 이상 따라다니지 않았다. 난 그저 평범한 부모님을 가진 외동딸인 중학생이 된 것이었다.

부모님은 나에게 특별한 간섭을 하지 않으셨다. 공부에 대해서도, 집안 생활에 대해서도. 보육원 생활과 다른 것이 있다면 나의 공간이 새로이 생겼고 음식이 보육원과 다르게 정갈해지고 언제나 냉장고를 마음대로 사용할 수 있는 정도랄까, 부모님은 나만의 생활패턴을 존중해주셨고 해결할 수 있는 자신의 문제에 대해서는 스스로 하기를 바라시는 것 같았다.

퇴근 후 돌아오신 두 분은 식사를 하신 뒤에는 항상 책을 읽으셨다. 그리곤 서로 읽은 책에 대한 생각을 나누시고, 상대의 의견을 서로 경청하셨다. 집에 어울리지 않을 만큼 커다란 식탁이 존재하는 이유를 알 수 있었다. 식탁은 밥을 먹기 위한 목적보다는, 주로 책을 읽고 생각을 정리하는 일종의 학습터와 같은 존재라는 것을.

더 이상 부모님은 보육원에 가지 않으셨다. 거실에는 흔들의자 하나가 창을 향해서 더 놓여졌다. 주말이면 해가 드는 거실의 흔들의자에 나란히 앉아 각자가 원하는 책을 읽었고 휴식을 취하기도 했다. 그렇게 시간이 흐른 뒤 자연스럽게 식탁으로 다시 모여 읽은 책에 대하여 생각을 서로 나누고 또 경청했다. 도서관을 함께 자주 찾았다. 빌려서 읽던 책 중에서 마음에 드는 책이 있으면 한 달에 한 번 주기적으로 서점에 들러 책을 구매했다. 그렇게 나의 방 책꽂이도 차곡차곡 채워져 가고 있었다.

중학교 2학년 때 정도였으리라. 그즈음 나는 엄마 아빠란 호칭이 자연스러워져 있었다.

-엄마, 있잖아요.

-왜, 딸?

식탁에서 책을 읽다가 문득 엄마를 불렀고 엄마는 다정스런 미소를 지으며 나를 바라보셨다.

-왜 엄마는 나에게 공부하라고 안 하세요?

-열심히 하고 있잖아, 공부. 이렇게 열심히 책도 읽고 있고.

-아니 그게 아니구요. 학교 공부 말이에요. 숙제는 했냐? 시험 준비는 잘 되고 있느냐? 진도는 잘 따라가고 있느냐? 이런 거 말이에요. 주변 아이들은 모두 엄마의 공부하란 소리에 진저리치는데, 엄마 아빠는 제게 공부에 대해서 한 번도 말씀하시지 않으셨잖아요.

-그래서 섭섭했니?

-그건 아닌데....

-영주야, 네가 말하는 것은 학습이지 공부가 아니라고 엄마 아빠는 생각한단다. 학습은 너 스스로 잘하고 있다고 엄마 아

빠는 생각하고 있는데? 공부와 학습의 의미는 분명한 차이가 있단다.

엄마는 공책을 펼치시고 연필을 들어 나에게 설명을 해주셨다. 공부란 무엇인가에 대해서. 먼저 공부를 한자로 써 보이셨다. 工夫.

-읽을 수 있지?
-네, 장인 공자에 지아비 부.
-여기에 배우고 익힌다는 의미가 담겨있니?

나는 순간 머릿속이 하얗게 변했다. 한자로 된 공부의 글자에서는 배우고 익힌다라는 의미가 보이지 않았기 때문이었다. 엄마는 미소를 지으며 설명을 이어나갔다. 장인 공의 글자는 석삼자에서 변형되었을 것이라고 했다. 동양사상은 天 地 人을 중심으로 발전해 나갔다고 하셨다. 하늘과 땅, 사람. 一은 하늘을 뜻하는 글자이고, 二는 하늘과 땅을 나타내는 글자이며, 三은 하늘과 사람과 땅을 나타내는 글자라고 하셨다. 工자는 三자를 기초로 만들어진 글자라고 말씀해 주셨다.

-工 과 三 이 어떻게 다르니?

엄마가 나에게 물으셨다.

-가운데 글자가 아래 위로 이어져 있어요.
-그렇지?

가장 위의 획은 하늘을 뜻했고, 아래의 획은 땅을 뜻한다고 하셨다. 석삼자의 가운데 획이 가로로 놓인 것은 천지인의 형상을 획으로 단순히 표현한 것이며 장인공자의 획이 세로로 세워진 것은 바로 하늘과 땅을 잇는 모습을 표현한 것이라 하셨다. 뒤에 붙은 지아비 부(夫)자는 단순히 지아비, 남편 또는 사내 장정을 나타내는 뜻을 지니고 있는 것이 아니고 마부, 화부 등의 단어에서 볼 수 있듯이 ~을 하는 이 또는 행하는 이 정도로 해석할 수 있다고 하셨다.

-그럼 工자는 어떻게 해석할 수 있지?

엄마는 나에게 물으셨다. 나는 생각을 해 보았다.

-하늘과 땅을 잇는 사람의 모습?

-그렇지. 하늘과 땅을 직접 이을 수는 없지만 그 정도의 노력을 하는 모습을 표현한 것이 아닐까? 장인이 어떤 뜻을 지니고 있니? 한 분야에서 최고의 경지에 다다른 사람을 장인이라 부르고 있잖아.

공부는 미래의 나를 준비하는 모든 과정의 노력을 포괄적으로 표현하는 행위라 하셨다. 물론 학교에서의 학습 과정도 중요하겠지만 그것이 절대적으로 많은 비중을 차지하지는 않는다고 엄마와 아빠는 생각하고 계신다고 했다. 그렇게 부모님은 나를 신뢰하고 계셨던 것이다. 그 일 이후 나는 공부에 대한 가치관이 많이 바뀌어져 있었다. 엄마는 나에게 책을 한 권 주셨다. 그때 나이에서는 조금 어려운 내용일 수도 있을 것이라고도 하셨다. 하지만 그 나이에 맞게 한번 나름대로 해석해 보고 생각해 보라고 하셨다. 나중에 같이 생각을 나누어 보자는 말씀도 덧붙이셨다. 노자의 도덕경이었다.

　평일 학교와 학원을 마치고 돌아오는 길의 마중은 언제나 아빠의 몫이었다. 아빠는 주로 도망자 할아버지의 이야기를 자주 해 주셨다. 인간의 평등과 생명의 존중에 대해서. 조선시대는 계급사회였다. 양반이 존재했고 평민이 있었으며 노비를 비롯한 천민이 있는 계급사회였다. 학교에서 그 정도는 배웠다. 아빠는 말씀하셨다. 그 시절 계급사회를 부정하고 평등을 말하는 것은 국가 엄밀히 말하면 권력을 가진 자에게 반역의 대상이 되는 것이라고. 그런데 인간의 평등과 생명의 존귀함을 외치다가 관군에 의해 수배되어 36년이란 긴 시간 동안 도망자의 신분이 되었던 사람이 있었노라고. 인간의 존중을 바라는 최초의 페미니스트라고 아빠는 생각한다고 하셨다.

　집으로 가는 길 밤이 되었지만, 더위가 느껴지던 날이었다. 아빠와 나는 쭈쭈바를 하나씩 입에 물고 집 근처 놀이터 벤치에 앉아 이야기를 나누었다. 아빠는 베짜는 며느리의 이야기를 해 주셨다. 도망자 할아버지가 제자의 집에 잠시 들렀을 때 별채에서 베짜는 소리를 듣고 제자에게 물었다고 했다. '저 누가 베를 짜는 소리인가' 하고, 그러니 제자가 대답하기를 '제 며느리가 베를 짜고 있습니다' 라고 대답하였다. 잠시 뒤 할아버지는 또 한번 물으셨다고 했다. '그대의 며느리가 베짜는 것이 참으로 그대의 며느리가 베짜는 것인가?' 라고 제자는 할아버지의 물음에 의미를 파악할수 없었다고 했다. 할아버지는 제자의 집을 나서며 말씀하셨다고 했다. '아직도 그대의 며느리가 베를 짜고 있다고 생각하는가?' 제자는 스승의 물음에 안절부절하고 있었고 할아버지는 '저 베는 자네의 며느리가 짜고 있는 것이 아니라 하늘님 께서 짜고 계시니라' 하시고는 길을 나섰다고 하셨다.

-영주야, 무슨 말인지 이해가 되니?

아빠는 온화한 얼굴로 물으셨다. 나는 그 말뜻을 알 것 같기도 했으나 제대로 이해할 수는 없었다. 그 뜻을 이해하는 데는 몇 년의 시간이 더 필요했다. 아빠는 나에게 사람을 존중하고 배려하는, 생명을 소중히 생각하는 사람으로 성장해 주기를 바라셨고 그에 대한 말씀들을 많이 해주셨었다. 도망자 할아버지의 일화를 간간이 섞으시면서.

우리집은 다른 집과 조금은 특별한 부분이 있었다. 고등학생이 될 때쯤 알게 된 사실이었다. 명절 때에도 다른 집들이 다 준비 하는 차례와 같은 특별한 의식 없는 보통의 연휴처럼 지났고, 기독교나 카톨릭 신자가 아니었음에도 우리집은 제사를 모시지 않았다, 또 엄마 아빠의 생일은 같은 날이었고 친척도 없었다. 나는 궁금했으나 물어보지 않았을 뿐이다.

엄마는 불자가 아니었지만, 한 달에 한 번은 꼭 나의 손을 잡고 절에 들르셨다. 그곳에는 엄마와 나이가 같은 비구니스님이 계셨는데 나는 그 스님을 이모스님이라 불렀다. 고등학교 진학을 했을 무렵 엄마와 아빠는 나에게 말씀해 주셨다. 엄마 아빠도 보육원 출신이었다고. 서로 다른 보육원에서 자랐고 엄마 아빠는 대학을 졸업하신 뒤 첫 직장이었던 동물병원에서 만났다고 하셨다. 이모스님은 엄마와 같은 보육원에서 생활했었는데 성인이 되어 보육원을 나와야 할 상황에서 엄마는 후원단체의 지원으로 대학의 기숙사로 들어가게 되었고, 이모스님은 부처님께 귀의해 출가를 하셨다고 했다. 엄마와 아빠는 서로를 의지하며 사랑을 키워 나갔지만 서로가 두 분 말고는 의지할 곳이 없었기에 아이를 가지는 것을 두려워하셨다고 했다. 혹시나 한 사람이 잘못될 경우 남은 한 사람이 책임져야 할 부담이 너무 컸다고 판단하신 것이라고 했다. 그래서 결혼 전 엄마와 아빠는 스스로 불임 수술을 하셨다고 했다. 서로를 위해서.

 그렇게 두 분은 열심히 서로를 바라보며 사랑했고 일을 했다고 하셨다. 시간이 흐르고 경제적으로도 안정되었으며 두분의 동물병원을 마련 하실 수 있었다고 했다. 서로가 고아였기에 진짜 생일을 알 수 없었고 보육원의 경우 대부분 생일을 알 수 없는 상황에서는 보육원에 맡겨진 날을 생일로 정해주는 경우가 많았다고 했다. 그래서 아빠와 엄마는 결혼기념일을 생일로 하자고 결정하셨다고 했다. 두 분이 새롭게 태어난 날이라 생각했다고 했다. 그래서 엄마와 아빠는 생일을 같은 날 축하했으며 더불어 결혼 기념의 축하도 서로 같이해 오셨던것이다. 그리고 보니 엄마 아빠의 손을 잡고 집에 처음 오던 날의 생각이 떠올랐다.
 -오늘이 영주 생일이다. 앞으로 매년 오늘 생일 파티를 하자?
 엄마의 해맑은 미소와 함께 나에게 해 주셨던 생일의 진정한 의미를 알 수 있었다. 그렇게 우리는 진정한 가족이 된 것이었다. 그러나 이제 나는 또다시 혼자가 되었다. 다시 고아가 된 것이었다.

 부모님의 유산 정리를 맡은 변호사로부터 연락이 왔다. 부모님의 부동산은 일단 제외한 뒤 금융부분에 대한 내용을 먼저 알려 왔다. 부모님 명의로 된 계좌에 총 5억원 가량되는 금액이 예치 또는 잔고로 남아 있었고 사망 보험 등 보험사에서 지급 받을 수 있는 금액이 3억여원, 가해차량 운전자 보험에서 배상금으로 지급된 금액이 각각 일억 오천만원이었으며, 가해 운전자가 별도로 공탁한 금액이 오천만원이라고 했다. 부채는 없는 상태라고 했다. 부동산은 감정 평가를 받아 보아야 한다고 했고, 그런 뒤에 상속 절차에 따른 세금을 납부해야 한다고 했다. 위임장은 이미 써준 상태였기에 모든 것을 변호사에게 잘 알아서 진행해 달라고 말했다.

 탐정사무소의 서하윤 실장에게 문자를 보냈다.
 [의뢰한 일은 계속 진행해 주시길 바랍니다. 4개월분 진행비 입금하겠습니다. 자료만 충분히 채증 부탁드립니다. 당분간 미

팅은 하지 않는 것으로 하겠습니다. 주변 정리되는 대로 연락 드리겠습니다. 장례 도와주신 부분에 감사드립니다. 민영주,]
문자를 보낸 뒤 탐정사무소 계좌로 이천만 원을 송금했다.
이른 장마가 시작된 것 같았다. 창밖은 굵은 빗방울이 바람에 날려 유리창을 거세게 부딪치고 있었다.

불운은 꼬리에 꼬리를 물고,

여름이 어떻게 지났는지 알 수 없었다. 계절은 나의 불행과는 전혀 상관없이 자신의 일정을 묵묵히 수행하고 있었다. 재영 언니와도 간단한 문자 정도의 연락만 할 뿐 나는 내 속에 갇혀 시간을 보내고 있었다. 탐정사무소와의 미팅도 수개월째 가지지 않고 있었다. 계속 관찰 진행 중이며 증거 채증에 어느 정도 탄력이 붙은 상태라는 서하윤 실장의 문자만 간간이 전해 받았다. 가을이 되어 있었다. 추석이 지났고 낮과 밤의 일교차가 조금씩 벌어지고 있었다. 탐정사무소에 미리 지급했던 비용도 이번 달이면 종료가 될 것이라는 생각이 들었다. 서하윤 실장에게 문자를 보냈다.

 [일은 계속 진행해 주시길 부탁드립니다. 조만간 찾아뵙도록 하겠습니다.]

이천만 원을 탐정사무소 계좌로 다시 송금 했다. 문자가 왔다. 재영 언니였다.

[죽을 좀 쑤었어. 문 앞에 놓고 가.]

현관문을 열어 보니 보온병이 놓여져 있었다. 보온병 속에는 노오란 호박죽이 들어 있었다. 고마운 사람. 언제나 언니는 묵묵히 나를 바라보아 주었다. 보온병의 호박죽을 그릇에 옮겨 담았다. 보온병과 같이 딸려 온 반찬 통에는 나박김치와 소고기 장조림이 먹기 좋게 담겨있었다. 호박죽을 한 숟가락 입에 넣었다. 달큰했다. 언니의 마음이 고스란히 호박죽에 담겨져 있었다.

[언니, 호박죽 잘 먹었어요. 감사해요.]

언니에게 문자를 남겼다. 창밖으로 늦가을 하늘이 붉게 물들고 있었다.

겨울이 성큼 다가오고 있었다. 옆구리와 명치 쪽에서 알 수 없는 찌릿한 통증이 자주 찾아왔다. 체중계에 올라서 보니 예전보다 10kg 가까이 체중이 빠져있었다. 지난 11개월 조세핀이 떠났고 부모님이 떠나셨다. 그 상황에 스스로 갇혀 있었던 탓이었을 것이라 생각했다. 오늘은 외출을 해야했다. 처방받은 수면제가 모두 떨어지고 없었기 때문이었다. 초창기 처방받았던 졸피뎀 성분의 수면제와 안정제는 수면 시간을 길게 가져가지 못했다. 그래서 현재는 루나팜 계열의 수면제를 안정제와 같이 복용하고 있는데 어젯밤 마지막으로 먹었다. 초창기 처방 받았던 약이 몇 봉지 있긴 했으나 도움이 될 것 같지는 않아서 병원을 찾아가기로 했다. 샤워를 하는 도중에도 통증이 지속되었다. 허리까지 뻐근함이 전해졌다. 아무래도 내과 병원도 같이 다녀와야 할 것 같았다는 생각이 들었다.

정신건강의학과는 항상 사람들이 붐볐다. 올 때마다 느끼는 것이지만 나 말고도 참 많은 사람이 불면증을 호소하고 있다는 사실에 놀라울 뿐이었다. 한 시간가량 대기를 하고 있다 보니 내이름이 호명 되었다. 진료실로 들어가 문진을 했다. 평소와 다름없는 의사와의 대화였다. 2분 내외의 짧은 시간 문진을 했고 처방을 기다렸다. 잠시후 나는 3주치의 약봉투를 건네 받을 수 있었고 병원을 나올 수 있었다. 통증이 계속되었다. 같은 건물 3층에 내과가 있었기에 진료를 접수했다. 의사는 여러 가지 검사를 먼저 해 보자고 했다. X-RAY 촬영과 혈액검사를 했고 초음파 검사를 했다. 이틀 뒤에 검사 결과를 알 수 있으니 그때 다시 내원하라고 했다. 일단 통증을 진정시켜줄 수 있는 진통제를 이틀분 처방해 주겠노라고 했다. 나는 처방전을 들고 1층에 있는 약국에 들러 약을 구입했다. 작업실로 돌아와 언니에게 받은 보온병과 반찬 그릇을 챙겨서 언니의 찻집으로 갔다. 날씨가 녹차를 마시기에 알맞겠다는 생각이 들었다.

언니의 찻집에 도착하니 손님이 제법 있었다. 캣타워에는 고양이들이 쉬고 있었다. 나는 언니와 세작을 마셨다. 쌉싸름 하면서도 달큰한 향이 났다. 언니는 이제 어느 정도 일상을 되찾은 듯 보였다. 다행이었다.

-어디, 다녀오는 길?

-응 병원에 수면제가 떨어져서.

언니는 걱정스러운 얼굴로 나를 바라보았다.

-아직도 수면제 먹어?

-그러네.

언니는 나에게 많이 야위었다고 했다. 식사라도 제때 꼬박꼬박 챙기라고 했다. 근심 어린 말투였다. 이럴 때 보면 진짜 내 엄마가 아닐까, 하는 생각이 들기도 했다. 나와 언니는 17살 차이가 났다. 사오십년 전이면 충분한 가능성이 있는 일이었고, 요즘 TV 방송에 나온다는 어떤 프로그램에서는 청소년 시절 임신과 출산이 조명되기도 하는 상황 아닌가. 두런두런 이야기를 나누다 작업실로 돌아왔다. 일상을 회복한 언니의 모습이 보기 좋았고 내 마음도 한결 편해졌다. 언니의 말대로 뭐라도 좀 먹어야겠다는 생각이 들었다. 즉석밥을 하나 꺼내 전자렌지에 돌렸다. 달걀후라이도 하나 붙이고 냉장고에서 몇 가지 꺼내 반찬 접시에 조금씩 옮겨 담았다. 간단한 식사를 마쳤을 때 통증이 다시 찾아왔다. 내과에서 처방 해준 약을 하나 먹었다. 조금은 진정이 되는 기분이었다. 산책을 했다. 근처 공원을 한바퀴 걸었다. 소화가 잘되지 않는 기분이었다. 위장이 더 부룩했다. 해가 지며 기온이 떨어지고 있었다. 작업실로 돌아가는 길, 석양이 붉게 물들고 있었다.

이틀이 지나고 병원을 다시 찾았다. 여전히 통증은 불쑥불쑥 찾아오고 있었다. 진료실로 들어가니 의사의 표정이 밝지 않았다.
-큰 병원에 가서 정밀 검사를 해 보셔야 할 것 같습니다.
의사는 나에게 말했다. 초음파 검사 때 조금 심상치 않아 보였다고 했다. 혈액검사 결과 종양이 의심된다고 했다. 소견서를 써주며 서울에 있는 대학병원에 진료 예약을 잡아주겠다고 했다. 보호자와 함께 가보는 것이 좋겠다고 했다. 하지만 나에게 지금 보호자는 없다. 나는 소견서를 받아 들고 병원을 나왔다. 지난 시간 나 자신이 스스로에게 학대 아닌 학대를 하고 있었던 것은 아닐까. 그 결과가 이렇게 현재의 모습으로 나타나고 있는 것은 아닐까? 하는 생각이 들었다.

아빠와의 기억이 떠올랐다. 생명의 존귀함에 대한 이야기를 나누다가 불쑥 떠오른 생각이었다.
-아빠 모든 생명은 귀하다고 했잖아요?
-그렇지.
-그런데 우리는 그 생명을 먹고 생활하고 있잖아요? 그럼, 우리가 존귀한 생명을 헤치고 있는 것은 아니에요?
아빠는 또다시 도망자 할아버지의 말씀을 하시며 설명해 주셨다. 사람이 생명을 해하는 것이 아니고 생명이 사람을 키우는 것이라고. 소는 풀을 뜯어 먹고 살지만 그 소가 풀을 해하는 것이 아니고 풀이 소를 먹여 기르는 것이고, 사람이 그 소를 먹지만 사람이 소를 해하는 것이 아닌 그 소가 사람을 기르는 것이라고 하셨다. 생명을 기르기 위한 먹음은 자연의 이치에 어긋남은 아니지만 사람의 욕심에 의해 생명이 해를 당하는 것이 옳지 못한 것이라고. 예를 들어, 낚시를 하러 갔을 때 우리가 다 먹지도 못할 많은 물고기를 잡았을 때 욕심을 가지고 집으로 몽땅 가지고 왔다가 결국 다먹지 못하고 버리게 된다면 그것은 생명을 해하는 일이 되지만, 주위 사람들에게 나누어 준다면 그 물고기들은 여러 사람의 생명을 기르는 존귀한 존재가 되는 것이라고. 아빠의 말씀을 듣고 보니 엄마가 차려내는 식탁은 언제나 정갈했지만 조금은 부족할 수도 있겠다 싶을 만큼의 양을 준비했던 것이 떠올랐다. 엄마도 그 사실을 공감하고 계신 것이었으리라.

 -그러니 항상 음식을 먹을 때는 그 음식이 우리에게 주는 희생에 감사해야겠지? 그리고 우리 딸도 존귀한 생명이니 잘 먹고 건강하게 생활하는 것 또한 스스로의 생명에 대한 존중이니 잘 먹고 건강해야겠지?

 그러고 보니 나는 아빠의 생명에 대한 존중 사상을 나 스스로에게 지키지 못하고 있었음을 깨달았다. 지금의 내 모습을 엄마 아빠, 조세핀이 보고 있다면 많이 슬퍼할 것이라는 생각도 들었다.

다음 날 나는 소견서를 들고 진료 예약을 잡아준 서울의 대학병원으로 갔다. 정밀 종합검사를 위해서는 입원이 필요하다고 했다. 보호자와 동행했는지 물어왔다. 나는 보호자가 없다고 했다. 보호자가 없다면 예치금이 필요하다고 했다. 원무과에 가서 정밀 검사와 입원에 대한 예치금을 선납하고 간호사의 안내에 따라 병동으로 올라가 입원 절차를 진행했다. MRI 검사와 PET CT 검사라는 것을 하고, 혈액검사 및 다양한 검사들을 했다. 다음날, 주치의가 담당 교수의 방으로 나를 데려갔다. 교수는 보호자에 대해 물었다. 나는 고아라고 말하였다. 교수가 모니터를 내가 볼 수 있는 쪽으로 돌려 놓으며 검사 결과에 대해, 설명하기 시작했다. 30대 여성에게는 거의 발생 되지 않는 병이라고 먼저 말했다. 모니터를 가리키며 설명을 하고 있었지만, 의학 지식이 없는 나로서는 무슨 의미인지 알 수 없었다. 췌장암이라고 했다. 악성종양이 의심된다고 했다. 조직검사가 필요하다고 했다. 종양의 크기와 위치로 보아 악성종양으로 판정 난다면 예후가 좋지 않을 것이라고도 했다. 일단 조직검사 결과를 보자고했다.

다음날 조직검사 결과가 나왔고 악성종양이라고 했다. 3기에서 4기로 진행되고 있는 상황이라고 했다. 수술은 할 수 없는 상황이라고 했으며, 방사선과 약물치료를 통해 기대 여명을 연장시키는 방법이 있다고 했다. 유감이라는 말도 했다. 나는 앞으로의 여명이 어느 정도 되느냐고 물었다. 이대로면 6개월에서 9개월 사이라고 했다. 나는 알겠다고 했다. 치료는 받지 않겠다고 했다. 퇴원을 하기로 결정했다. 앞으로 통증은 더욱 심해질 수있을 것이라고 했다. 진통제를 처방해 주겠다고 했다. 호스피스 전문 병원을 알아보는 것도 생각해 보라고 했다. 나는 알겠다고 했다. 암 환자의 경우 마약성 진통제가 처방됨으로 당분간은 2주에 한 번은 직접 외래진료를 받으로 와야 한다고도 했다. 알겠다고 했다. 그 말 밖에 다른 말은 할 수 없었다.

퇴원을 준비하며 떨리거나 두려운 생각은 들지 않았다. 그저 덤덤한 기분이었다. 엄마 아빠 그리고 조세핀을 만나러 가는 것이라고도 생각했다. 탐정사무소에 들러 봐야겠다고 생각했다.

[민영주입니다. 사무실에서 뵐 수 있을까요?]

서하윤 실장에게 문자를 했다. 답장이 왔다.

[지금 사무실에 있습니다. 자료는 정리되어 있습니다. 기다리고 있겠습니다.]

나는 택시를 타고 탐정사무소로 향했다.

계절은 겨울을 향해 달려가고 있었다. 바람이 제법 차갑게 느껴졌다. 가로수의 노란 은행잎이 바람에 흩날리고 있었다. 어느 시인이 쓴 시 구절이 떠올랐다.

'직장을 잃은 노동자가 노란 작업복을 입고 떨어지는 은행잎처럼 거리를 배회하고 있다'

대략 이런 내용의 구절이었던 것 같았다. 앞으로 몇 개월 뒤, 나도 이 은행잎처럼 세상과의 이별을 하게 될 것이라는 생각이 들었다. 탐정사무소의 건물 앞에 어느새 도착해 있었다. 요금을 지불하고 택시에서 내리니 더욱 세찬 바람이 불었다. 머리칼이 엉키며 얼굴을 감싸고 있었다. 나는 빌딩 안으로 들어섰다. 지난번 작업실 앞 공원에서 서윤하 실장에게 들었던 관찰보고 이후 처음 가지는 미팅이었다.

사무소 문을 밀고 들어가자, 예전의 여직원이 나를 맞아 주었다.

-실장님께서 기다리고 계세요. 몸이 많이 야위셨어요. 따듯한 차 한잔 드릴까요?

나는 녹차를 부탁하고 상담실로 들어갔다. 서하윤 실장이 일어나며 맞아 주었다. 우리는 가벼운 묵례로 인사를 대신하고, 마주 보고 앉았다.

-그동안 관찰했던 기록입니다.

서하윤 실장은 나에게 소설책 한 권 두께가 넘는 A4 용지에 인쇄된 자료를 건네주었다.

표지에는 '민영주님 의뢰기록 자료' 자료라고 쓰여 있었다.

-저와 직원들도 관찰하며 많이 놀랐습니다. 기록을 살펴보시며 놀라지 마십시오.

173

기록을 넘기기도 전에 이 두꺼운 기록 속에 엄청난 내용들이 들어 있음을 직감할 수 있는 서하윤실장의 마음이 전해지는 말이었다. 나는 심호흡을 한번 하고 페이지를 넘겼다. 발목 잘린 고양이의 사진이 제일 먼저 펼쳐졌다. 내 눈을 의심했다. 이 사진 속 고양이의 앞다리 모습은 흡사 앵두와 닮아 있었기 때문이었다. 사진 아래에는 발견된 장소와 시간이 기록되어 있었다. 다리 잘린 고양이의 사진은 여러 장 반복되어서 노출되고 있었다. 왼쪽발 이기도 했고 오른쪽 발이기도 했고, 앞발이기도 했으며 뒷발이기도 했다. 심지어 어떤 고양이는 앞다리 두 개가 모두 손상되어 있기도 했고, 앞 뒷발이 대칭되도록 잘린 고양이의 사진도 있었다. 잘린 다리의 길이도 천차 만별이었다. 발목 부분만 잘린 경우도 있었고, 무릎 위까지 잘린 고양이도 있었다. 사진을 넘길수록 그 잔혹함에 숨이 막혀왔다. 토악질이 올라왔다. 나는 자료집을 내려놓고 급하게 화장실로 갔다. 먹은 것이 없었음에도 토악질은 계속되었다. 위장이 쪼그라드는 것 같은 느낌이 들었다. 나는 변기를 잡고 주저앉았다. 머리가 핑 도는 듯했고 어지러움을 느꼈다. 화장실로 달려오던 나를 보고 뒤따라 왔던 여직원의 괜찮냐는 물음이 들려왔다. 나는 대답을 할 수가 없었다. 서하윤 실장을 부르던 그녀의 외침 소리가 가늘게 들려왔다. 나는 그대로 정신을 잃고 말았다.
  정신을 차린 곳은 병원이었다. 팔에는 수액이 꽂혀있었다. 큰 충격으로 인한 단발성 쇼크가 원인이라고 했다. 이 병원에서는 나의 병을 알지 못하기에 그렇게 판단한 것이라 생각했다. 어느 정도 안정을 찾은 나는 일어나려 했다. 서하윤 실장이 옆에 있었다. 일어나려는 나를 말렸다. 나는 안정되었다, 말하고 사무실로 다시 가자고 했다. 간호사가 와서 내 팔에 꽂힌 수액 바늘을 제거해 주었다. 나는 서하윤 실장의 부축을 받으며 일어나 다시 탐정 사무실로 향했다. 병원은 탐정 사무실에서 불과 몇 백미터 떨어져 있지 않았다. 걸어서 이동 하기로 했다. 매섭던 바람이 잦아들어 있었다. 어느새 해가 지고 있었다. 노을이 붉게 타오르고 있었다.

  사무실로 돌아와서 다시 기록을 살펴 보고자 했다. 서하윤 실장은 잠깐 휴식을 취한 뒤 시작하자고 했다. 허기가 느껴졌다. 저녁 식사 시간이 가까워지고 있었다. 오늘 하루 아무것도 삼키지 않은 상태라는 것을 새삼 돌이켜봤다. 재영 언니의 호박죽이 그리워지는 순간이었다. 나는 서하윤 실장에게 같이 식사를 하자고 했다. 배달 음식을 시키기로 했다. 나는 죽을 먹고 싶다고 했다. 호박죽이 되는지 물어보았다. 단호박죽이 가능하다는 대답이 돌아왔다. 나는 그것을 시켰다. 서하윤 실장도 오랜만에 죽을 먹어 보는 것도 괜찮을 것 같다며 야채죽을 주문했다. 음식이 도착하기 전까지 여직원이 우려준 현미녹차를 마시며 기다렸다. 따듯한 녹차가 목구멍을 타고 위장에 도착하는 느낌을 그대로 느낄 수 있었다. 공복의 시간이 길었던 탓이였으리라. 배달된 죽은 따듯한 온기를 가득 담고 있었다. 하지만 재영 언니의 호박죽에서 느껴지던 맛은 찾을 수 없었다. 간신히 삼분의 일 가량을 먹고서 숟가락을 내려놓았다. 사무실 창밖으로 어둠이 짙게 내려져 있었다. 맥이 풀리는 느낌이었다. 오늘은 더 이상 자료 검토를 하고 싶은 생각이 사라졌다. 오늘은 이쯤에서 그만하자고 했다. 서하윤 실장에게 내일 의인시에 있는 내 작업실에서 계속할 수 있는가에 대해 물어보았다. 서하윤 실장도 사무실보다는 내가 안정된 상태에서 검토하기에는 그렇게 하는 것이 도움이 될수 있을것이라 판단했다. 내일 만나기로 하고 자리에서 일어나자, 서하윤 실장이 직접 작업실까지 배웅해 주겠다고 했다. 거절 의사를 밝혔음에도 불구하고 서하윤실장은 자신의 차로 의인시에 있는 내 작업실 앞까지 나를 데려다주었다. 다음날 가능하면 변호사와 함께 방문해 달라고 했다. 서하윤 실장은 그러겠다고 답하며 돌아갔다. 참으로 길게 느껴진 하루였다. 통증이 다시 시작되었다. 나는 대학병원에서 처방받은 진통제와 정신건강의학과에서 처방받은 수면제를 한꺼번에 입에 넣고 물을 마셨다. 깊은 잠 속으로 빨려 들어가고 싶다고 생각했다. 침대 위에 누운지 얼마나 됐을까? 나는 꿈속으로 빨려 들어갔다. 조세핀이 나를 향해 뛰어왔고, 엄마와 아빠가 그런 나와 조세핀을 바라보며 인자한 미소를 짓고 계셨다. 나는 조세핀을 안고 엄마 아빠에게로 달려갔다. 하지만 내가 달려가는 속도 만큼이나 엄마 아빠의 거리는 더욱 빠르게 멀어져만 갔다. 품에 안겨있던 조세핀도 내품에서 사라졌다. 조세핀을 불렀지만, 조세핀은 보이지 않았다. 엄마를 불렀다. 아빠를 불렀다. 하지만 주위는 하얗게 변해 있었다. 나는 그 자리에 주저앉아 버렸다. 눈물이 흘렀다. 꿈이었다.

깨어 보니 베갯잇이 촉촉이 젖어 있었다. 시계를 보니 7시가 지나고 있었다. 창밖이 조금씩 밝아 오는 것이 느껴졌다. 동지가 가까워지고 있는 만큼 해가 뜨는 시간이 늦어지고 있었다. 재영 언니가 보고 싶었다. 서하윤 실장과는 10시에 만나기로 했었다. 기운을 차려야 했다. 본격적인 싸움은 지금부터 시작인데 내가 지치면 이 싸움에서 이길 수 없는 것이다. 재영 언니에게 전화를 했다.

-언니, 죽이 먹고 싶어요. 언니가 쑤어준.

언니는 찻집으로 오라고 했다. 찻집과 언니의 생활 공간은 붙어 있었다. 찻집 주방 뒤로 언니만의 생활 공간을 따로 설계했었다. 나는 간단한 세면을 마치고 언니의 찻집으로 갔다. 언니는 나를 반갑게 맞이해 주었다. 너무 야위었다는 걱정을 섞었다. 언니는 야채죽을 쑤고 있었다.

-잠시만 기다려.

나는 언니가 한달 전 구조한 아기고양이를 품에 안고 츄르를 먹였다. 노란색 털을 가진 앙증맞은 녀석이었다. 조세핀을 처음 만났을 때의 기억이 떠올랐다. 언니는 뚝딱하고 야채죽을 차려냈다. 나박김치와 소고기 장조림도 함께 식탁에 올랐다. 언니의 음식은 엄마의 음식과 많이 닮아 있었다.

-많이 먹고 힘내.
　언니는 죽을 뜬 나의 숟가락에 장조림을 얹어 주었다. 언니가 쑤어준 죽을 한 그릇 먹고 나니 어느 정도 기운이 생기는 것 같았다. 언니와 나는 찻집으로 나와 창가 자리에서 대추차를 함께 마셨다. 말없이 창밖을 바라만 보아도 언니와 함께 있다는 사실에 평온한 마음이 들었다. 찻집 오픈 시간은 10시였다. 딸랑 거리는 소리와 함께 찻집 문을 열기 위해 직원이 출근하고 있었다. 찻집 내부의 모습은 완전히 바뀌었지만, 출입문에 달린 종만큼은 언니도 바꾸지 않았다. 9시 30분이었다. 나도 작업실로 돌아가서 서하윤실장을 맞을 준비를 해야할 시간이었다.
　-언니 죽 잘 먹었어요. 고마워요.
　-언제든지 말만 해. 매일이라도 쑨다. 죽.
　언니는 손을 흔들며 나를 배웅했다. 찻집 문을 열 준비를 직원과 함께하는 언니의 뒷모습을 바라보며 서둘러 작업실로 돌아왔다. 10시 정각이 되자 서하윤 실장에게 문자가 왔다.
　[작업실 앞에 도착했습니다.]
　나는 현관문을 열어 놓으며 전화를 했다. 들어오셔도 된다고. 서하윤 실장은 부모님의 유산 정리를 맡아 주셨던 변호사와 함께 작업실로 들어왔다. 나는 테이블 겸 식탁으로 쓰던 6인용 테이블로 안내를 했다. 커피가 괜찮은지 물었고 좋다는 답변을 들은 나는 주방으로 가서 커피를 내렸다. 커피를 내리는 동안 서하윤 실장과 변호사는 자료를 테이블에 올려놓으며 검토를 하고 있었다. 변호사도 그 자료는 처음 보는 것이라 했다. 적잖은 놀라움과 당혹감을 감추지 못하고 있었다. 사람이라면 이러한 모습이 당연하다 생각했다. 내려진 커피를 텀블러에 옮겨 담아 서하윤 실장과 변호사의 앞에 하나씩 놓아두었다. 언니에게 다녀올 동안 멀쩡하던 날씨가 바람이 많이 부는 듯했다. 창밖으로 보이는 앙상한 나뭇가지들이 마구 흔들리고 있었다.

서하윤 실장과 변호사 그리고 나, 세 명은 탐정사무소에서 그동안 모아 온 자료를 검토하기 시작했다. 가해자는 치밀했었다. 자신의 신분이 최대한 노출되지 않는 범위에서 범행을 이어나가고 있었다. 자료는 주로 학대당한 길고양이 중심으로 기록되어 있었다.
-전부 그놈의 집 근처에서 발견된 고양이들의 모습입니다.
꼬리가 잘린 고양이도 있었고, 눈이 움푹 패여진 고양이도 있었다. 대부분 치료조차 받을 수 없는 형편의 길고양이였다. 대부분은 얼마 견디지 못하고 생명을 잃었을 것이다. 뒤편으로 갈수록 학대의 종류와 방법들이 진화되고 있었다. 성체로 다 자란 고양이의 경우였다. 이 고양이들은 주로 원거리 공격을 당한 듯했다. 지난번 받아 보았던 석궁의 화살에 의해 피살된 몇 마리의 고양이 사진이 이어졌다. 그 이후가 더 문제였다. 겉으로는 별다른 외상의 흔적이 보이지 않은 여러 마리의 고양이들이 죽어있는 사진들이 연속적으로 이어졌다.

동물병원으로 데려가 X-RAY 판독을 해 본 결과 모두 쇠구슬이 몸속에 박혀 있었다고 했다. 조준 레이더가 부착된 신형 새총을 이용한 것으로 추측된다고 했다. 석궁 화살은 쉽게 노출 될 수 있었고 비용 또한 만만한 문제가 아니었을 것이다. 그에 비해 새총의 쇠구슬은 비용적인 측면에서 훨씬 부담이 덜했을 것이다. 또한 구입 경로도 다양할 뿐 더러 추적이 용이하지 않을 것이라는 것을 놈도 파악하고 있었으리라. 서하윤 실장은 실제로 새총의 위력을 시험해 보기 위해 구입해 보았다고 했다. 10M 거리에서 합판을 뚫을 정도의 위력이 입증되었다고 했다.

-이것이 그놈이 사용했을 것으로 생각되는 새총입니다.

서하윤 실장은 금속으로 된 새총을 테이블 위에 올려놓았다.

사람에게 사용했을 경우 심각한 부상을 입힐 수 있는 위험한 물건이라는 설명도 덧붙였다. 뒤로 이어지는 사진에는 포획틀 사진이 보였다. 포획틀에는 노란 팻말이 붙여져 있었다. '길고양이의 중성화를 위한 포획틀입니다' 라고. 주로 공원에 설치가 되어 있었으며, CCTV 사각지대에 설치되어 있었다고 했다. 종이로 프린트된 기록은 주로 학대당한 고양이 중심이었다.

-이 기록만으로는 범죄 입증이 쉽지 않을 것 같은데요.

변호사의 말이었다. 사진 어디에도 그놈의 모습은 포착되어 있지 않았기 때문이었다. 서하윤 실장은 자신의 노트북을 꺼내 테이블 위에 올려놓고 전원을 켰다. 직원들이 파악한 자료를 토대로 야간 내내 그놈의 동선을 추적했다고 했다. 자신도 처음에는 단순한 우연일 수도 있겠다 판단하였지만 계속해서 발견되는 학대 상황을 그대로 보고만 있을 수 없다고 판단했다고 했다. 직원들이 관찰을 마친 이후에는 자신이 직접 그놈을 관찰했다고 했다. 꼬리가 길면 언젠가는 밟히는 법이다. 포획틀을 설치하는 그놈의 뒤를 쫓을 기회가 생겼고 그 이유가 궁금해졌다고 했다. 포획틀은 주로 23시 이후에 설치되었고 주로 05시 이전 수거 되고 있었다. 길에 사는 고양이들은 항상 굶주림에 시달려야하는 경우가 많았다. 특히 영역 동물인 고양이의 경우 영역 싸움에서 밀린 약한 개채들은 주로 외곽으로 떠돌수밖에 없었을 것이고 그런 고양이들의 경우 더욱 먹이를 구하는 것이 힘들었을 것이다. 그 상황을 그놈은 노린 것이었다. 포획틀에 갇힌 고양이의 경우 작은 아이들이 학대의 대상이 되었던 것으로 판단되었다. 추적 결과 포획틀 속에 갇힌 고양이를 데려가는 모습은 확인되었지만, 그 고양이들이 병원으로 가는 모습은 발견되지 않았기 때문이었다. 처음 사진에서 보았던 상해를 당한 고양이들 대부분이 성체로 다 자라지 못한 경우가 대부분이었다.

  서하윤 실장이 노트북에서 영상을 재생시켰다. 그 영상에는 심야 시간 포획틀을 설치하는 모습과 수거하는 모습이 담겨있었다.

  -이번 영상은 좀 충격적일 겁니다. 지난주 촬영 된 모습입니

다.

 시골 마을의 풍경이 재생되고 있었다. 헬리캠을 이용해 촬영한 항공영상이었다. 헬리캠은 시골마을의 한 민가의 마당을 비추고 있었다. 가마솥이 보였다. 아궁이에는 장작불이 활활 타고 있었다. 가마솥 뚜껑을 열자 펄펄 끓는 물로 인한 하얀 수증기가 피어오르고 있었다. 비닐 앞치마와 긴 고무장갑을 착용한 그놈의 모습이 나타났다. 그놈의 손에는 포획틀이 들려져 있었다. 포획틀 안에는 성체로 다 자란 고양이가 몸부림치고 있었다. 가마솥 중앙으로 손을 뻗은 그놈은 포획틀 입구를 그대로 열고 있었다. 순식간에 고양이는 펄펄 끓는 가마솥으로 풍덩 빠지고 있었다.
 -악!
 나는 비명을 질렀다. 영상을 보고 있던 변호사도 두 손으로 입을 틀어막고 있었다. 영상은 계속 재생되고 있었고, 그놈은 같은 행동을 계속 반복하고 있었다. 대략 20번에 가까운 행동들이 반복되었다. 가마솥 밖으로 물이 튀어 올랐다. 그놈은 자신에게 튀는 뜨거운 물방울들을 막기 위해 도축장 등에서나 쓸 법한 커다란 비닐 앞치마와 긴 고무장갑으로 무장을 하고 있었던 것이었다. 잔인하게 고양이들을 해치면서 정작 자신은 자신만의 방법으로 자신을 보호하고 있었던 것이었다. 참으로 이기적인 행동이었다. 생명에 대한 존중 따위는 애초에 바랄 수 없는 그런 인간이었다. 악마가 있다면 정확히 저놈의 모습을 하고 있을 것이라는 생각이 들었다. 환하게 웃고 있는 얼굴이 클로즈업되고 있었다. 저놈에게 고양이의 학대와 살해는 단순한 놀이에 불과한 것이었다.

　갑자기 앵두가 떠올랐다. 앵두도 처음 발견 당시 발목이 잘려져 있었다. 저자의 과거 행적에 대해 조사된 것이 있는지 서하윤 실장에게 물어보았다. 의인시로 이사 오기 전까지 명광시에 거주했다고 했다. 주소를 확인해 본 결과 앵두를 발견한 장소와 거의 일치하고 있었다. 앵두도 저놈에게 당한 것이 분명하다는 생각이 들었다. 도대체 저자는 몇 년에 걸쳐서 고양이 학대와 살해를 지속했던 것일까? 하는, 의구심이 들었다.

　학대를 당한 고양이의 경우 대부분 사망했을 것이라고 서하윤 실장은 추측하고 있었다. 주위에서 피해를 당한채 생존해 있는 고양이를 몇 마리 발견하지 못했다고 했다. 사람에게 도움을 받지 못한 고양이들은 고통을 고스란히 감수하며 생명을 마감하였으리라. 검토를 끝낸 뒤 나는 변호사에게 물었다.

　-저 정도 증거면 충분할까요? 처벌은 어느 정도 받을까요?

　동물 학대의 경우 최대 3년의 징역형이나 최대 삼천만 원의 벌금형이 선고 된다고 했다. 고작 3년이라니. 하지만 현실적으로 실형이 선고되는 경우는 극히 드물다고 했다. 대부분이 벌금형에서 그친다고. 이번 건의 경우 상대가 전과가 있고 채증 영상 등 증거가 명확하기 때문에 증거를 바탕으로 경찰에 수사 의뢰를 하면 강제 수사도 가능할 것이라고, 수사를 통해 증거물 및 여죄를 밝힐 수 있는 부분이 있을 수 있다고는 했으나 법에서 정한 법률에 따르면 가중처벌을 한다 해도 최고 형량범위 내일 것이며, 현실의 사법 관행으로 보았을 때 실제 최대 형량의 선고는 어려울 것이라는 의견을 냈다. 나는 이해할 수 없었다. 수많은 생명을 놀잇감처럼 이용한 범죄를 저질렀음에도 불구하고 처벌은 그에 미치지 못하는 현실에 대해서.

  법의 현실은 사람에게도 억울하게 느껴지는 부분이 많다고도 했다. 사람을 상해하고 그 상해 정도가 아무리 심하다 할지라도 목숨만 붙어 있다면 최대 형량이 10년에 불과하다고 했다. 피해 당사자와 그 가족들이 받아야 하는 고통에 비하면 결코 무거운 형량이 아닌 것이 사실이라고도 했다. 사람에 대한 범죄의 형량이 이 정도인데 법원에서 판단하는 길고양이의 생명에 대한 가치 판단이 법정 최고형을 선고할 리 만무하다고 했다. 실로 어처구니없는 현실이었다. 경찰 출신의 서하윤 실장은 알고 있었다. 동물 학대에 대한 최대 형량과 벌금에 대해서, 그래서 비용에 따른 부담을 지난 번에 이야기 했던것이리라.

  -지금까지 지출하신 금액만 칠천만원이 넘습니다. 저놈이 최대치의 벌금을 선고받는다고 하더라도 고객님께서 지출하신 금액의 절반에도 미치지 못합니다.

  서하윤 실장이 말했다. 사실이었다. 하지만 나는 내가 지출한 금액에 대한 아쉬움 따위는 없었다.

-변호사님은 가능한 최대한의 처벌을 받게 할 방법에 대해 알아봐 주시기 바랍니다. 그리고 실장님은 지금까지의 모든자료들을 변호사님께 전달해 주시기 바랍니다.

나는 탐정사무소와의 계약을 종료하기로 결정했다.

-실장님 그동안 고생 많으셨어요. 감사드립니다. 이후의 일은 변호사님과 함께 진행 하겠습니다.

어느덧 시간은 오후 두 시를 넘기고 있었다. 이곳까지 찾아와 준 두 사람에게 식사는 대접 해야 할 것 같았다. 식사를 제의했고 그러자는 대답을 들었다. 우리는 함께 식사를 하고 헤어졌다. 기온이 많이 떨어져 있었다. 겨울이 문을 열고 성큼성큼 들어서고 있었다. 올해도 이제 얼마 남지 않은 시간만이 존재하고 있었다. 허무함이 밀려들었고 상실의 감정이 머리 위에서 무겁게 짓누르고 있었다. 며칠 뒤면 조세핀과 까뮈가 사고를 당한지 일 년이 되는 날이었다.

[언니, 시간 괜찮아요?]

재영 언니에게 문자를 보냈다. 언니에게 지금은 한가하다는 답장이 왔다. 나는 언니의 찻집으로 갔다. 언니는 창가 내가 항상 앉았던 그 자리, 언니가 인테리어를 다시 하면서도 내가 앉던 자리의 창가 자리만큼은 테이블의 위치를 옮기지 않았다. 물론 예전의 테이블은 아니었지만. 그 자리에서 나를 향해 손을 흔들어 맞이해 주었다.

-영주씨 문자 받고 바로 준비해 놓았지.

테이블위에는 다기가 가지런히 놓여져 있었다. 오늘은 조금 더 쌉쌀함이 감도는 대작을 마셔보자고 했다. 언니와 함께 조세핀과 까뮈의 이야기를 했다. 언제까지 유골함을 지니고 있을 수는 없다고 내가 먼저 말을 꺼냈다. 언니도 그 부분에 대해 생각해 보고 있었다고 했다.
　-일주기 때에 나는 조세핀을 엄마 아빠가 계신 옆으로 보내주려고 생각하고있어요. 언니.
　내 생각을 언니에게 먼저 말했다. 언니도 생각해 보겠다고 했다. 우리는 조용히 차를 마셨다. 서로 말보다는 생각할 시간이 필요한 시기였으리라. 창밖은 어느새 노을이 붉게 물들어 오고 있었다.
　-그렇게 하자, 영주씨.
　재영언니도 까뮈의 유골을 자연으로 보내주어야겠다고 판단한 모양이었다.
　우리는 일주기를 맞이해서 엄마와 아빠가 계신 곳으로 찾아갔다. 이틀 전 미리 연락을 해 놓았고 결재를 진행했기에 수목장 관련 직원들이 미리 준비를 하고 있었다. 언니와 나는 직원들의 안내 절차에 따라 조세핀과 까뮈를 사고 일 년 만에 자연으로 보내주었다.
　-잘 가. 조세핀.
　-잘 가. 까뮈.
　언니와 나는 마지막으로 조세핀과 까뮈의 이름을 불렀다. 그렇게 우리는 조세민과 까뮈와의 또 다른 이별을 했다. 엄마 아빠가 잘 보살펴 주실 것으로 생각했다. 언니와 나는 깊은 포옹을 하며 서로의 눈물을 애써 보이지 않으려 노력했다. 겨울은 깊어 가고 있었다.

함무라비 법전

눈에는 눈 이에는 이
(생각한다, 옳지 못함을. 생각한다, 인정받지 못함을. 그러나 실행한다.)

며칠 동안 많은 생각을 해 보았다. 어느새 새해가 시작되었다. 변호사에게 연락이 왔다. 종합적으로 판단해 보았을 때, 현재의 상황에서 법률상 최대 형량이 선고되기는 지금의 정서에서 무리일 것이라는 것이 법조계 관계자들의 공통된 판단이라는 소식이었다. 나는 생각했다. 법이 하지 못한다면 내가 직접 하겠노라고.

노트북 전원을 켰다. 검색란에 흥신소를 검색했다. 심부름 센터를 검색했다, 여러 곳의 전화번호를 메모했다. 오늘은 수요일이다. 서윤하 실장의 관찰 기록에 따르면 그놈은 분명 금요일이 되면 명광시의 호숫가에 나타날 것이라는 생각이 들었다. 날씨를 검색해 보았다. 금요일의 날씨는 쌀쌀하지만, 하늘은 쾌청할 것이라고 예보되어 있었다.

전화를 했다. 사람을 미행해 줄 수 있냐고 물었다. 탐정사무소와는 다르게 금액부터 이야기를 했다. 돈이면 다 되는 세상처럼 느껴지는 말투였다. 다시 전화를 하겠노라고 했다. 더러는 하지 않는다고는 하였으나 대부분 가능하다는 답변이 돌아왔다. 다시 전화를 했다. 추적이 안되는 차량을 구해줄 수 있냐고 물었다. 여러 곳에서 같은 답변이 돌아왔다. 어느 정도의 시간만 주어진다면 가능하다고 했다. 다만 금액이 맞는다면 이라는 답변이 돌아왔다. 미팅을 잡기로 했다. 심부름센터 한 곳과 흥신소 두 곳이었다.
　미팅을 한뒤, 한곳의 흥신소와 심부름센터에 의뢰를 했다. 내용은 동일했다. 대략적인 시간을 알려 주었다. 장소도 알려 주었다. 한 달 동안 동일한 장소에서 목격되는 차량의 번호를 알아봐 달라고 했다. 흥신소는 차량을 이용해 팀을 짜서 움직여 관찰 해 본다고 하였고 심부름 센터는 오토바이를 이용해 관찰하기로 했다. 관찰 방법은 각각의 판단 문제라 생각했다. 나의 요구 사항은 단 한 가지였다. 상대방이 자신을 관찰한다는 느낌을 주어서는 절대 안 된다. 흥신소에서는 천만 원을 요구해 왔다. 터무니없는 금액이라 생각되었지만 알겠다고 했다. 흥신소에 비해서 심부름센터는 비교적 싼 금액을 요구했다. 삼백만 원을 불렀다. 각각 백만 원의 금액을 선수금으로 주었고 나머지 금액은 결과물이 도출되었을 때 지급하겠다고 했다. 선수금을 받아 든 두 업체 모두 흔쾌히 수락했다. 서하윤 실장과는 다른 부류의 사람들이라는 생각이 들었다.

신변을 정리해야 할 때가 된 것 같았다. 이달 말이면 작업실의 계약기간도 끝이 난다. 나는 나에게 찾아온 병의 이름을 알게 되었을 때 건물 주인에게 재계약 의사가 없음을 전달해 놓은 상태였다.

이모스님이 보고싶었다. 엄마의 향기를 이모스님에게서 느낄 수 있을 것 같았다. 스님들이 입는 의복을 파는 곳을 검색해 보았다. 서울 동대문 쪽에 전문적으로 취급하는 곳이 있었다. 스님께 새옷 한 벌 해드리고 싶은 생각에서였다. 스님은 체형이 나와 비슷했기에 나를 기준으로 구입 하면 될 듯했다. 병원 진료가 있는 날이 내일이었다. 병원을 들른 뒤 찾아가 봐야겠다고 생각했다. 간헐적으로 느껴지던 통증이 주기적으로 변하는 듯하였고 통증의 강도가 점점 강해지고 있다고 느껴졌다.

창밖으로 겨울 해넘이가 진행되고 있었다. 그놈은 분명 이번 주에도 그곳에 나타날 것이다. 나는 입술을 깨물었다.

아침 일찍 서둘렀다. 병원 예약 시간을 오전 진료 첫 시간으로 잡아 놓았기 때문이었다. 예약한 택시로부터 도착안내 문자가 도착했다. 작업실 건물 공동현관 문을 열자 차가운 바람이 불어 왔다. 나는 택시 뒷좌석 문을 열고 서둘러 탔다. 출근 시간과 겹쳐서인지 도로 사정이 만만치 않았다. 하지만 대중교통의 혼잡함을 견디는 것보다는 훨씬 나았다. 기사님께 진료 시간 전까지 도착이 가능하겠는지 물어보았다. 기사님께서는 걱정하지 말라는 말씀과 함께 많이 피곤해 보인다며 편안히 쉬라는 말씀을 해 주셨다. 나는 이어폰을 귀에 꽂고서 음악을 재생시켰다. 김광석의 애달픈 목소리가 들려왔다. 시간에 늦지 않게 병원에 도착했다. 나는 진료실 앞에서 내 이름이 호명되기를 기다리고 있었다.

의사는 나에게 지금이라도 방사선 치료 및 항암치료를 시작하는 것이 어떻겠냐며 설득했다. 나는 항암치료에 그리 의미를 두지 않겠다고 했다. 대신 전문 호스피스 시설에 대해 추천을 부탁했다. 두세 곳의 시설을 추천받았다. 나는 감사의 인사를 하고 진료실을 나왔다. 나는 처방전을 들고 병원 내에 있는 외래약국으로 갔다. 약이 나오기를 기다리며 택시를 호출했다. 처방받은 약을 전달 받은 나는 병원을 빠져나왔다. 호출한 택시가 도착하고 있었다. 나는 택시를 타고 어제 검색해 놓았던 동대문의 주소를 기사님께 보여 주었다. 택시는 동대문으로 향했고, 스님들과 불교 관계자들의 옷을 전문적으로 판매하고 있는 매장 앞에 나를 내려 주었다.

매장 문을 열자, 사찰에서 많이 보였던 의상을 입은 중년의 여성이 나는 맞이해 주었다.

-비구니 스님의 겨울옷을 구입하고 싶은데요.

중년의 여성은 옷을 입을 스님의 체형을 물어왔다. 나는 나와 비슷한 키에 나보다는 조금 살집이 있는 그러나 조금 마른 체형이라고 말을했다. 옅은 먹빛이 감도는 여러 종류의 옷을 보여 주었다. 나는 그중에서 먹빛이 조금 진한 듯 보이는 옷을 선택했다. 양말과 모자도 샀다. 벽에 걸린 스님들이 메는 바랑이 보였다. 그것도 함께 구입했다. 중년의 여성이 많은 말을 나에게 해왔지만 나는 잘 들리지 않았다. 아니 그리 듣고 싶지 않았다는 표현이 맞을 것이다. 스님들의 옷은 그냥 쇼핑백에 단순하게 담아주는 것이 아니었다. 포장 상자에 곱게 개어져 옷이 담겼고 그 상자를 노란 보자기로 감쌌다. 그러다 보니 부피가 제법 컸다. 다른 물건들도 각각 잿빛이 도는 포장지로 감싼 뒤 종이 가방에 넣어 주었다. 중년의 여성은 나에게 차를 권했다. 나도 택시 호출을 기다리기 위해서는 시간이 조금 필요했다. 티백 녹차를 부탁했다. 계산을 마치고 종이컵에 우려진 녹차를 몇 모금 마셨을 즈음 호출한 택시가 도착했다. 중년의 여성은 내가 구입한 물건들을 택시로 옮기는 것을 도와주었다. 나는 작업실 주소를 불러 주었다. 택시 기사님의 얼굴에 환한 미소가 도는 듯했다. 손님이 뜸한 시간대에 장거리 손님을 맞은 것이 행운이라는 표정이었다. 작업실 앞에 도착했을 때 나는 기사님께 짐 옮기는 것을 부탁했다. 기사님은 흔쾌히 도와주셨다. 주차장에 세워진 내 차의 뒷좌석으로 일단 짐을 옮기고 기사님께 감사의 인사를 드렸다. 기사님도 나에게 꾸뻑 인사를 하시며 즐거운 표정으로 택시로 돌아갔다.

나는 이모스님께 전화를 드렸다. 내일 찾아뵈어도 되는지. 이모스님께서는 시간이 된다고 말씀하셨다. 내일 뵙기로 하고 전화를 끊었다. 변호사에게 다시 전화를 걸었다. 혹시 내일 시간이 되느냐고. 변호사는 내일은 재판이 있다고 했다. 대신 서하윤 실장에게 부탁해 놓겠다고 했다. 나는 며칠 전 변호사에게 부탁을 했었다. 부모님의 부동산 중에서 은적암 아래 있는 집을 스님께 증여하고 싶다고, 스님과 약속이 잡히면 같이, 동행해 줄 수 있겠느냐고. 변호사는 시간이 된다면 같이 가주겠다고 했었다. 하지만 내가 급하게 스님과 약속을 잡는 바람에 미리 스케쥴 조정을 하지 못했던 것이었다. 내 불찰이었다. 휴대전화 진동음이 울렸다. 서하윤 실장의 문자였다.

[내일 오전 10시까지 의인시 작업실 앞에서 기다리겠습니다.]
　변호사와 통화를 했던 모양이었다. 의뢰계약을 종료했음에도 불구하고 이렇게까지 나를 도와주는 것에 고마운 마음이 들었다.

[감사합니다. 그리고 죄송합니다. 내일 부탁드리겠습니다.]
　나는 답장을 보냈다. 쉬고 싶다는 생각이 들었다. 나는 무책임하게도 오늘도 여지껏 음료를 빼고선 아무것도 먹지 않은 상태였다. 내 몸을 너무 학대하고 있다는 생각이 들었다. 아빠의 말씀이 떠올랐다.

　'스스로의 건강을 돌보는 것 또한 하눌님을 공경하는 것이야'
　그러고 보면 나는 진정한 생명의 공경을 모를고 있을지도 모르는 사람이었다는 생각이 들었다. 냉장고 문을 열었다. 언니가 쑤어준 죽이 보였다. 죽을 덜어 전자렌지에 돌리고 나박김치와 장조림을 접시에 옮겨 담았다. 당분간은 억지로라도 먹고 기운을 차려야 한다. 간단히 차린 음식을 먹고 나서 곧바로 설거지했다. 창밖으로 어둠이 내리는 것 같았다. 노을이 질 것이다. 나는 그 노을이 보고 싶지 않았다. 수면제와 약을 입에 털어 넣고 침실로 갔다. 암막 커튼을 치고 이불속으로 기어들어 갔다. 휴대전화의 알람은 오전 6시에 맞추어 놓았다.

알람 소리에 잠에서 깼다. 욕실로 들어가 따듯한 물로 샤워를 했다. 머리카락을 말리면서 생각했다. 이번 겨울은 유난히 머리카락이 많이 빠진다고. 언니가 쑤어준 죽을 그릇에 옮겨 담았다. 아침 식사로 충분한 양의 죽이 남아 있었다. 감사히 먹었다. 재영 언니에게 고맙게 생각하며 그릇을 깨끗이 비웠다. 한 톨의 쌀 알갱이도 남기지 않으려 그릇을 박박 긁어가며 먹었다. 겨울의 아침이 밝아 왔다. 커피를 내려 창가로 갔다. 다행히 창밖으로 보이는 겨울 아침은 얌전해 보였다. 바람이 불지 않은 겨울은 그나마 견딜만한 것이라고 생각했다. 화장대에 앉아 정성껏 화장을 했다. 이모스님께 조금이라도 생기있는 모습을 보여드리고 싶었다. 어느덧 시간은 아홉시를 지나고 있었다. 창문을 열어 바깥의 온도를 느껴보았다. 바람은 불지 않았으나 공기는 차가웠다. 두꺼운 스웨터를 꺼내어 입었다. 야윈 내 모습을 조금이라도 풍성하게 표현하고 싶었다. 겨울 코트를 꺼내 침대에 올려두고 엄마가 직접 떠주신 목도리를 꺼냈다. 엄마의 향기가 나는 것 같았다.

[작업실 앞에 도착했습니다. 준비 되시는 대로 내려오시면 됩니다.]

약속 시간보다 빠르게 서하윤 실장의 문자가 왔다. 나는 코트를 입고 목에 목도리를 감고서 작업실을 나섰다. 서하윤 실장이 나를 발견하고는 차에서 내려 조수석 쪽 문을 열어 주었다.

-잠시만요.

나는 내 차에 보관해 두었던 스님에게 드릴 선물들을 옮겨야 한다고 말했다. 서하윤 실장은 조수석 문을 다시 닫고서 내 차가 주차된 주차장 쪽으로 와서 짐 옮기는 것을 도와 주었다. 뒷좌석에 짐을 옮긴 뒤 다시 조수석 문을 열어 주었다. 차 안은 따뜻하게 데워져 있었다.

-고맙습니다.

나는 진심으로 서하윤 실장에게 감사의 말을 전했다.

이모스님께서는 지금 예산에 위치한 수덕사의 견성암에서 지내고 계셨다. 여기서 스님이 계신 곳까지는 대략 두 시간 반 정도의 시간이 걸렸다. 서하윤 실장은 부드럽게 차를 출발시켰다. 차가 고속도로에 진입해서 서해안선을 타고 있을 때쯤이었다. 이모스님으로부터 전화가 걸려 왔다. 도착시간을 묻는 전화였다. 나는 두 시쯤 도착할 예정이라고 스님께 말씀드렸다.

서하윤실장이 의아한 눈빛으로 나를 바라보았다. 네비게이션에 찍힌 예상 도착시간은 12시 10분을 나타내고 있었기 때문이었다.

-스님 공양시간이라서.....

서하윤 실장은 이해했다는 표정을 지었다. 수덕사를 가르키는 이정표가 지나갔다. 톨게이트를 빠져나와 굽이굽이 산길을 지났다. 겨울 산은 스산한 모습이었다. 집순이로 유명한 나는 여행을 그닥 좋아하는 성향이 아니었다. 학창시절 가족과 함께하는 여행 정도만 일 년에 두어 번 다녔을 뿐 중, 고등학교 시절 수학여행도 나는 가지 않겠다고 했었다. 그런 나였기에 나 정도 나이면 대부분 한 번쯤은 다녀봤을 수덕사를 처음 방문하는 길이었다. 얼마쯤 이 굽이진 산길을 더 달려야 할까? 하는 생각이 들 즈음 수덕사 입구 주차장이 모습을 드러냈다. 우리는 일단 주차장에 차를 대 놓고 점심을 먹기로 했다.

수덕사 입구에는 수많은 산채정식을 메뉴로 하는 식당들이 줄지어 늘어서 있었다. 서하윤 실장이 자신이 다녀본 곳 중 가장 괜찮았던 곳이라며 수덕정이라는 식당으로 나를 안내했다. 서하윤 실장은 수덕사를 여러 번 와 봤으리라 생각했다. 겨울철이어서 그런지 점심시간임에도 손님이 많지는 않았다. 산채정식을 주문했다. 나는 직원에게 죄송하지만, 밥을 반 공기만 끓여서 줄 수 있는지 물어보았다. 가능하다고 했다. 잠시 뒤 주문한 산채 정식이 나왔다. 구워진 생선과 함께 나온 밑반찬이 정갈해 보였다. 된장찌개가 뚝배기에서 보글보글 끓고 있었다. 지난해 봄에 채취했을 것으로 생각되는 나물 반찬들이 알맞게 삶겨져 부드러운 나물무침으로 차려져 나왔다. 나는 끓여서 뜨거운 밥을 호호 불어가며 조금씩 입속에 넣었다. 그리고 나물 위주로 반찬을 먹었다. 오랜만에 제대로 된 식사를 하는 기분이 들었다. 식사를 마치고 시계를 보니 1시 30분을 넘기고 있었다. 자판기 커피를 뽑아서 먹고 있을 즈음 휴대전화가 울렸다. 이모스님의 전화였다. 거의 다 도착을 했다고 했다. 일주문 근처에 있는 매표소로 오라고 말씀하셨다. 차량을 가지고 올라와도 된다는 말씀을 덧붙이셨다. 우리는 주차장에 있는 차를 타고 일주문 쪽으로 이동했다. 일주문 매표소에 다다르자, 스님의 모습이 보였다. 사찰 내부로 일반인의 차량은 진입할 수 없었기에 스님께서 직접 마중을 나와 계셨던 것이었다. 스님과 함께 스님이 기거하고 계신 곳까지 차량으로 이동을 할 수가 있었다.

  부모님 장례를 치를 때 보고 처음 뵙는 것이었다.

  -많이 야위었구나.

  스님은 나의 안부부터 챙기고 계셨다. 스님의 안내를 따라 서하윤 실장의 차가 스님의 처소에 도착했고 나는 스님께 삼배를 했다. 어렸을 적 엄마와 같이 스님을 찾아뵐 때면 항상 엄마는 나에게 스님께 삼배를 하도록 하셨었다. 절집에 가서는 절집의 예에 따라 인사를 하는 것이 예의라고 말씀하셨었다. 이후로

스님을 뵐 때면 습관처럼 삼배하는 것이 몸에 익어 있어서 그랬을 것이다. 서하윤 실장은 스님께 드릴 선물을 차에서 내려 옮겨 주었다.

-옷 한 벌 해드리고 싶었어요.

스님은 우리에게 녹차를 내어주셨다. 차를 마시며 스님께 말씀드렸다. 은적암 아래 있는 부동산을 스님께 시주하고 싶다고 했다. 그곳에 스님의 작은 공간을 만들어 불제자로서의 마지막을 보냈으면 한다는 말씀도 전했다. 스님께서는 사양하셨지만, 엄마의 살아생전 소망이었다고 말씀드렸다. 모든 절차 및 비용은 내가 부담하겠다고 했다. 서류만 준비해 주시면 서하윤 실장을 통해 처리하겠다고 했다. 스님께서는 감사히 받아서 공간을 잘 만들어 보겠다고 하셨다. 나는 3개월 정도만 잠시 내가 사용할 수 있을 일이 있을 수도 있겠다고 말씀드렸다.

스님이 우려주시는 녹차는 향기가 좋았다.

-스님, 가지고 계신 스님 승복 중에 가장 오래된 옷 한 벌 저에게 주실 수 있나요?

나는 스님의 옷에서 엄마를 기억하고 싶다고 말씀드렸다. 스님은 기다리라고 말씀하신 뒤 일어나셨다. 잠시 뒤 스님께서는 솜으로 누빈 듯한 옷 한 벌을 가지고 돌아오셨다. 스님께서 출가를 하시고 정식 수련을 마친 뒤 법명을 받을 때 은사 스님께서 주셨던 옷이라고 말씀하셨다. 흐른 시간의 양만큼이나 먹물 빛도 많이 바래있었다. 평소에 쓰고 계셨던 바랑에 옷을 잘 개어 넣어 주셨다. 겨울 산의 해는 짧았다. 스님께 건강하시라고 인사를 드리고 우리는 출발을 준비했다. 스님께서 나에게 건강을 잘 챙겨야 한다고, 이제는 일상으로 돌아와 나의 인생을 살아야 한다고 말씀하셨다. 아마도 재영 언니와 그동안 통화를 하고 계셨던 듯했다. 나의 안부가 궁금하셨으리라. 서하윤 실장은 나를 배려해서 미리 시동을 걸어 놓고 차를 덥히고 있었던 것 같았다. 스님은 손을 흔들며 배웅해 주셨다. 스님의 시야에서 우리가 탄 차가 보이지 않을 때까지.

해가 지고 있었다. 굽이굽이 산길을 돌아 나오는 동안 노을이 점점 짙어지고 있었다. 서하윤 실장은 나에게 잠을 좀 자라고 했다. 많이 피곤해 보인다고 했다. 나는 스님께서 주신 바랑을 품에 꼭 안고 눈을 감았다. 하지만 잠이 들지는 않았다. 의인시 작업실에 도착해서 서하윤실장에게 감사의 인사를 전했다. 변호사와 함께, 이모스님께 증여할 부동산의 이전 절차를 진행해 달라는 부탁을 다시 한번 했다. 서하윤 실장은 걱정하지 말라는 말과 함께 나의 건강에 대해 염려를 해 주었다. 통증이 찾아왔다. 작업실 현관문을 열고 들어서 약을 먹었다. 수면제와 함께. 밤이 깊어 가고 있었다. 온통 검은 어둠으로 둘러 쌓여 있었다. 나는 침실 이불속으로 기어 들어갔다.

주변 정리를 해야 할 시간이 된 것 같다고 판단했다. 물을 마시려 냉장고 문을 열었다. 냉장고 안에 여러 종류의 죽이 가지런히 정리되어 있었다. 포스트잇이 붙어 있었다.

[죽을 쑤었어. 데워 먹어.]

재영 언니가 다녀간 모양이었다. 언니에게 전화를 걸었다.

-죽 고마워요. 언니.

나는 언니에게 상의할 일이 있다고 점심을 같이 하자고 했다. 1시쯤 국수집에서 만나자는 언니의 답변이 있었다. 시계는 9시에 조금 못미치는 위치에 바늘을 옮겨 놓고 있었다. 죽을 조금 덜어 데웠다. 약을 먹기 위해서는 뭐라도 먹어야 했다. 더 이상 몸을 방치할 수는 없었다. 해야 할 일이 남아있기 때문이다. 호스피스 시설을 자세하게 알아봐야겠다고 생각했다. 죽을 먹으며 의사가 추천해 준 시설들을 검색해 보았다. 인터넷에 올라온 세 곳 모두 시설은 단정해 보였다. 부동산으로부터 전화가 왔다. 집을 언제 볼 수 있는지에대한 물음이었다. 나는 언제든 상관 없다고 말했다. 내가 없더라도 보여 주어도 상관 없다고 말했다. 작업실 도어락 비밀 번호를 알려 주었다. 대신 혹시 내가 있을 수도 있으니 방문 전 문자만 보내달라고 했다.

재영 언니와 만나기로 한 시간이 다가오고 있었다. 나는 외투를 걸치고 국수집으로 갔다. 바깥 기온은 겨울의 한가운데 있다는 것을 설명이라도 하듯 차가웠다. 다행히 바람은 불지 않고 있었다. 국수집 입구에서 재영 언니와 만났다. 우리는 서로 눈 인사를 했다. 바지락 칼국수를 주문했다.

-언니, 나 외국에 좀 오랫동안 나가 있어야 할 듯해요.

언니는 동그란 눈을 하고선 나를 바라보았다. 작년 말 즈음에 지난번, 같이 작업했던 작가에게서 같이 작업을 해 보자고 연락이 왔었다고 나는 말했다. 많은 고민을 했고, 결정을 내렸다고 언니에게 말했다. 보름 뒤엔 출국할 예정이라고 말했다. 언니는 혼자만의 생각에 잠긴 듯했다. 주문한 바지락 칼국수가 나왔다. 우리는 말없이 칼국수를 먹었다. 지금 대한민국에 재영언니와 나는 서로 고아나 마찬가지인 상황이었다. 재영 언니도 부모님이 모두 돌아가셨고 주변 친척들과는 교류가 끊긴지 십여년이 넘은 상황이었다. 내가 재영 언니를 많이 의지했듯, 언니도 나를 가족같이 생각하고 있다는 것을 나는 알고 있었다. 그런 내가 몇 달도 아닌 몇 년을 해외에 나가서 작업을 한다고 말하니 언니에게는 조금 충격으로 다가갔을 것이다. 우리는 그렇게 식사를 마쳤다.

-영주씨, 우리 찻집에 가서 차 한잔할 시간 있지?

나와 언니는 찻집으로 향했다. 항상 앉던 그 자리에 앉아 언니와 나는 차를 마셨다.

-고민 많이 하고 내린 결정이지? 영주씨를 위해서 좋은 결정일 수도 있을 것 같아.

언니는 자신보다 항상 먼저 나의 입장에서 나를 배려해 주던 사람이었다. 나는 이런 언니를 나의 문제로 인해 마음 아픈 시간을 보내게 하고 싶지 않았다.

-이달 말에 작업실 계약이 만기에요. 일단 작업실을 오랫동안

그냥 방치 할 수도 없을 것같아 정리하기로 했어요.
 -그랬구나, 이제 몇 일 안 남았네? 우리 얼굴 볼 수 있는 날?
 언니의 얼굴에 아쉬움이 짙게 배어났다. 언니에게도 스님에게도 차마 나의 상황을 제대로 알릴 수 없었다. 그들에게 나의 현실은 고통의 시간을 인내하는 과정이 될 것이라는 것을 내가 스스로 알고 있기 때문이었다. 나는 출판사 볼일을 핑계로 언니와의 차담을 마무리 지었다. 언니는 미소를 지으며 나를 배웅해 주었지만 나는 느낄 수 있었다. 미소 속에 진하게 스며있는 언니의 쓸쓸하고 아쉬움으로 가득한 외로움을.
 작업실 주차장에 세워둔 차에 시동을 걸었다. 나는 명광시로 출발했다. 명광시 금요일이면 나타난다는 호숫가를 가보기로 했다. 호수가 둘레길은 차량의 통행이 많지 않았다. 주변의 지형과 도로를 숙지하기 시작했다. 한참을 그곳에서 돌고 또 돌았다. 호숫가를 벗어나 얼마 떨어지지 않은 곳에 호텔이 보였다. 나는 호텔주차장 쪽으로 차를 이동했다. 프론트로 향했다. 장기 투숙이 가능한지 물어보았다. 가능하다고 했다. 지금은 겨울시즌이라 할인이 많이 된다는 프론트 직원의 안내가 있었다. 나는 보름 뒤부터 길면 3개월 정도 투숙할 예정이라고 했다. 투숙할 객실의 안내를 부탁했다. 직원은 7층에 위치한 객실을 보여 주었다. 호수를 바라 볼 수 있는 객실이었다. 나는 마음에 든다고 말했다. 프론트로 내려와 예약을 했다. 일단 한 달치의 객실료를 선결제 하겠다고 했다. 비수기 할인을 통해

400만원으로 이용 할 수 있다고 했다. 나는 신용카드를 직원에게 건넸다. 일시불로 결제해달라고 했다. 직원은 장기 투숙의 경우 1층 뷔페를 통해 3식의 식사를 무료로 이용할 수 있다는 말도 함께 해 주었다. 그 부분은 마음에 들었다. 식사를 해결할 수 있다는 것이 지금 나의 입장에서는 커다란 도움이 되었기 때문이었다.

해산시 부동산으로부터 연락이 왔다. 부모님의 집과 동물병원을 인수하고자 하는 사람이 있다고 했다. 나는 변호사의 전화번호를 알려 주었다. 모든 계약 진행은 변호사를 통해서 하면 된다고 했다. 의인시의 부동산에서도 연락이 왔다. 작업실 계약이 되었다는 내용이었다. 새로운 계약자가 침대를 제외한 집기의 인수가 가능한지에 대해 물어 왔다고 했다. 나는 가능하다는 말과 함께 침대의 처리를 부탁한다고 했다. 나로서는 어차피 정리해야 할 대상이었는데 새로운 계약자가 인수를 원한다는 사실에 오히려 감사한 마음이 들었다.
설명절이 얼마 남지 않았다. 나는 재영 언니와 시간을 같이 보내고 싶었다. 언니에게 문자를 했다.
[언니, 이번 설 명절 연휴 해산시 부모님 댁에서 같이 보내는 것 어때요?]
언니는 그러자고 했다. 설명절이 끝나면 나는 언니와 이모스님께는 공식적으로 출국해야할 대상의 인물이었다.

흥신소로부터 연락이 왔다. 아직 관찰 의뢰 기간이 끝나지 않은 상황이었다. 흥신소에서는 더 이상 관찰이 필요 없다고 했다. 매주 반복해서 그 자리에 나타난 차량은 딱 1대 밖에 없었다고 했다. 차량의 정보만을 부탁했었는데 흥신소 측에서는 비용을 생각해서 인적 사항까지 파악해 놓았다고 너스레를 떨고 있었다. 일단 차량번호의 끝자리를 알려 달라고 했다. 나도 확실하게 체크를 한 뒤 나머지 금액을 입금시키겠다고 했다. 17*3번 이라고 했다. 나는 전화를 끊고 심부름센터에 전화를 했다. 지금까지의 관찰 기록을 알려달라고 했다. 확인된 사항은 흥신소와 같았다. 더 이상 관찰하지 않아도 된다고 말하고 계좌번호를 달라고 했다. 흥신소와 심부름센터 두 곳에 약속했던 잔금을 입금해 주었다. 흥신소에서는 그놈의 신상에 대한 정보를 나에게 전송해 주었다.

이름 : 이기혁
나이 : 31세
키 : 170㎝ 정도로 추정
주소 : 경기도 의인시 **동 **번지 **오피스텔 306호
직업 : 의인시 체육과 소속 7급 공무원
차량 : 흰색 그랜져 168더 17*3

여러 각도에서 찍은 그놈의 사진이 첨부되어 있었다.

한편으로는 허탈한 생각이 들었다. 이렇게 쉽게 그놈의 신상을 파악할 수 있었다는 사실에. 돈이면 많은 것이 가능해지는 세상. 합법과 불법을 쉽게 넘나드는 사람들. 이들은 서하윤 실장과 같이 법의 테두리 안에서 자신의 일을 해내고자 하는 신념을 갖고 있지 못한다. 내가 누구를 비난할 수 있단 말인가. 나 스스로 그 돈을 이용해 그놈의 정보를 불법적인 과정을 통해서 얻지 않았던가? 그리고 지금 내가 하려는 앞으로의 계획 또한 명백한 불법일 수 밖에 없는 것이다.

변호사에게 연락이 왔다. 해산시의 부동산 매매와 관련한 내용이었다. 나는 명절연휴 이후에 잔금을 치루자고 했다. 명절연휴 기간은 재영 언니와 해산시에서 지내기로 했었기 때문이었다. 계약은 진행되었다고 했다. 명절 연휴가 끝나는 다음 날 잔금을 치루는 것으로 했다. 계약 조건은 현 상태 그대로의 모두를 인수하는 조건으로 해달라고 했다. 변호사는 다음날 작업실로 방문하겠다고 했다. 지금까지 정리된 상속 절차를 설명하기 위함이라고 했다.

작업실의 내 물건들부터 정리를 해야겠다고 생각했다. 캐리어를 꺼냈다. 겨울옷 몇 벌과 초봄에 입을 옷 정도를 캐리어에 담았다. 엄마 아빠의 사진과 앵두 그리고 조세핀의 사진도 함께 넣었다. 어느 정도 준비는 된 것 같았다. 청소를 전문적으로 하는 업체에 전화를 했다. 나머지 물건들은 청소 업체를 통해서 치우기로 했다. 전화를 한지 두 시간 정도 지났을 때 청소 업체 사람들이 왔다. 창고 방에 있는 물건들과 자잘한 것들을 모두 버려달라고 부탁했다. 세 시간 정도 시간 뒤에는 집기와 침대 덮고 있던 이불을 제외한 모든 것들이 작업실에서 모두 빠져나갔고, 마무리 청소를 하시는 아주머니 두 분이 주변을 정리하고 계셨다. 쇼파에 앉아 창밖을 바라보았다. 핏빛 눈물처럼 노을이 타고 있었다.

아침이 밝았다. 세수를 하기 위해 세면대 거울에 비친 내 모습은 내가 보아도 많이 수척해 보였다. 화장대에 앉아 진하지 않게 화장을 했다. 맨얼굴을 보여 주기 싫었다. 언니가 쑤어준 죽을 데워 먹었고 약을 먹었다. 그놈에 대해 생각을 했다. 어떻게 처리할 것인가에 대해서. 초인종이 울렸다. 변호사일 것이다. 현관문을 열어 주었다. 변호사와 함께 서하윤 실장의 모습이 같이 보였다. 테이블에 앉았다. 변호사가 부모님의 유산에 대해 정리한 것을 설명해 주었다. 금융자산 및 부모님께서 가입해 놓았던 보험회사의 사망에 다른 보험금, 가해 차량의 보험사와 가해 운전자의 공탁금 등을 모두 합치니 약 20억원에 가까운 금액이 되었다. 평소 서로의 걱정을 하셨던 부모님께서는 보험을 많이 들어 두셨던 것 같았다. 남을 한 사람을 위해서. 하지만 두 분께서는 같은 날 사고를 당했다. 부동산 감정 평가는 약 7억원으로 평가되어 상속 절차를 마무리 지었고 매매계약을 7억원에 했기 때문에 더 이상 추가적으로 납부할 세금은 없을 것이라고 했다. 잔금은 내 계좌로 입금하는 것으로 마무리 짓기로 계약서를 작성했다고 했다. 상속세와 변호사 수임료 등으로 육억구천 만원의 비용이 발생했다고 했다. 상속세 납부 영수증과 변호사 수임 영수증이 첨부된 상속 관련 서류첩을 나에게 건네주었다. 잠시 뒤 법무법인 명의의 계좌에서 나의 계좌로 십사억 천만원이 입금되었음을 알리는 문자가 전송되어 왔다. 잔금 6억원은 내 계좌로 인수인이 입금할 것이라 했다. 그 업무까지는 변호사가 맡아 주겠다고도 했다. 나는 감사하다는 인사를 했다.

-그동안 관찰했던 내용에 대해 결정은 하셨는지요?

서하윤 실장이 물었다. 나는 아직 결정을 하지 못했다고 했다. 일단 자료는 잘 보관해 달라고 부탁했다. 출국이 결정되었다고 알려 주었다. 당분간 돌아오지 못할 것이라고 했다. 외국에 있더라도 대리인을 통해서 법적 절차를 진행할 수 있지 않느냐고 물어보았다. 가능하다고 했다. 생각할 시간이 좀 더 필요하다고 했다. 서하윤 실장은 선납 된 진행비에 대해서 환불해 주겠다고 했다. 나는 다시 진행될 수도 있으니, 일단은 두고 보자고 이야기했다.

나는 생각했다. 당분간 이 고마웠던 사람들과 만날 일은 없을 것이라고. 진심을 담아 두 사람에게 인사를 했다. 두 사람과 작별한 뒤 나는 재영 언니의 찻집을 들렀다. 언니가 반갑게 맞아 주었다.

-언니, 부탁이 있어요.

-무슨?

이제 출국하면 한동안 못 볼 것 이라고, 지금 내가 타고 있는 승용차를 언니에게 주고 싶다고 말했다. 언니는 아직도 10년이 넘은 차를 계속 타고 다녔다. 그렇게 차를 이용할 일이 없다고 지금도 쌩쌩하게 잘 굴러다닌다고. 하지만 나는 어차피 외국에 나가면 이 차는 둘 곳도 없다고, 하지만 큰마음 먹고 구매했던 내 차를 중고차로 팔기는 싫다고 언니에게 말했다. 언니는 그러겠다고 했다. 우리는 함께 시청으로 향했다. 차량 등록소로 가서 이전을 했다. 새로 발급된 차량등록증에는 '민영주'가 아닌 '김재영'의 이름이 적혀 있었다. 뭐를 주어도 아깝지 않은 사람이었다. 나에게 있어서 언니는.

-출국 하기 전까지는 영주씨가 타.

언니는 차가 없으면 불편할 수 있다며 나에게 당분간 계속 사용하라 했지만, 나는 렌트를 하는 것이 편하다 말했다. 렌트를 하면 인천공항에서 바로 반납할 수 있어 그것이 편하다고 했다. 차량 이전을 마치고 근처 렌트카 업체를 찾았다. 나는 내가 타던 차종과 같은 종류의 차를 렌트했다. 언니 찻집 주차장에서 몇몇 나의 물건을 렌트한 차량으로 옮겨 실었다.

9시를 알리는 알람소리가 울렸다. 노트북 전원을 켰다. 보험 회사 사이트에 접속했다. 보험을 해지했다. 생명보험, 연금보험. 들어 두었던 모든 보험을 해지했다. 납입했던 원금의 60퍼센트도 안되는 금액이 해지 환급금으로 돌아왔다. 어차피 내가 죽으면 수령할 보호자도 없는 상태이기도 했다. 은행 사이트에 접속했다. 모든 계좌를 통합해 보여 주는 곳이었다. 부모님께 물려 받은 금액을 제외한 전체 금액이 약 이억팔천 만원정도 되었다. 내가 사회생활을 시작하고 나서부터 지금껏 모아온 금액이었다. 은둔형에 가까운 집순이, 쇼핑을 즐기지 않던 집순이 생활이 나이에 비해서 많이 모았다고 말할 수 있는 결과물이었을 것이다. 며칠이 지나고 나면 전세 보증금도 들어올 것이다. 모든 계좌를 한곳으로 옮겼다.
　빈 여행용 캐리어 두 개를 차에 싣고 의인시에서 가장 큰 은행인 00은행 으로 향했다. 캐리어를 끌고 은행으로 들어선 나는 번호표를 뽑고 대기했다. 은행은 생각보다 한산했다. 잠시 후 번호표에 찍힌 번호가 찍히며 알림음이 떴다. 나는 창구로 가서 모든 금액을 현금으로 인출하고 싶다고 말했다. 창구 직원이 깜짝 놀랐다. 나에게 다시 한 번 물었다. 전액인출 맞으실까요? 나는 맞다고 대답했다. 금액이 커서 일반 창구에서는 힘들다고 했다. 나는 직원의 안내를 따라 이동을 했다. 혹시 보이스 피싱 등 범죄와 연관된 것은 아닌지 물어 왔다. 나는 아니라고 말을 했다. 사용처에 대해 물어 봐도 되느냐는 직원의 물음이 있었다. 나는 말하고 싶지 않다고 했다. 나의 신분을 두 번 세 번 확인한 직원은 현금을 인출해 주었다. 캐리어를 두 개씩이나 준비할 필요는 없는 것이었다. 오만원권으로 인출된 돈의 부피가 그리 많지 않다고 생각되었다. 그래도 이동의 편리를 위해 캐리어 두 개에 반으로 나누어 담아달라고 부탁했다.

 작업실로 돌아온 나는 현금이 든 캐리어를 열고 바닥부터 차곡차곡 넓게 쌓았다. 그 위를 무릎담요로 감싼 뒤 현금이 보이지 않도록 했다. 중간 지퍼를 닫고 책장에 있는 책들을 그 위에 올려 두었다. 다른 캐리어도 똑같이 포장을 했다. 책까지 들어간 캐리어는 무게가 꽤 나갔다. 튼튼한 바퀴가 달린 덕분에 캐리어의 이동은 그리 힘들지 않았다. 나는 캐리어를 다시 차에 싣고서 언니의 찻집으로 향했다. 언니의 집에 캐리어를 부탁했다.

 -다른 건 그냥 넘기기로 했는데 그래도 책은.....

 나는 언니에게 캐리어의 내용물이 책이라고 했다. 언니는 내 말을 그대로 믿고 있었다. 사실 언니가 나에게 그랬으면 나 또한 그리 생각했을 것이다. 내일 해산시로 떠나기로 했다. 연휴가 시작되면 아무래도 교통상황이 좋지 않을것이라 생각했기 때문이었다. 언니는 직원들에게 일주일 동안의 휴가를 주었다. 대신 아침, 저녁으로 번갈아 가며 고양이들을 부탁했다. 직원들 모두 고양이를 좋아하는 사람들이었다.

 재영언니와 나는 렌트한 차를 이용해 해산시 부모님 댁으로 향했다.
 -언니 해산도 이번이 마지막이 될 거야.
 매매 계약이 이루어졌음을 언니에게 알렸다.
 -정리할 부분은 정리해야겠지.
해산시에 도착해서 부모님 댁으로 들어갔을 때 깨끗이 정돈되어 있었다. 계약 당일 변호사에게 부탁을 해놓았었다. 청소업체를 불러 청소를 맡겨 달라고. 냉장고를 열어 보니 깨끗하게 정리되어 있었고 과일과 생수 등이 새롭게 채워져 있었다. 변호사가 이런 부분까지 세심하게 신경 써 준 것에 대해 고마운 생각이 들었다. 미리 보일러를 켜 놓았기에 집안은 온기가 돌고 있었다. 금방이라도 엄마 아빠가 '우리 딸 왔어?' 하며 안방 문을 열고 나오실 것 같았다. 나와 언니는 부모님의 유품을 정리하기 시작했다. 옷장을 열어 옷가지를 정리했다. 재활용센터에 전화를 하니 옷가지와 책들은 수거가 가능하다고 했다. 현관 쪽으로 가지런히 정돈해 두었다. 세 시간 뒤 재활용센터 직원들이 방문했다. 두 명의 남성분이 내놓은 옷가지를 먼저 차에 실었다. 책장에 꽂힌 책들은 바구니를 이용해 차량으로 옮겼다. 직원들은 차량 한 대를 더 불렀다. 가전제품도 치워도 되느냐고 했다. 냉장고 하나와 전자렌지 TV, 밥솥을 제외한 모든 가전제품 및 냄비 몇 개와 우리가 삼 일동안 사용할 주방용품을 제외하고 모두 수거해도 된다고 말씀드렸다. 수거한 물품들은 센터로 가져가서 무게를 재고 견적을 내서 금액을 정산해 주시겠다고 했다. 나는 그럴 필요 없다고 명절 잘 보내시라고 말씀드렸다. 직원들의 얼굴에서 웃음꽃이 피어오르고 있었다. 엄마 아빠는 모든 물건에는 그 쓰임새가 있고 쓰임에 맞는 주인을 만난다면 그 또한 생명이라고 말씀하셨다. 부모님은 해월의 생명사상을 실천하고자 생활에서 많은 노력을 하셨던 분이었다. 이렇게 쓰임에 맞는 곳으로 보내져 '생명을 이어 나갈 수 있음에 나는 감사할 뿐이었다.

앨범은 재영 언니가 보관해 주기로 했다. 기억이 저장된 장소. 언니와 나는 거실에 있는 흔들의자에 앉아 창밖을 바라보았다. 노을이 아름답게 피고 있었다.

언니와 나는 저녁 식사를 하러 외출을 했다. 부모님과 자주 들르던 동물병원 근처 식당으로 갔다. 주인 아주머니께서 반갑게 맞이해 주셨다. 나를 배려해서인지 부모님의 사고에 대해서는 말씀이 없으셨다. 나와 언니는 깔끔하게 차려내 주신 순두부찌개를 먹었다. 속이 따듯해지는 느낌이었다. 식사를 마치고 공원을 잠깐 산책 했다. 공기가 차가웠지만 견딜만했다. 이제는 다시 와보지 못할 곳이라는 생각이 들었다. 산책을 마치고는 근처 마트에 들러서 연휴 동안 지낼 장을 보았다. 간단한 장보기를 마치고 우리는 집으로 돌아왔다.

-언니, 나 동물병원에 잠시 다녀올게요.

엄마 아빠의 장소. 언니도 나의 마을을 알겠다는 듯 고개를 끄덕였다.

-너무 오래 있지는 말고.

도어락 비밀번호를 누르고 병원으로 들어가 불을 켰다. 엄마와 아빠의 꿈이 담겼던 곳이었다. 입구에 있던 의자에 앉아 잠깐 엄마와 아빠의 얼굴을 떠올려 보았다. 두 분께서 진료를 보시던 모습들을. 나는 미리 준비한 쇼퍼백을 들고 진료실 안쪽으로 들어갔다. 진료실의 커튼을 지나고 수술실로 들어가는 문 앞에 위치한 수술실의 스위치를 켰다. 수술실이 환하게 밝아졌다. 병원을 자주 와보기는 했어도 이 수술실 만큼은 나도 처음 들어와 본 곳이었다. 주위를 둘러보았다. 선반 위에는 각종 수술에 필요한 재료들이 정돈되어 있었다. 수술용 메스가 크기별로 정돈된 곳이 보였다. 손잡이 부분과 칼날이 서로 분리되어 있었다. 손잡이 다섯 개를 쇼퍼백에 넣고 칼날은 크기별로 10개씩 넣었다. 지혈패드라고 쓰여진 곳을 열고, 그곳에 보관된 지혈패드 중에서 사이즈가 조금 커 보이는 것을 쇼퍼백에 담았다. 수술용 장갑, 주사기도 여러 개 챙겨서 쇼퍼백으로 옮겼다. 금고가 보였다. 과연 저 금고를 열 수 있을까? 가장 중요한 것은 저곳에 보관되어 있을 것이다. 금고 앞에 서서 심호흡을 했다. 천천히 번호를 눌러 보았다. 전자음과 함께 금고 열리는 소리가 났다. 금고의 비밀번호는 엄마 아빠의 결혼기념일이었다. 금고 속에는 마약성 진통제 및 마취제 등이 보관되어 있었다. 그것을 관리할 의무가 엄마 아빠에게 있었기 때문에 그것들은 금고에 보관되어 있어야 된다는 것을 드라마 등을 통해서 본적이 있었다. 나는 케타민과 리도케인을 꺼냈다. 어느 정도 필요한 물품은 확보한 것 같았다. 수술실 밖으로 나와 수술실의 불을 껐다. 진료실 안쪽으로 여러 개의 액자가 보였다. 그 액자 속에는 우리의 가족사진, 어렸던 앵두와 조세핀, 그리고 가장 먼저 무지개다리를 건넜던 율무의 모습까지 담겨 있었다. 나는 액자들도 쇼퍼백에 담았다. 병원 불을 끄고서 병원을 나왔다. 디지털 도어락의 잠기는 소리가 들려왔다.

'엄마, 아빠, 안녕.... 그리고 죄송해요'

나는 집 앞에 주차된 차의 트렁크를 열고 쇼퍼백에서 액자들만 빼낸 뒤 트렁크의 가장 깊숙한 곳에 넣어 두었다. 액자들을 들고서 집으로 들어갔다. 언니와 함께 액자 속의 사진을 보았다. 언니는 액자 속의 어린 내 모습을 보고는 웃었다. 내가 보육원을 떠나 엄마 아빠의 가족이 된 날 찍은 첫 가족사진이었다. 율무의 사진을 보고는

-이 아이가 영주씨가 말했던 그 아이구나?

앵두와 조세핀은 어렸을 적부터 알고 지내던 언니였다.

-나도 부모님께서 율무의 사진을 가지고 계셨다는 것을 오늘 처음 알았네? 이 사진들은 가지고 가야겠어.

설날 아침이 밝아왔다. 엄마 아빠가 없는 첫 설날이었다. 재영 언니는 떡국을 준비했다. 조촐한 새해 아침의 식사를 했다. 연휴기간 동안 언니와 나는 많은 이야기를 나누었다. 그동안 우리의 인연에 대해서, 그리고 부모님에 대해서. 그리고 앞날을 위해서. 언니는 앞으로 고양이들과의 생활을 이어나가고자 한다고 말했다. 나에게 외국에서의 기간이 짧았으면 한다고도 말했다. 나는 옅은 웃음으로 대답을 대신할 수밖에 없었다.

그렇게 재영 언니와의 6일을 보냈다. 우리는 의인시로 돌아왔다. 이틀 이후엔 작업실을 비워주어야 했고 그날이 당분간 나를 알고 있는 사람들에게는 대한민국에서의 마지막 날이 되기 때문이었다. 의인시로 돌아오는 시간 동안 나의 계좌에 육억원의 금액이 입금되어 있었다. 변호사에게 문자가 왔다.

[잔금 확인 부탁드립니다]

[확인 되었습니다]

나는 답장을 했다. 이어지는 변호사의 문자에서는 새로 입주하실 분이 대대적으로 리모델링을 계획하고 있다고 했다. 병원과 집 모두를. 엄마 아빠의 흔적이 이제는 완전히 사라지겠구나 하는 생각이 들었다.

의인시에 도착해 언니의 찻집에서 언니를 내려 주고 나는 작업실로 왔다. 언니는 내리면서 준비 잘하라는 말과 함께 저녁식사를 같이 하자고 했다. 찻집은 오늘까지 휴무였다. 알겠다고 말했다.

해산시로 가기 전 준비는 모두 마친 상태였다. 빈 캐리어 하나를 꺼내 차에 싣고서 은행으로 향했다. 오늘 입금된 육억원 모두를 인출 한 뒤 지난번과 같은 모습으로 포장을 했다. 캐리어를 끌고서 언니의 찻집으로 갔다. 언니에게는 출국 전 마지막으로 정리한 물건들이라고 말했다. 언니는 지난번에 맡아 두었던 캐리어 옆으로 캐리어를 옮겼다.

-책이 많아서 그런지 디따 무겁네.

나에게 미소를 보이면서 책 상하지 않게 제습기 잘 돌려주겠노라고, 걱정 말고 잘 다녀오라는 말을 해 주었다. 저녁 시간 찻집의 식구들이 모였다. 그동안 정이 많이 들어있던 사람들이었다. 출국 환송회를 위해 준비했다고 했다. 부모님의 사고 이후 나를 보듬어주던 사람들이었다. 고마운 마음을 담아 한 사람씩 돌아가며 깊은 포옹을 했다. 자리가 끝이 났다. 언니는 마지막 밤을 같이 보내자고 했지만, 나는 작업실에서 마무리하고 싶다고 했다. 통증은 나의 의지와는 상관없이 찾아왔기 때문이었다. 그러한 모습을 언니에게 보여 주고 싶지 않았기 때문에 해산에서의 기간도 잠은 다른 공간에서 잤었다. 진통제를 비롯한 모든 약은 지금 작업실에 있었다.

-내일 출발하기 전에 꼭 보고가?

언니의 눈가에 눈물이 맺히고 있었다.

-그럴게요.

작업실로 돌아오는 길 나도 울었다. 마지막 밤이다. 사람으로 살아가는. 통증이 몰려왔다. 진통제와 수면제를 먹고서 알람을 일곱 시에 맞추었다. 센서등이 꺼졌다. 나는 조세핀처럼 껌껌한 거실을 지나 껌껌한 침실의 침대 속으로 들어갔다.

알람 소리에 잠에서 깼다. 어제 미리 사놓았던 샌드위치를 꺼내 식사를 한 뒤 약을 먹었다. 샤워를 마치고 정성스럽게 화장을 했다. 오늘만큼은 예전 전문적 여성의 모습으로 재영 언니와의 마지막 인사를 하고 싶었기 때문이었다. 이불을 침대 위에 가지런히 정리하고 어제 미리 준비해 두었던 코트를 걸쳐 입었다. 집주인에게 문자를 넣었다.

[정리 끝내 놓았습니다. 침대와 이불은 새로운 세입자와 미리 상의한 부분입니다. 확인하시고 입금 부탁드립니다.]

시계는 9시를 알리고 있었다. 캐리어를 차 뒷좌석에 싣고서 언니의 찻집으로 갔다. 딸랑 소리가 들렸다. 이 소리마저도 오늘이 마지막일 것이다.

-아직 시간 되지?

언니는 대추차를 내왔다. 서로의 얼굴만 마주 본 채로 달큰한 대추차를 마셨다.

-가봐야 할 것 같아요.

우리는 꼭 안았다. 나늘 껴안는 언니의 팔에 힘이 들어가는 것이 느껴졌다. 언니의 마음이었다.

-건강하게 돌아와야 해. 영주씨.

나는 고개를 끄덕이며 옅은 미소로 답했다. 그렇게 작별을 했다. 백미러를 통해 보이는 언니는 눈물을 훔치며 나를 향해 손을 흔들고 있었다.

명광시에 예약해 두었던 호텔로 가는 도중 입금 알림 문자와 집주인에게서의 문자가 도착해 있었다. 집 관리 잘해 주어서 고맙다는 말과 함께 새로운 세입자가 나의 집기들을 마음에 들어한다는 내용의 문자였다. 새로운 세입자는 웹툰을 그리는 사람이라고 했다. 작업실로는 안성맞춤이라고 좋아했다는 내용과 함께 감사의 인사를 대신 부탁한다는 말이 곁들여져 있었다. 내가 사용하던 집기들이 새로운 주인에 의해 사용될 수 있음에 감사한 마음이 들었다.

호텔에 가기 전에 은행을 들러 입금된 전세 보증금 2억원을 모두 현금으로 인출했다. 이정도 금액이면 계획 실행에 충분한 금액이라고 생각했다. 호텔주차장에 주차를 하고 프론트로 향했다. 프론트에서 예약 현황을 체크한 뒤 카드키를 나에게 전해 주었다. 객실 청소에 대해 물었다. 나는 체크아웃 때까지 청소는 필요 없다고 말했다. 수건과 욕실용품이 필요하면 프론트로 연락하겠다고 했다. 원고 작업을 해야 한다고, 조용하게 지내고 싶다는 말을 전했다. 직원은 인수인계를 통해 다음 근무자에게도 전달해 놓겠다고 했다. 나는 고맙다는 인사를 하고 예약한 객실로 올라갔다.

흥신소에 전화를 했다. 차량을 구해달라는 말과 함께 구조를 변경해 줄 것을 부탁했다. 스타렉스 3밴이 좋을 것 같다는 말과 화물칸은 폭 80㎝ 길이 180㎝의 베드를 좌우로 50㎝ 이동할 수 있는 구조로 개조해 줄 것, 우측 끝부분까지 이동했을 때 뒷문으로 베드를 내릴 수 있는, 그렇지만 헤드 부분에 해당하는 부분은 차량을 벗어나지 않게 만들어 줄 수 있는가에 대해 물었다. 미니 온장고를 추가로 달아 달라고 했다. 비용은 얼마인지 물었다. 견적을 낸 뒤 알려 주겠다고 했다. 전화를 끊고서 나는 인체 해부학 책을 펼쳤다. 팔과 다리 중심으로 인체의 구조를 탐독해 나갔다.

다음날 흥신소에서 전화가 왔다. 만나자고 했다. 만나자는 것은 그쪽의 계획이 어느 정도 잡혔다는 것을 의미했다. 시간과 장소는 흥신소에서 정했다. 알겠다고 하고선 전화를 끊고 외출 준비를 했다.
흥신소 직원과 만나 나는 구체적인 내 생각을 표현한 나만의 설계도를 그에게 건넸다. 설계도를 받아 든 그는 어떠한 질문도 하지 않은 채 금액을 제시했다.
-오천만원은 필요할 것 같은데...
내가 여자라고 만만하게 보는 것 같았다. 신차로 뽑아도 이

금액은 들지 않는다고 나는 말했다. 삼천만원을 제시했다, 수용하지 않으면 다른 곳을 알아보겠다고 했다. 설계도를 주머니에 넣으며 늦어도 보름 뒤에는 차량을 전달해 주겠다고 했다. 계약금으로 천만원의 금액을 요구했다. 나는 오백만원을 주겠다고 했다. 차량의 상태와 계약조건이 일치했을 때 나머지 금액을 주겠다고 했다. 강원랜드 전당포를 통하면 절반 이하의 금액으로도 충분히 구할 수 있음을 확인 해 보았다는 말을 하자 나의 제안을 받아 들였다. 나는 오백만원을 더 줄테니 신원을 파악하기 힘든 사람의 명의로 3개월짜리 선불폰 두 대를 만들어 달라고 했다. 선불폰은 확인 즉시 금액을 지불하겠다고 하며 띠지에 감긴 오만원권 한 뭉치를 그에게 건네주었다. 그는 자신의 명함 뒷면에 '계약금으로 오백만원을 인수함.'이라는 문구와 자신의 싸인을 휘갈겨 나에게 주었다. 나는 차량을 인수할 때 내가 정한 카센터에서 차량 상태 검사를 할 것이라는 말을 건냈다. 어설픈 차로 뒤통수 치는 일은 없어야 한다는 메시지를 담은 것이었다.

호텔로 돌아오니 저녁 식사 시간이었다. 나는 뷔페를 찾아 죽과 셀러드로 간단한 식사를 마치고 객실로 올라 왔다. 내일은 금요일이었다. 충분한 잠을 자두어야겠다고 생각했다. 수면제와 함께 약을 먹고 침대에 누웠다. 리모컨을 이용해 모든 등을 껐다. 꿈속에서라도 부모님과 조세핀을 보고 싶었다. 심한 통증이 몰려왔다. 나는 진통제를 찾아 입에 넣고 머리와 무릎을 맞댄 자세로 웅크려 고통이 진정되기를 기다렸다. 바람은 이루어지지 않았다. 그렇게 밤이 지나고 아침이 밝아왔다. 약을 먹으려면 식사를 해야 했다. 억지로 먹었다. 음식도, 약도. 아직은 살아 있어야하는 분명한 이유가 남아 있기에.

　오늘의 날씨와 일몰 시간을 체크 했다. 인체 해부학 서적을 읽고 또 읽었다. 점심 식사 시간이 다가왔고 나는 호텔 식당으로 향했다. 식사를 마치고 온 나는 다시 인체 해부학 책을 읽었다. 일몰 시간이 다가오고 있었다. 나는 주차장으로 내려가 시동을 걸고 호숫가 둘레길 쪽으로 차를 몰았다. 빠르지 않은 속도로 둘레길로 접어 들었다. 서쪽 하늘이 붉게 물들고 있었다. 이기혁의 것으로 추정되는 흰색 차량 한 대가 갓길에 주차를 하고 있었다. 나는 그 옆을 스쳐 지나갔다. 번호판을 확인 했다. 그놈의 차량이 맞았다. 분노가 치밀어 오르는 것을 최선을 다해 눌러야만 했다.
　나는 명광시에 있는 시장을 검색했다. 네비게이션에 주소를 입력하고 시장으로 갔다. 우선 철물점에 들렀다. 끝이 날카롭고 예리한 송곳을 작은 크기 2개와 조금 큰 크기 2개, 휴대용 가스 인두와 방진복을 구매한 뒤. 정육점을 찾았다. 냉동되지 않은 돼지 앞발을 하나 사서 호텔로 돌아갔다. 객실에 비치된 냉장고에 돼지 앞발을 넣어 두고는 식사를 위해 1층으로 내려

갔다. 뷔페로 운영되는 식당이었기에 다양한 음식이 진열되어 있었지만, 나는 여느 때와 다름없이 죽과 샐러드 위주로 간단하게 식사를 마치고 객실로 돌아왔다.
　내일부터는 지도를 보고 계획했던 동선에 대한 사전 점검을 해야겠다고 생각했다. 모든 길이 초행이었다. 익숙하지 않은 길들을 익숙하게 길들일 필요가 있다고 생각했다. 공책을 펴고 지금껏 써내려 왔던 계획들에 대해서 검토를 해 보았다. 머릿속에서 구체적인 시뮬레이션을 완성해야 한다고 생각했다. 수정할 부분들을 체크해 보며 수정과 보완을 수 차례 진행했다. 어둠이 짙게 내려 있었다. 휴식이 필요하다는 생각을 했다. 수면제와 약을 먹고 불을 껐다. 어둠은 침묵과 함께 공간을 가득 채우고 있었다.

　아침 조식을 먹고 난 나는 주차장으로 향했다. 호숫가 그놈이 항상 찾는 곳에 차를 잠시 정차 했다. 승포읍까지 일단 가보기로 했다. 네비게이션을 지도에서 확인한 저수지 부근으로 설정하고 차를 움직였다. 호수를 벗어나니 강을 따라 길이 이어지고 있었다. 5분쯤 지났을 때 강변에 간이 주차장이 보였다. 일단 차를 세웠다. 노트를 꺼내서 메모를 했다. 30분가량 멈춰서 통행량을 체크해 보았다. 차량의 통행은 많지 않았다. 다시 운행을 시작했다. 승포읍 저수지도 한산했다. 겨울이 지나지 않아서인지 낚시꾼들도 보이지 않았다. 목적지를 서진시 방조제

길로 바꾸었다. 방조제에 도착했을 때 점심시간이 가까워 오고 있었다. 주변의 지형지물들을 기억해 두었다.

　방조제길을 따라가다 보니 작은 항구가 보였다. 항구의 식당에 들러서 식사를 하기로 했다. 소화를 잘 못한다고 밥을 끓여 달라고 부탁했다. 된장찌개 백반을 주문했다. 식사를 하며 주인에게 방조제 길에 차가 많이 다니지 않는다고 말을 하니, 겨울이어서 더욱 그렇다고 했다. 해가 지고 나면 이곳은 차량의 통행이 거의 없다고 했다. 봄이 지나고 여름이 가까워져야지만 그나마 낚시꾼들이라도 온다고 말씀하셨다. 겨울에는 관광객들도 거의 없다고 하시며 장사가 안돼 큰 걱정이라는 말을 늘어놓았다.

　나는 왔던 길을 되돌아갔다. 호텔로 돌아온 나는 냉장고에서 돼지 앞발을 꺼냈다. 인터넷 검색을 통해 메스의 손잡이와 칼날을 연결하는 방법을 미리 익혀 두고 있었다. 칼날이 부착된 메스를 돼지 앞발에 찔러 보았다. 메스의 칼날은 내가 생각했던 것이상으로 예리함을 갖추고 있다는 생각이 들었다. 힘을 많이 주지 않았는 데에도 칼날이 수욱하고 껍질 속으로 파고들고 있었기 때문이었다. 메스의 감촉을 몸에 익혔다. 힘을 주는 정도의 차이를 익히려 수없이 같은 행동을 반복했다.

　나는 열 번 이상 계획했던 경로를 조사 했다. 일몰 이후 시간에 맞추어서도 여러 번 경로를 답습했다. 길이 어느 정도 몸에 익었다. 고속도로와 겹치는 부분도 확인해 보았다. 국도와 고속도로 중 어떤 길을 선택할 것인가에 대해서는 그날의 교통상황을 고려해 판단하면 될 것으로 생각했다.

흥신소로부터 연락이 왔다. 준비가 다 되었다는 연락이었다. 명광시 공영주차장에서 일단 만나자고 했다. 차량의 상태는 생각보다 좋아 보였다. 주행거리를 확인해 보니 이제 겨우 8만킬로미터를 살짝 넘기고 있었다. 뒤편 슬라이딩 도어를 열어 보니 내가 요구한 대로 제작되어 있는 것으로 보였다. 베드는 커버가 씌워지지 않은 상태였다. 양쪽으로 구멍이 6곳 뚫려 있었고 고정용 벨트는 단단하게 용접되어 있었다. 벨트를 당겨보자 힘들이지 않고도 길이를 조정할 수 있었다. 베드를 좌우로 움직여 보았다. 페달을 밟으면 움직이는 구조로 되어 있었다. 부드럽게 잘 움직였고, 뒷문을 열고 베드를 차 밖으로 움직여 보니 헤드끝 부분을 제외하고는 부드럽게 잘 빠져 나왔다. 뒷문 천정 쪽 양 방향으로 두 개의 원형 고리도 튼튼하게 부착되어 고정되어 있었다. 내가 생각했던 부분이 거의 완벽하게 재현되어 있었다. 온장고도 설치되어 있었다. 온장고용 밧데리를 추가로 설치해 놓았다고 했다.
 -카센터에 안 가보실 거유?
 조금은 빈정이 상한 투의 말이었다. 나는 이 정도면 만족한다고 했다. 두 대의 휴대전화가 담긴 쇼핑백을 나에게 전해 주었다. 나는 오만원권 여섯뭉치를 그에게 건냈다. 돈뭉치를 확인한 그가 나에게 차키를 건내주었다. 이것으로 거래는 끝이 난 것이었다.

　-선불폰은 혹시나 해서 6개월로 해 놓았슈.

　큰 선심이나 썼다는 듯 그는 나에게 말하고선 손을 흔들며 동료로 보이는 사람의 차를 타고 자리를 떠났다. 이제 모든 준비는 끝이 났다. 실행에 옮기는 일만 남은 것이다.

　병원 진료가 있는 날이다. 나는 프론트에 전화를 해서 택시를 부탁했다. 준비를 하고 로비로 내려오니 택시가 도착해 있었다. 로비 앞 정원에 심어놓은 매실나무에서 앙증맞은 꽃잎들이 봄을 부르며 피어있었다. 멀지 않아 봄이 찾아올 것이라고 생각했다.

　검사를 해야 했다. 병의 진행상황을 체크해야 한다고 했다. 검사를 마치고 진료실에 들어 갔을 때 의사는 내게 말을 했다. 호스피스 시설은 알아 보고 있느냐고. 나는 곧 시설에 입소할 계획이라고 했다. 여명이 얼마나 되는지에 대해서 물었다. 현재 상태에서 급속히 진행된다면 3개월 혹은 2개월이 채 남지 않을 수 있다는 대답이 돌아왔다. 나는 외래를 다시 올 수 없을 수도 있을 것 같다며 최장기간의 처방을 부탁했다. 3주 이상은 처방을 해 줄 수 없다고 했다. 나는 3주 분량의 약을 처방받아 호텔로 돌아왔다.

날씨를 확인해 보았다. 이번 금요일은 비가 예보되어 있었다. 비가 온다면 그놈은 나타나지 않을 것이다. 나는 호스피스 시설을 예약해야겠다고 생각했다. 전화를 걸었다. 가급적이면 직접 방문해 시설을 둘러 보고 판단해 보는 것이 좋을 것이라는 답변이 돌아 왔다. 나는 내일 시간을 내어 찾아 가보겠노라고 말했다.

호스피스 시설을 방문하는 길은 택시를 이용했다. 되도록 체력을 아낄 필요가 있었다. 명광시에서 두 시간가량 떨어진 곳에 있었다. 겉으로 보이는 시설의 외관은 깨끗해 보였다. 조경도 아름답게 조성되어 있었다. 산 중턱에 자리 잡고 있어서 공기도 신선하게 느껴졌다. 상담을 했다. 보호자가 없다고하니 간병인을 써야 한다고 했다. 병원에서 준비해 준 서류를 검토한 상담사가 시설을 안내해 주었다. 이곳이 내가 생의 마지막을 보낼 곳이라는 생각을 하니 착잡한 기분이 들기도 했다. 나는 1인실을 선택했다. 비용은 환자의 건강 상태 및 약물의 사용 상황에 따라 달라질 수 있다고 했는데 나의 경우는 보호자가 동반할 수 없는 상황이기에 비용이 일반 환자에 비해 높게 책정될 수 밖에 없다고 했다. 중증 환자 등록이 되어 있어 일정금액은 국가 보조를 받을 수 있겠지만, 비급여 항목이 많은 것이 현실이라고 했다.

나는 일단 사천만원의 금액을 선지급하고 만약 비용이 초과할 경우 다시 정산하겠다고 했다. 입원은 주변 정리가 끝이 나는 대로 하기로 하고 입원에 필요한 예약을 했다. 선입금이 되어서 인지 병원 관계자는 더욱 친절하게 병원의 시스템 및 시설에 대해 세심하게 안내해 주었다.

봄이 큰 걸음으로 다가오고 있음을 느꼈다. 바람 없는 낮이면 따스함이 느껴져 외투가 필요 없을 정도였다.

호텔로 돌아오는 시간 동안 추적추적 내리기 시작한 비는 눈으로 바뀌고 있었다. 낮에 따스하던 봄햇살은 오간데 없이 다시 겨울로 유턴을 하려는 모양이었다. 호텔에 도착했을 때는 기온이 많이 내려가 있었다. 초조함이 몰려왔다. 금요일의 날씨가 내 계획 최대의 변수였기 때문이었다. 비가 오거나, 눈이 오거나, 날씨가 흐린 경우라도 그놈은 나타나지 않을 것이기 때문이었다. 더군다나 나의 체력이 언제까지 버텨줄 수 있는지 알 수 없는 상태이기도 했다.

봄이 오는 것을 두려워하는 것인지 아니면 꽃이 피는 것이 싫은 것인지 날씨는 한동안 봄이 오는 것을 반기지 않고 있었다. 열흘가량 매섭게 굴던 날씨가 조금씩 풀리고 있었다. 기온이 많이 회복되어 있었다. 호텔 창밖으로 보이는 들판은 푸릇푸릇 새 생명들이 봄맞이 준비를 한창하고 있었다. 햇볕이 많이 드는 곳에 심어둔 목련은 꽃봉오리를 잔뜩 세우고 내일이라도 꽃잎을 열 준비가 되었다고 말하는 듯하였다. 금요일 날씨를 확인해 보았다. 쾌청이었다. 이번 주를 넘길 수는 없었다. 놈도 반드시 나타날 것으로 생각했다. 그놈도 2주째 이곳을 방문하지 못함을 아쉬워하고 있으리라 생각되었기 때문이다. 남은 시간은 3일. 이곳 호텔에 머문지도 벌써 한달이 가까워지고 있었다.

  마지막으로 계획된 동선을 시간 때에 맞춰서 이동해 보았다. 일몰이 시작되는 시간부터 강변 주차장에서의 시간, 승포읍 저수지까지, 그리고 서진시의 방조제까지. 호텔로 돌아온 시간은 자정을 넘기고 있었다. 드디어 내일이다.
  나는 욕실로 들어가 머리카락을 자르기 시작했다. 면도기를 사용해 깨끗이 밀었다. 거울 속에 비친 내 모습이 내가 아닌 듯했다. 낯선 이가 거울 속에서 나를 보고 있었다. 미리 사두었던 가발을 써보았다. 이물감과 불편함이 같이 느껴졌다. 하지만 머리를 깎기 전 내 모습과는 비슷했다. 가발을 잘 빗겨 두었다.

  아침이 밝았다. 창밖으로 보이는 하늘은 맑았다. TV 뉴스에서는 중국으로부터 몰려오던 황사도 없고 미세먼지 농도도 낮다고 봄 느낌이 물씬 나는 옷을 입은 기상케스터가 오늘의 날씨를 알려주고 있었다. 예년보다 훨씬 따듯한 하루가 될 것이라고 말하고 있었다. 나는 리모컨을 들어 TV를 껐다. 조식을 먹고 난 뒤 편의점에 들러서 온장고에 있는 여러 종류의 캔커피를 샀다. 객실로 돌아온 나는 캔커피를 뜨거운 물에 담궈 조금 더 데웠다. 데워진 캔커피의 뚜껑을 돌려딴 뒤 각각의 캔커피에 10mg 용량의 졸피뎀 두 정씩을 넣고 녹였다, 50도씨 이상의 물에서 잘 녹는 것을 이미 확인한 바 있었다. 졸피뎀 20mg이면 성인 남자를 잠재우기 충분한 양이었다.

렌트카 업체에 전화를 걸어 오후 5시 이후에 호텔 주차장에 주차되어 있는 렌트카의 반납을 요청했다. 렌트 기간이 보름 정도 남아 있었지만, 환불을 요구하지는 않겠다고 했고 대신 렌트회사 측에서 직접 회수해 줄 것을 요청했다. 열쇠는 프론트에 맡겨 놓겠다고 했다.

점심 식사를 했다. 오늘은 평소보다 많은 힘을 써야 했다. 든든히 먹어두려 시간을 충분히 갖고서 식사를 했다. 식사를 마치고 객실로 올라온 나는 객실을 정리했다. 거울을 보고 가발이 제 위치에 있는지 다시 한 번 확인했다. 객실을 빠져 나오기전 다시 한 번 둘러 보았다. 내 집처럼 한달 가량을 지냈던 곳이었다. 어느 정도는 깔끔하게 정리된 것 같았다. 프론트에 가서 체크아웃을 했다. 하루가 남아 있었지만 환불은 해주지 않아도 된다고 했다. 그동안 감사했다는 인사와 함께 택시 호출을 부탁했고, 렌트카 반납을 부탁하며 차키를 프론트 직원에게 맡겼다.

 택시를 타고 명광시 공영주차장으로 갔다. 스타렉스에 올라 시동을 걸었다. 뒤편 슬라이딩 도어를 열고 온장고의 전원을 켰다. 준비해 놓은 커피들을 온장고 속에 진열했다. 베드는 재활용센터에서 구입했던 캐시미어 담요를 세탁해 덮어 놓았었다. 겉으로 보기에는 차박을 위한 간이 캠핑카 정도로 보여졌다. 공원 주차장 근처에 있는 커피숍으로 갔다. 커피를 주문하고 콜벤을 불렀다. 내일 입원 할 수도 있을 것 같다는 메모와 함께 캐리어를 호스피스시설로 보냈다. 통증이 몰려오고 있었다. 진통제를 먹는 간격이 점점 짧아지고 있었다. 커피숍을 나와 다시 스타렉스가 있는 주차장으로 갔다. 온장고를 확인해 보았다. 작동이 잘 되고 있었다. 온장고 속의 커피들은 적당한 온도로 데워져 있었다. 커피들을 한번씩 잘 흔들어 주었다. 졸피뎀이 잘 녹아들 수 있도록.

 5시 알람이 울렸다. 그놈의 퇴근 시간이다. 그놈은 지금 의인시에서 퇴근을 준비하고 있을 것이다. 의인시에서 이곳까지의 이동시간은 대략 40분 정도. 문자 메세지가 도착했다.
 [그랜져 17*3 의인시청 주차장 출발]
 심부름센터에서 보내온 문자였다. 20여분 쯤 뒤 다시 명광시 방향으로 이동중이라는 문자가 도착했다. 더이상 쫓지 않아도

된다는 답장을 했다. 며칠 전 심부름센터에 선금을 주고 부탁한 일이었다. 심부름센터에서는 그 일을 충실히 해 준 것이었다. 나는 그놈이 항상 다니는 호숫가 초입에서 그놈을 기다리고 있기로 했다. 길은 이곳 하나였기에 분명 이 길로 지나갈것이라는 확신이 있었다.

흰색 그랜져 차량이 내 옆을 지나고 있었다. 그놈의 차량이었다. 나는 그놈의 차량이 시야에서 조금 벗어날 즈음 차를 출발시켰다. 그놈의 차가 속도를 줄이며 갓길에 정차하는 것이 보였다. 나도 속도를 늦추고 갓길 쪽으로 정차를 했다. 사이드 브레이크를 채우지 않은채 기어를 N으로 옮겨 놓았다. 브레이크에서 발을 떼자 차는 아주 조금씩 움직였다. 잠시 후 내 차는 그놈의 차량 뒷 범퍼에 살짝 닿았다. 나는 잠깐 시간을 지체한 뒤, 차에서 내려 그놈에게로 갔다. 운전석 창문에 노크를 했다. 운전석 창문이 내려졌다. 나는 죄송하다고 말하며 그놈의 얼굴을 살짝 보았다. 찡그려 있던 얼굴이 나를 보자 조금씩 풀리고 있었다. 그놈이 차에서 내려 접촉 부위를 살펴 보기 시작했다. 나는 스타렉스로 가서 조금 후진을 했다. 그리고 그놈에게로 다시 갔다.

-노을이 너무 아름다워서.....

다시 한번 사과를 했다. 차량은 아무런 손상이 없었다. 그럴 수밖에, 그렇게 의도한 것이었으니. 나는 기어를 P로 옮겨 놓는다는 것이 N으로 잘못 놓아둔 바람에 이렇게 불미스러운 일이 생겼다고 연신 사과를 거듭했다. 해넘이가 끝나고 있었다. 나는 강변 주차장에서 커피 한잔 하자고 했다. 혹시나 그놈이 따라오지 않는다면 어찌해야 하나 걱정하고 있었다. 나의 계획 중에서 모든 것이 다 들어맞는다고 하여도 그놈이 지금 나의 제안을 받아들이지 않는다면 계획은 수포로 돌아갈 수 밖에 없었다. 다행히도 그놈은 나의 제안을 받아들였다.

내가 앞장섰고 그놈이 내 차를 뒤따라왔다. 나는 강변 간이 주차장에 차를 세웠고 그놈이 내 뒤에 일자로 주차를 했다. 나는 차에서 내려 뒷자리의 슬라이딩 도어를 열었다. 차에서 내린 그놈에게 뒷자리에 타라고 손짓을 했다. 놈은 순순히 내 차에 올랐다. 강변을 향해 열린 뒷문에서 보는 풍경은 평화로워 보였다. 나는 그놈의 뒤를 따라 차에 올랐고 슬라이딩 도어를 닫았다.

블랙과 라떼가 있다고 말을 했다. 그놈은 블랙을 원했다. 나는 온장고에서 데워진 블랙커피의 뚜껑을 따서 그놈에게 건네주었다. 나에게 건네받은 커피를 그놈은 홀짝홀짝 잘도 마셨다. 자기도 노을을 좋아한다고 했다. 물어보지도 않은 말을 주절주절 늘어놓았다. 말이 많아질수록 커피를 마시는 양도 늘어났다. 나와 내 차가 어울리지 않다고 했다. 나는 차박을 위해 준비한 것이라고 둘러댔다. 얼마의 시간이 지났을까? 그놈이 하품을 하는 모습이 보였다. 나는 그놈에게 흡연의 여부를 물었다. 그놈이 흡연을 하지 않는다는 사실은 이미 알고 있었다.

그놈과 함께 있는 이 공간의 역겨움이 싫었기에 잠깐 바람을 쐬고 싶은 마음에서 물어본 것이었다. 나는 담배를 핑계로 잠시 밖으로 나왔다. 담배를 한 개피 빼어 물고 라이터를 켜는 시늉을 했다. 담배를 다시 담배갑 속으로 집어 넣고서 호텔 흡연구역에서 수집해 놓았던 여성이 피던 담배 꽁초를 바닥에 던져 놓았다. 주위에 어둠이 깔리기 시작했다.

슬라이딩 도어를 열어 보니 그놈은 이미 잠들어 있었다. 나는 그놈을 베드에 뉘이며 케시미어 담요를 걷어냈다. 그놈을 뒤집어 눕혔다. 그리고 어깨와 허리, 허벅지 위로 벨트로 단단히 고정시켰다. 기계식 벨트는 작은 힘으로도 단단히 결박을 할 수 있었다. 안대를 단단히 묶고 입에 재갈을 물렸다.
그놈의 차키와 지갑을 그놈의 차량 조수석에 던져 놓고 그놈 차의 블랙박스에 있는 메모리 카드를 빼낸 뒤 승포 저수지 쪽으로 차를 몰았다. 승포 저수지 간이 주차장에 도착했을 때 주위는 조용했다. 어둠이 쌓인 저수지 인근에는 단 한대의 차량도 없었다. 얼마 뒤 그놈의 신음소리가 들려왔다. 나는 운전석에서 내려 뒤쪽 슬라이딩 도어를 열었다. 놈이 몸부림을 치고 있었다. 나는 말없이 벨트를 다시 조였다. 끼리릭 끼리릭. 놈의 신음 소리가 더욱 심해지고 있었다. 나는 차 밖으로 나와 내가 지금부터 하고자 하는 일에 대해 잠시 생각을 했다. 과연 내가 하고자 하는 일을 스스로 감당 할 수 있는가에 대해서.

결론은 하나였다. 나약해지지 말자.
 준비한 물건들을 하나씩 정돈했다. 사용하기 수월하도록. 방진복을 입고 마스크를 꼈다. 피가 튀는 것을 방지하기 위함이었다. 고글도 썼다. 마지막으로 수술용 장갑을 꼈다.
 궁금하겠지만 나는 아무것도 알려 주지 않겠다고 이야기했다. 그놈의 팔꿈치 위를 폭이 좁은 압박붕대를 사용해 최대한 압박했다. 그리고 오른손을 잡고서 주먹을 쥐게 만든 다음 압박붕대로 감쌌다. 손목 부분의 힘줄이 튀어 올라오는 것이 보였다. 작은 송곳을 손목 부분에 찔러 넣었다. 고통에 몸부림치며 놈의 신음소리가 재갈을 뚫고 흘러나왔다.
 -아직 하나 남았어.
 나는 방금 찔러넣은 송곳으로부터 팔꿈치 쪽으로 약 10cm 정도 위쪽에 송곳을 하나 더 찔러 넣었다, 놈의 비명 소리는 더욱 커지고 있었다. 인두기를 켜고 예열을 시작했다. 메스를 집어 들었다. 해부학 책을 수도 없이 읽고 또 읽었지만 실전은 처음이다. 자칫 잘못해서 동맥을 손상시킨다면 되돌릴 수 없는 상황이 된다. 나는 메스를 손목 쪽에 꽂아둔 송곳 옆으로 튀어나온 힘줄을 향해서 찔러 넣었다. 메스는 부드럽게 손목을 파고들었다. 위쪽의 송곳을 향해 메스를 움직였다. 힘줄과 함께 살점이 그놈의 손목에서 분리되고 있었다. 다행히 동맥은 건드리지 않은 듯 했다. 팔꿈치 위에 압박을 해놓은 덕분인지 피가 많이 나거나 솟구치지는 않았다. 예열된 인두를 상처난 곳에 대고 상처 부위를 지졌다. 의외로 지혈의 효과가 있었다. 신음하던 놈이 기절해 버렸다. 베드 아래로 액체가 흐르고 있었다. 놈이 오줌을 지린 것 같았다. 나는 송곳을 빼낸 뒤 지혈 패드를 상처 위에 덮고서 붕대로 상처를 감싼뒤 그 위를 압박 붕대로 한 번 더 감쌌다.

　속이 울렁거렸다. 문을 열고 밖으로 뛰쳐나갔다. 토악질을 했다. 아직 세 번 남아 있었다. 고통을 느끼는 놈의 모습을 차마 내가 지켜볼 수가 없었다. 하지만 끝은 내야 했다. 놈은 아직 깨어나지 못하고 있었다. 생수로 입을 헹궜다. 생수 한 병을 새로 따서 그놈의 머리 위에 부었다. 그놈이 깨어났다. 나는 마취를 생각했다. 케타민과 리도카인 둘 중 하나를 선택하라 말하고 차 밖으로 나왔다. 생각을 해 보았다. 내가 알아본 정보로는 케타민을 쓸 수 있는 상황이 아니었다. 리도카인을 쓰기로 했다. 남은 왼쪽 팔부터 다시 시작하기로 했다. 리도카인을 주사기로 광범위하게 주입했다. 송곳을 찌르는데도 놈은 그리 고통을 느끼지 않는 듯했다. 마취 없이 했던 처음 보다 나도 편하게 진행할 수 있었다. 두 다리는 끈을 이용해 천정에 달린 고리에 고정시키고 진행을 했다. 오히려 팔목 부분보다 수월하다고 느껴졌다. 동맥파손의 위험이 손목보다는 덜했기 때문이었다. 두 시간에 가까운 시간이 걸렸다. 진통제와 수면제를 그놈에게 주었다. 그놈은 진통제라는 말에 고분고분 목구멍으로 넘기려 애쓰고 있었다.

시간을 확인해 보니 22시에 가까워지고 있었다. 나는 생각했다. '국도인가? 고속도로인가?' 고속도로 IC가 가까운 곳에 있었다. 고속도로를 이용한다면 시간을 반 이상 단축시킬 수가 있었다. 고속도로를 택했다. 도로상황은 좋았다. 남서진IC를 나와서 미리 계획했던 방조제 방향으로 차를 몰았다. 통행량이 많지 않았다. 방조제를 가리키는 이정표가 보였다. 방조제 쪽으로는 따라오는 차량이 보이지 않았다. '문석호' 표지석 앞에 차를 세웠다. 양쪽 방향 모두에서 비춰오는 차량의 불빛은 보이지 않았다. 나는 전조등을 끄고서 시동을 껐다. 주위는 순식간에 암흑으로 둘러 쌓였다. 차에서 내려 뒷문을 열었다. 페달을 밟고서 베드를 당겼다. 베드는 부드럽게 차 밖으로 당겨져 나왔다. 바닥에 미리 준비해 놓은 케시미어 담요 한 장을 반으로 접어 깔고서 베드 아랫부분을 그 위에 놓았다. 화물칸 높이만큼 경사가 생겼다. 지면과 베드는 이동 바퀴만큼의 틈이 있었다. 종아리 부분을 잡고서 담요와 함께 잡아당겼다. 온전하게 바닥에 눕혀진 그놈 위로 캐시미어 담요 한 장을 더 덮어주었다. 그래도 오늘은 밤기온도 예년에 비해 심하게 떨어지지는 않았다.

차를 타고 시동을 걸었다. 미리 입력해 놓았던 영인시 주소를 클릭했다. 서서진 IC가 가장 빠른 길로 안내되고 있었다. 라이트를 켜고 차를 출발시켰다. 서서진 IC까지 20분 정도가 소요 되었다. 흥신소에 부탁했던 휴대전화 하나를 켰다. 준비한 음성변조기가 연결된 전화기였다. 119로 전화를 걸었다.

-서진시 문석 방조제 근처 도로가에 피 흘린 채 사람이 쓰러져 있는 것을 보았습니다. 문석호라는 커다란 표지석 근처였습니다. 빨리 가보셔야 할 듯 합니다.

119에서는 나의 신원에 대해물었다. 나는 지나가다 본 것을 말할 뿐 나의 신상에 대해 밝힐 수 없다고 했다.

-이럴까봐 신고를 할까 말까 했는데 출동을 하든 말든 그건 내 알 바 아닙니다.

상대방에게는 익숙지 않은 남자의 목소리로 들렸을 것이다. 나는 전화를 끊었다. 휴대전화의 전원도 꺼 버렸다. 전원을 켜둔다면 확인 전화가 올 것이 뻔한 일이었다.

졸음 쉼터를 알리는 이정표가 나왔다. 나는 졸음 쉼터 쪽으로 차를 정차시켰다. 화장실을 들렀다 나오는 길에 전화기를 맞은편 숲속으로 던져 버렸다.

쉬지 않고 달렸다. 대전을 지났다. 01시를 지나고 있었다. 구급대가 출동했다면 구조되었을 것이다. 나는 쉬지 않고 달려 대구를 지나고 있었다. 통증이 밀려들었다. 휴게소에 차를 세우고 진통제를 먹었다. 시간을 확인해 보니 03시가 지나고 있었다. 전화기 하나를 꺼내 전화를 걸었다. 언론사 6곳에 서진시 종합병원에 심한 상해를 당한 남성이 119에 의해 이송되었을 것이라는 내용으로.

전원을 끈 전화기는 영인IC를 지나며 도로변 하천으로 던져 버렸다. '은적암' 이정표가 보였다. 나는 산속으로 이어진 농로를 따라 올라갔다. 이모스님께서 은적암에 계실 적 부모님이 마련해 놓은 별장아닌 별장이 보였다. 나는 철문에 달린 자물쇠에 열쇠를 꽂았다. 오랫동안 사용하지 않았던 자물쇠가 힘겹게 돌아갔다. 차고의 문을 열고 차를 넣었다. 일단의 계획은 성공한것이라 생각 되었다. 동이 트기를 기다렸다. 미리 검색해 본 시내버스 시간표를 확인해 보았다. 영인시 터미널에서 청화군 방면으로 운행하는 시내버스는 오전 6시가 첫차였다. 대략 40분 정도에 은적암 표지판이 있는 정류소에 도착을 한다. 정류소에서 이곳까지 도보로 대략 30분이 걸린다. 이곳에서 은적암까지 대략 20분. 지금 시간이 4시 30분. 두 시간 정도의 시간이 남아 있었다. 스님이 주신 바랑을 열고 스님께 받은 옷을 꺼냈다. 입고 있던 옷을 스님이 내어주신 옷으로 바꿔 입었다. 가발을 벗고 스님들이 쓰는 모자를 썼다. 차에 달린 거울로 내 모습을 보니 겉모습은 스님 태가 났다. 씁쓸한 기분과 함께 통증이 찾아왔다. 진통제를 먹고서 눈을 감았다. 앵두의 모습이 스치듯 지나갔다. 알람 소리에 눈을 떴다. 잠깐 잠이 들었던 모양이었다.

생수를 하나 따서 수건에 묻혀 간단한 세수를 했다. 일곱 시를 갓 넘기고 있었다. 차고 문을 잠그고 나와 대문을 다시 자물쇠로 잠갔다. 바람이 세차게 불고 있었다. 골바람이 세차게 몰아치며 마른 낙엽들이 회오리치며 뒹굴었다. 나는 은적암으로 향했다. 이모스님이 20년 가까운 생활을 하셨던 곳이다. 그곳의 부처님께 마지막으로 삼배를 올리고 싶었다.

은적암에 도착해 법당으로 들어가 삼배를 마치고 나오는 길에 비구니 스님 한 분과 마주쳤다. 서로에게 합장했다. 어떻게 찾아왔느냐는 물음에 나는 이모 스님의 법명을 말씀드리며 지나가는 길에 잠시 들린 것이라고 했다. 아침 공양을 같이 하자고 하셨다. 나는 용무가 있어서 가 봐야 한다고 말씀드리며 합장을 했다. 은적암의 스님께서는 돌아서는 나에게 잠시 기다리라고 했다. 마침 천도제 준비로 떡을 주문했는데 내려가는 길에 동승 할 수 있도록 말씀해 주신다는 것이었다. 한 시간 가량을 걸어 내려갈 생각에 체력이 걱정이 되었었는데 잘된 일이었다.

떡집 사장님의 차를 얻어타고 쉽게 내려 올 수 있었다. 어디로 가느냐고 물어 왔다. 나는 대로변에 있는 버스 정류소까지 부탁을 드렸다. 사장님께서는 영인시장에 가게가 있다며, 시외버스를 이용할 계획이라면 터미널까지 태워주겠다고 하셨다. 나는 감사하다는 말과 함께 합장을 했다.

조세핀을 위하여,

　버스 터미널에서 내린 나는 다시 합장하며 감사의 인사를 했다. 버스 터미널은 쇠락한 지방 소도시의 모습을 대변하듯 한산했다. 호스피스시설로 전화를 걸었다. 오늘 입원할 수 있겠냐고 물었다. 가능하다고 했다. 나는 화장실로 가서 다시 옷을 갈아입고서 가발을 썼다. 손질이 쉬운 단발의 가발이었다. 택시 정류소에는 여러 대의 택시가 손님을 기다리고 있었다. 나는 장거리 운행이 가능한지 물었다. 왕복 요금을 계산해 주면 가능하다고 했다. 나는 택시 뒷자리에 타고서 호스피스시설의 주소를 기사님께 전해드렸다. 어제와는 또 다른 강도의 통증이 밀려들었다. 나는 두회분의 진통제를 한꺼번에 먹었다. 팔을 걷어 올리고 펜타닐 페치를 붙였다. 긴장이 풀렸던 탓이었을까? 진통제의 부작용 탓이었을까? 나는 깊은 잠에 빠져들었다.

나를 깨우는 소리와 함께 몸을 흔드는 느낌이 들었다. 도착을 알리는 택시 기사의 말과 몸짓이었다. 나는 요금을 지불하고 호스피스 현관을 들어섰다. 안내 데스크에 내 이름을 말한 것까지는 기억이 났다. 눈을 떠 보니 내가 예약했던 병실의 침대 위였다.

여러 가지 검사를 했다고 했다. 생각보다 빠르게 암이 전이되고 있다고 했다. 젊은 사람의 경우 대사활동이 빠르기 때문에, 암이 자라는 속도도 빠를 수 있다고 했다. 어찌 보면 암도 내 생명속의 생명일 수 있을 것이리라. 암 자체가 자신이 자랄수록 스스로도 생명을 다하는 것일 수도 있다는 사실을 자각하지 못할 뿐. 지구의 입장에서 본다면 발전이라는 명분 아래 자연을 파괴하고 환경을 오염시키는 행위가 암 덩어리로 보일 수도 있다는 생각이 들었다.

내 생각에도 체력이 많이 떨어졌음이 느껴졌다. 산책이 하고 싶었다. 침대 아래로 내려오는 순간 주저앉고 말았다. 다리에 힘이 들어가지 않았다. 나에게 설명을 하던 간호사가 급히 나를 부축해 침대 위로 올려 주었다. 잠시 뒤 회진이 있다는 말과 함께 조금더 안정을 취하라는 말을 남기고 병실을 나섰다. 병실에는 40대 후반으로 보이는 여성이 있었다. 자신이 간병인 이라고 했다. 12시간 교대로 간병을 한다고 했다. 병실 창밖으로 목련이 조금씩 꽃잎을 벌리려 하는 모습이 보였다. 봄이 오기는 할 모양이었다.

회진 시간인 모양이었다. 의사가 간호사와 함께 병실을 찾았다. 간호사의 설명과 같았다. 나는 갑자기 다리에 힘이 들어가지 않는 이유에 대해 물어보았다. 이 병이 그런 병이라고 했다. 상태가 호전되는 경우는 잘 없어도 급격히 나빠지는 경우는 많다고 했다. 병원에 입원하기 전 환경이 급하게 바뀌거나 심경의 급속한 변화, 심한 정신적 충격이 있었냐고 나에게 물었다. 나는 주변 정리를 끝내고 입원했을 뿐이라고 답했다. 의사는 방금 전 물어 본 내용들이 병을 악화시키는 요인들이라고 했다. 앞으로 근육의 힘이 많이 떨어질 것이라고도 했다. 최대한 마음을 편히 가지고 안정을 취하라고 했다. 산책은 간병인의 도움을 받아 휠체어를 이용하라고 했다.

콜벤으로 보낸 케리어가 보였다. 나는 간병인에게 케리어에 들어있는 액자들을 꺼내 달라고 했다. 침대 옆 협탁 위에 액자들을 오려 두었다. 가족사진과 녹두, 앵두, 조세핀 그리고 재영 언니와의 사진을. 재영 언니가 보고 싶었다.

바깥 공기가 쐬고 싶었다. 간병인에게 물어보니 지금은 완연한 봄날이라고 했다. 기온이 20도를 넘어가고 있으며 바람도 불지 않는다고 하였다. 산책을 부탁했다. 휠체어에 몸을 의지해 병실 문을 나섰다. 병원 정원으로 나가니 봄볕이 따사로웠다. 정원은 휠체어가 이동하기 편하게 산책로가 잘 포장되어 있었다. 성질 급한 개나리가 먼저 꽃망울을 터트리고 있었고, 생강나무도 노란 꽃잎을 앙증맞게 뽐내고 있었다. 앞쪽에서 휠체어를 밀고 오는 남자의 모습이 보였다. 그 사람과 나는 지나치며 서로의 눈을 바라보았다. 30초도 안 되는 짧은 스침과 눈빛. 나는 느낄 수 있었다. 나만 그를 알아본 것이 아니라는 것을.

나도 사랑한 남자가 있었다. 대학 시절이었다. 그 시절 남루한 옷을 입고 휴학과 복학을 거듭했던 사람. 내가 입학했을 때 그 사람은 3학년이었다. 내가 2학년이 되었을 때 그 사람은 보이지 않았고 내가 3학년이 되었을 때 그 사람은 4학년이었다. 여름 방학이 시작되었을 때 그사람은 또다시 보이지 않았다. 4학년 여름이 지났을 때 다시 학교에 나타났다. 옷은 언제나 같이 남루했다. 우리는 같이 졸업을 했다. 그와 나는 8살의 나이 차이가 났다. 내가 먼저 고백을 했었다. 사귀자고. 우리는 2년 동안 연애를 했다. 나는 그를 사랑했지만 (그도 나를 사랑했다는 것을 나는 알고 있다) 그는 나에게 한편의 시를 남기고 나를 떠났다. 그는 미대를 다녔지만 시를 쓰는 것도 좋아했던 사람이었다. 나는 그 시를 지금도 또렷이 기억하고 있다.

상여 타고 시집와라

난 주방에서 일하고 있는 네 뒷모습을 안아 줄 자신이 없다.

네가 굵은 소름 돋을 만큼 날 기다려도 널 향한 웃음 한 점 줄 자신 또한 없다.

네가 날 닮은 놈을 배 안에 지고 변기를 끌어안고 울고 있을 때 네 등을 두드려 줄 수도 없다.

아니 날 닮은 놈이 이 세상을 나처럼 살아가길 원하지 않는다.

나에겐 일흔 살 노모가 있다.

내 월급의 절반으로 한 치 앞 세상 훔쳐먹는, 노모가 있다.

그 자리에 널 들여놓고 싶지 않다.

그러니
타지 마라.
제발 타지 마라.
나 역시 상여꾼이 되길 바라지 않으니 제발 타지 말아라.

그 뒤로 나는 다른 남자를 만나지 않았었다. 이별이 두려웠기 때문이었다. 그는 여전히 노모와 함께 있었고 부양의 책임을 홀로 오롯이 묵묵히 지고 있었던것이다. 지난 그와의 시간들이 주마등처럼 스치고 지나갔다.

병실로 돌아와 TV뉴스 체널을 틀었다. 온통 나와 그놈의 사건으로 뉴스가 도배되다시피 했다. 나는 희대의 싸이코패스, 또는 미치광이가 되어 있었다. 내가 언론사에 제보를 하지 않았다면 아마도 이 사건은 평범한 상해 사건 정도에서 머물렀을 것이었다. 요즘 언론은 심층 탐사보도 또는 진실을 추구하는 모습을 찾아보기 힘들었다. 스스로 먹이를 구하는 새가 아닌 다른 둥지에서 깨어난 뻐꾸기 새끼가 다른 어미새가 물어다 주는 먹이를 독차지하듯 정치인이나 검찰발 소스에 의존해 기계적 기사들을 쏟아내는 데에만 열중하고 있었다. 또한 대중이 관심 가질만한 연예인이나 유명 인사들의 사생활을 기사란 이름으로 대중의 알권리로 포장하여 서로가 경쟁하듯 기사를 생산해 내는 일종의 기사 공장 같은 시대로 바뀌어 있다. 그들이 받을 상처나 고통은 안중에도 없었다. 결국 스스로 생을 마감하는 극단적 상황이 오더라도 그 또한 그들에게는 소위 돈이 되는 중요한 사건에 지나지 않는다. 나는 그것을 이용한 것뿐이다. 아니나 다를까 흔하지 않은 상황에 뻐꾸기 새끼 같은 언론들은 일제히 나를 물어 뜯기 바빴다. 내가 바라던 바 였다.

그놈은 자신의 사건이 뉴스에 나오는 것을 분명 볼 것이고 자신이 왜 그러한 피해자가 되어야 하는지 당분간은 매일매일 뉴스 속의 전문가들과 함께 의문에 싸일 것이다. 전문가라고 자처하는 경찰 출신의 프로파일러, 심리 분석가, 정신건강 전문의 등이 나를 칼질하면 할수록 그놈은 더더욱 처절한 고통을 느낄 것이었다. 나의 일차적 목적은 그것이었다. 계획의 실행에 있어서 나의 행동에 정당성을 부여받고자 생각해 본 적은 없었다. 어떠한 변호도 하고 싶은 생각도 없다.

　내가 대포차량을 이용하고 대포폰을 이용한 것이 나의 범죄를 은폐하고자 함이 아니었다. 경찰이 나에 대한 윤곽조차 파악하지 못하는 시간 동안 그놈의 고통은 더욱 심해질 것이기 때문이었다. 언론에서 나오는 전문가라는 사람들조차 범죄 동기를 찾기 어렵다는 말을 앵무새처럼 하고 있었다. 묻지마 범죄의 유형에서도 한참 벗어난 경우였을 것이다. 보통의 범죄는 강한 쪽이 약한 쪽을 공격하기 마련이다. 그리고 대부분의 경우 즉흥적으로, 우발적으로 일어난다. 그들이 생각할 때에도 찾아보기 힘든, 동기를 파악하기 힘든 유형의 사건일 수밖에 없을 것이다.

　삼사일 정도 이어지던 나의 사건도 유명 연예인의 마약 연루 사건이 부각되며 여론의 관심 밖으로 벗어나고 있었다.

　일주일이 지났다. 많은 생각들을 했다. 생각하는 시간만큼 내 몸 상태도 더욱 악화되고 있었다. 이제 음식을 먹는 것조차 버거웠다. 통증의 빈도는 더욱 잦아졌고, 강도는 더욱 심해졌다.

먹는 약과 페치로 감당이 힘든 상태였다. 의료진은 수액에 진통제를 섞어 통증을 가라 앉히는 노력을 했다. 나는 계획의 실행 단계에서 두 가지를 고민했었다. 계획이 성공한 뒤 자수를 할 것인가? 아니면 어차피 얼마 남지 않은 나의 생을 조용히 마칠 것인가? 에 대해서.

  계획은 성공적이었지만 두 번째 단계에서 나는 열흘이 넘는 시간동안 결정하지 못했다. 하지만 결정을 해야만 했다. 온전한 정신일 때 판단을 해야했기 때문이다. 진통제는 통증을 줄여주는 효과가 있었지만, 한편으로는 맑은 정신을 유지할 수 있는 시간이 짧아지는 부작용이 따라왔다.

  내가 이대로 죽어 버린다면 어쩌면 이 사건은 장기 미제로 남을 가능성이 있어 보였다. 그렇다면 그놈은 이유를 알지 못하는 고통 속에서 살아가야 할 것이다. 그러나 조세핀과 까뮈 그리고 이유 없이 죽어가야만 했던 수많은 이름 없는 고양이들을 생각할 때 자수를 하고서 그들의 원혼이라도 달래 주어야 한다고 생각했다.

  그가 나의 병실로 찾아왔다. 어머님의 장례를 마쳤다고 했다. 미안하다고 했다. 나는 다 지난일이라고 말했다. 나는 그에게 다시 그림을 그리고 시를 썼으면 좋겠다고 말했다. 그에게 나의 캐리어를 부탁했다. 나는 이제 고아라고. 내가 죽거든 이 캐리어를 재영 언니에게 전달해 달라고 그에게 부탁했다. 그는 그렇게 하겠노라고 답했다.

부모님의 사진과 조세핀, 앵두 율무의 사진을 보았다. 얼마 지나지 않으면 만나게 될 것이었다. 창밖으로 노을이 찬란하게 빛나고 있었다. 그 노을을 보며 잠이 들었다. 이제는 깨어 있는 시간보다 잠들어 있는 시간이 더 많았다.

눈을 떴다. 창밖은 목련이 활짝 피어 있었다. 나는 간병인에게 전화를 부탁했다. 서하윤 실장과 변호사에게 문자를 보내 달라고.

[민영주입니다. 상의드릴 일이 있습니다. 00호스피스 병동 00실로 방문 부탁드립니다]

나는 다시 잠들었다. 눈을 떴을 때 서하윤 실장과 변호사가 창밖을 보고 있었다. 내가 부르자 놀라움과 안타까움이 뒤 섞인 표정으로 내 곁으로 왔다.

-얼마 동안이나 그렇게 계셨던거에요?

창밖이 어둠으로 가득 차 있었다. 문자를 받고 바로 달려왔다고 했다. 도착한 지 세 시간 정도 되었다고 했다. 나는 침대를 올려 달라고 간병인에게 부탁했다. 전동으로 움직이는 침대를 내가 원하는 위치에 맞춰주었다. 간병인에게 잠시 자리를 비워 달라고 했다.

그간의 일을 두 사람에게 설명했다. 두 사람은 믿을 수 없다는 표정을 지었다. 나는 두 사람에게 그놈의 행적을 언론에 알리고 자수하겠다고 했다. 자수와 경찰 조사는 기자회견 뒤에 할 수 있도록 방법을 찾아 달라고 했다. 변호사에게는 입장문 정리를 부탁했다. 내가 저지른 범죄의 정당성을 주장하기 위한 기자회견이 아니라는 것을 서두에 밝힐 것. 지금 투병 중인 병의 진단이 없었다고 해도 이 계획은 진행되었을 것임. 생명의 존엄성은 인간에게만 부여되는 것이 아님을 밝혀줄 것. 동물은 학대의 대상이 아니라 사람과 공존하며 살아갈 권리가 있음을 나타내 줄 것. 반려 동물이 같이 살아가는 사람들에게는 소중한 가족이라는 것. 현재의 동물보호법이 제대로 된 처벌을 내리지 않음으로 인한 생명경시 및 동물의 생명 존엄에 가치가 훼손되고 있는 부분 등을 나를 대신해서 정리해 달라고 부탁했다. 또한 의뢰비 잔액이 허락하는 범위 안에서 희생당한 고양이들의 입장에서 변호해 줄 것을 두 사람에게 부탁했다.

변호사는 피해자 이기혁이 피해 보상을 요구 할 수 있을 것이라고 했다. 나는 자산을 모두 정리해 여러 단체에 익명으로 기부를 했다고 말했다. 그가 나에게서 금전적인 피해 보상을 받을 수는 없을 것이라고, 계획을 생각하며 그 부분에 대해서는 미리 알고 있었다고, 선납한 호스피스 비용 또한 비용이 소진되기 전 내가 사망할 경우 이 시설에 기부를 하는 것으로 서류 작성을 마쳤다고 말했다.

서하윤 실장과 변호사는 진심을 다해 노력해 보겠다고 했다. 내 몸 상황을 먼저 돌보라는 말과 함께.

이틀 뒤 병실에서 몇 명의 기자가 참여한 기자회견이 진행되었다. 공중파에서 진행되는 뉴스의 기자도 포함되어 있었다. 음성변조 및 얼굴의 모자이크 따위는 필요하지 않다고 전했다. 나는 이번 사건으로 인해 수사에 동원된 모든 경찰 인원에 죄송하다는 말부터 했다. 사건의 경위 및 입장문은 변호사가 대신해 주었다. 나는 말을 이어갈 힘이 없었기 때문이었다. 기자들의 질문이 이어졌지만, 컨디션이 받쳐주지 못했다. 의사의 제지로 기자회견은 짧게 끝이 났다. 기자들은 의사에게로 달려가 내 상태를 취재하고 있었다. 병실 입구 쪽에서 상황을 바라보던 김형사의 얼굴에는 씁쓸함이 짙게 배어있었다. 기자들이 물러가고 김 형사가 나에게 다가왔다.

-서진 경찰서 형사 김윤종입니다. 사건 경위와 증거 조사는 변호사를 통해서 조서를 꾸미도록 하겠습니다. 조서를 토대로 확인하는 절차를 밟도록 하겠습니다. 일단 치료 잘 받으시기 바랍니다.

-죄송하고 감사합니다. 조사에 최대한 협조하겠습니다.

김형사는 다시 한 번 나의 건강을 걱정해 주며 병실을 나갔다.

의인 경찰서에서 서하윤 실장의 신고와 제보 자료를 토대로 이기혁의 집을 압수수색에 들어갔다. 압수수색을 통해서 석궁과 금속 재질의 새총, 쇠구슬들이 발견되었으며 화장실 쪽에서는 동물의 피로 추정되는 다량의 혈액흔이 발견되었다. 상해를 가한 것으로 추정되는 흉기들과 포획틀 또한 경찰이 확보했다. 기자들은 의인 경찰서로 달려가 취재에 열을 올리고 있었다. 불과 십여일 전 싸이코패스, 미친 정신병자에 의해 무고한 피해 입은 공무원이 한순간에 희대의 동물 학대범으로 바뀌어 모든 미디어의 먹잇감이 되고 있었다. 참으로 아이러니한 상황이 되어 버린 것이다. 서진시 병원에 입원해 있던 이기혁 또한 기자들이 그냥 놓아둘 리 없었다.

  뉴스를 보았을 것이다. 재영 언니도, 그도. 나는 체력이 한계에 다다랐음을 직감할 수 있었다. 진통제의 양은 늘어 났고 잠이든 시간이 길어졌다. 짧은 인터뷰에도 기진맥진한 상태였다. 잠이들었다. 붉은 노을을 바라보며.

  눈을 떠 보니 재영 언니와 그가 내 곁에 와 있었다. 언니는 말없이 내 손만 꼭 잡고 있었다. 재영 언니의 눈이 부어있었다. 눈물을 흘리고 있었다.
  -언니 울지마. 미안해.
  더 이상 목소리가 밖으로 나오지 않았다. 의사의 판단으로는 내가 일 년여 동안 극심한 스트레스와 트라우마로 인하여 암의 진행 속도가 빨랐을 것이라고 했다. 치료를 해야 할 시점에 사건을 계획하고 실행하는 동안 쓸 수 있는 에너지 이상으로 몸을 혹사하는 과정에서 급속히 악화 되었을 것이라고 했다.

시간의 대부분을 꿈속에서 보냈다. 언니에게 말했다.
-나... 죽으면... 시신.... 기증.... 하기로 했...... 어.
마른침을 삼켰다.
-바랑에.... 내가...... 자른..... 머리카락.... 있...어, 엄마... 아빠.... 조세핀..... 옆에.... 이모..... 스님...... 옷에...... 싸서..... 묻어....... 줘.
언니는 고개를 끄덕였다.
-언니...... 조금만...... 슬퍼해......

며칠의 시간이 흐른지 알 수 없었다. 나는 의식을 차리고 언니와 그의 얼굴을 알아본 시간이 얼마 되지 않는다는 사실만 기억할 수 있었다.
창밖으로 노을이 아름답게 피어오르고 있었다. 언니가 나를 다급하게 부르는 소리를 들은 것 같기도 했고, 그가 나를 흔드는 느낌이 든 것 같기도 했다. 피어오르는 노을 너머로 조세핀이 나에게 달려오고 있었다.

에필로그

우리는 배고픈 길동무끼리, 우연히 발견한 사료를 그저 허겁지겁 먹었을 뿐이다. 배가 고팠다는 이유로 나는 우리가 매일 다니던 골목길 구석진 곳에서 서서히 몸이 굳어지는 고통 속에서 누구를 원망해야 하는지도 모른 채 그렇게 죽어가야만 했다.
=농약을 섞은 사료를 먹고 숨을 거둔 고양이의 독백

담벼락을 타고 이리저리 산책 중이었다. 햇볕이 따사롭던 포근한 봄날이었다. 아지랑이 피는 풀밭 위 햇살이 잘 드는 곳에서 한가로이 몸을 웅크리고 휴식을 취하고 싶었다. 그루밍을 하고싶었다. 졸음이 몰려오기도 했다. 그저 평온한 하루가 지났다고 생각할 무렵 왼쪽 눈을 향해 무엇인가 빠르게 날아와 박혔다. 날아온 것은 나의 왼쪽 눈을 통과해 뒤통수를 뚫고 깊게 박혀 버렸다. 엄청난 고통이 몰려왔다. 머리를 움직이는 것이 자유롭지 못했다. 계절이 지나고 있었다. 나의 몸은 점점 야위어갔고 야위는 시간만큼 고통은 점점더 심해졌다. 차라리 죽을 수만 있다면, 차라리 그것이 나을지도 모른다는 생각조차 지금의 고통이 벅차다. 그날 이후 나는 더 이상 그루밍을 할 수 있는 고양이가 아니다.

=화살 맞은 고양이의 항변

　배가 고팠다. 정처 없이 골목 이곳저곳을 떠돌다 자기 구역임을 내세우는 덩치 큰 고양이와 다툼이 있었다. 나는 힘없는 약한 고양이. 공원 구석으로 숨어 들었을 때 먹이가 보였다. 먹이를 향해 다가가는 순간 철컹하는 소리가 들렸다. 몸부림쳐 보았지만, 그곳에 갇혀 벗어나지 못했다. 수많은 울음소리가 들렸다. 커다란 가마솥 뚜껑이 열렸고 뜨거운 김이 자욱하게 오르는 것이 보였다. 시간이 지날수록 각기 다른 목소리의 울음소리들이 하나씩 줄어들기 시작했다. 나는 김이 피어오르는 물속으로 던져졌다. 뜨거움이 온몸으로 순식간에 퍼졌다. 기억은 멈추었다. 내 뒤로 또 얼마만큼의 자지러지는 울음들이 반복되었는지 나로서는 알 수가 없다.
　=가마솥에 삶겨진 길고양이 중 이름 없는 고양이의 증언.

　정년퇴직 전 마지막 사건일 것이다. 김윤종 형사는 마지막 조서를 작성하고 있었다. 사건은 검찰로 송치되기 전 피의자의 사망으로 인해 공소권 없음으로 수사가 종결되었다. 그녀의 입장에서 생각해 보았다. 나였다면 어땠을까? 담배를 입에 물고 창밖을 바라보았다. 벚꽃 이파리들이 바람에

눈처럼 날리고 있었다.

영주의 유언대로 바랑 속 손수건에 감싸여 있던 영주의 머리카락을 스님의 옷과 함께 부모님과 조세핀 곁에 임시로 장례를 마치고 재영과 찬영은 '다사랑'으로 돌아왔다. 찬영이 들고 온 케리어 안에서 영주의 편지가 발견되었다.

찬영씨에게,

나를 찾아올 것으로 생각했어요.
이 편지를 읽고 있다면 내 생각이 맞은 것이겠지요.
찬영씨와 2년의 시간, 저에게는 너무나도 소중했던 시간이었어요.
찬영씨가 그렇게 떠나지 않았다면, 나에게 물어보았다면,
저는 감사한 마음으로 상여에 올랐을 거예요.
찬영씨.
이제부터라도 찬영씨를 위한 삶을 살아가기를 바라요.
이 캐리어에 남긴 돈을.......
충분하지 않겠지만,
충분하지 않을 수도 있지만,
찬영씨만을 위한 얼마간의 시간을 가지는 데 조금의 도움은 되지 않을까 생각해요.

좋은 기억만 가지고 먼저 갈게요.
사랑했어요, 찬영씨.
사랑해요. 찬영씨.
마지막 가는 길목에서나마 당신을 볼 수 있어 행복했습니다.

당신을 사랑했고, 사랑하는 영주가.

추신. 재영 언니에게 제가 맡겨 놓았던 캐리어를 확인해 보라고 전해 주세요.

재영과 찬영은 영주의 캐리어를 확인해 보았다. 영주가 재영에게 보내는 마지막 편지가 있었다. 미리 말하지 못함을 미안하다고 했다. 차마 말할 수가 없었다고. 언니가 슬퍼할 시간을 길게 만들고 싶지 않았다고. 조금만 슬퍼하라고. 남긴 돈은 고양이들을 위해 써 달라는 내용이었다.

재영은 찬영에게 찻집 주차장 쪽에 작업실을 마련해 주겠노라고 제안했다. 주차장 부지가 찻집에 비해 컸기 때문에, 화실 하나 들여놓을 만큼의 공간은 충분히 확보할 수 있었기 때문이었다. 찬영은 재영의 제안을 받아들였다. 영주를 위해 고양이 그림을 그려보겠다고 했다. 재영은 영주가 남긴 금액만큼 자신의 자산을 더해 고양이 구호 단체를 만들었다. 지역 동물병원과 MOU를 맺었다. 재영의 단체에서 전담 수의사 1명을 채용하여 병원에서 근무하기로 했고, 병원에서는 구조되는 고양이의 치료를 실비로 지원해 주기로 했다. 구호 활동에 확장성을 넓히는 계기를 마련하게 된 것이었다.

작가의 말

작품의 기획은 7년 전에 시작했었다. 항상 마음속에서 되새김질만 하고 있었다. 지난 겨울 많은 사람들이 차가운 아스팔트 위에서 수 많은 시간을 보내고 있었다. 생명이 존중받지 못하는 시간이 흐르고 흘러 절벽 끝에 다가서 있었다.

유튜브에서 짧은 동영상을 보았다. 어린아이가 통곡하며 외치고 있었다. 강아지와 산책을 하러 나갔다가 어른에게 몹쓸 소리를 들었던 모양이었다. 아이는 억울하다며 왜 그런 소리를 들어야 하냐며 통곡하며 호소하고 있었다. 강아지의 귀를 작은 두 손으로 덮으며 말하고 있었다. 이 아이도 듣는 귀가 있는데, 이 아이도 자신을 욕하면 알아들을 수 있는데. 라며 아이는 울부짖고 있었다. 댓글에는 아이가 귀엽다는 글들이 많이 달려 있었다. 하지만 나는 그 아이의 울부짖음을 들으며 머리를 크게 한방 맞는 기분이었다. 해월선생의 말씀이 떠 올랐다. 아이의 말이 곧 하눌님의 말씀이라는 생각이 들었다.

7년 동안 모아둔 자료들을 꺼내었다. 마무리를 지어야겠다는 생각이 들었기 때문이었다. 장편은 25년 만에 다시 시작하는 도전이었다. 25년 전 시작했던 장편은 시대 상황과 출판사의 사정에 의해 결국 출판되지는 못했었다.

초고가 완성되는데 까지 7개월 이라는 시간이 걸렸다. 작가이기 전에 가장인 나는 생계를 책임져야 했기에 원고작업에만 메어있을 수는 없었다. 비슷한 처지에 있는 많은 문인들이 감내해야 하는 숙명일 것이다.

민주화가 되었고 직업에 귀천이 없다고들 하지만 또 다른 계급으로 나뉘고 직업에는 귀천이 있다고 현실에서는 말한다. 계급의 양상이 시대에 따라 변했을 뿐 지금은 물질이 계급을 나누는 시대가 되었을 뿐이다. 다만 인간의 생명이 예전 시대에 비해서 조금 더 존중받는 사회가 되었을 뿐, 어떤 부류의 인간들은 여전히 자신의 힘과 권력 아래에서는 여전히 사람의 생명조차 하찮게 여기고 함부로 하는 상황이 우리나라뿐 아니라 세계 곳곳에서 일어나고 있다.

모든 생명은 존중받아 마땅하다고 생각한다. 하지만 여전히 존중받지 못하고 있는 것이 현실이다. 인간의 생명조차 존중받지 못하는 상황에서 동물의 생명을 놀잇감으로 혹은 분풀이 대상쯤으로 여기는 모습이 자주 전해지고 있다. 인간이 조금 더 성숙해지고 인간다워 질 수 있는 길은 모든 생명의 존중에서 비롯되지 않을까? 하는 생각을 해 왔다.

우리나라의 동물보호법이 강화되어 지난해 11월 동물 학대 양형위원회가 구성되었다는 소식을 들었다. 법으로 모든 것을 막을 수는 없겠지만 조금의 경각심을 가지게 되는 계기가 될 수 있을 것이라는 생각은 해 본다.

 가장 작은 것이 보호받고 존중받을 수 있는 사회가 된다면 전체가 보호 받고 존중 받을 수 있는 세상이 열릴 수 있다는 생각을 한다.

 글을 쓰는 이유는 글을 읽는 독자가 존재하기 때문일 것이다. 단 한 명의 독자가 있다면 나는 글을 쓸 것이다. 그것이 나의 일이기 때문이다. 글쟁이는 글을 쓰는 이유가 독자를 위함임을 잊지 않아야 한다. 독자가 없다면 나 또한 더 이상 글을 쓸 이유가 사라지는 것이다. 그렇기에 나의 글을 읽고 공감해 줄 단 한 사람이 있다면 나는 써야할 것이다. 그것이 글쟁이의 운명이기 때문이다.

 이 책을 읽는 한사람 한사람이 조금은 생명의 존귀함을 마음으로 받아 주었으면 한다.

 봄이 오고 꽃이 피고 꽃이 지고 있지만 우리는 아직 제대로 된 봄을 느끼지 못하고 있는 어지러운 시국에 원고의 마무리를 지었다.

 책이 출간되었을 때는 안정된 나라에서 생명이 존중받는 사회가 되었으면하는 바램이다.
 원고의 교정을 봐준 포항의 김나연 작가님께 감사드린다.

또한 소설의 마지막 부분에 인용한 시 '상여타고 시집와라'는 대략 25년 전 후로 인터넷 까페에서 보았던 작품이다. 작가를 찾을 방법이 없어 허락을 받지 못하고 인용한 부분에 죄송함을 덧 붙인다.

미세먼지가 시대상처럼 뿌우연 혼란스러운 2025년 4월 어느 날.

달빛바다 씀.

해설

소설가 서성일

(1)
 오랜만에 반가운 소식이 날아왔다. 소천이 출판할 계획이라며 원고 파일을 보낸 것이다. 원래 시인으로 유명한 후배이었기에 당연히 새로운 시집일 줄 알았다. 그런데 예상과는 달리 소설 한 권 분량의 두툼한 원고였다. 살짝 당황했지만, 꽤 신선한 충격이기도 했다. 필명까지 바꿔가며 각오를 보여 준 시인의 소설은 과연 어떤 세상일까? 굳이 소천의 부탁이 없었더라도 내가 먼저 읽어보고 싶었다.
 소설에 대해선 어떠한 정보도 없었다. 백지상태에서 독자들의 올바른 평가를 받기 원했다. 독자 여러분들도 저와 함께 소천의 소설 '조세핀을 위하여'를 감상문 읽듯 나름 가볍게 판독해 보길 부탁드린다. 개인적으로는 마지막 소설이었던 '로즈 아일랜드'를 출판한 이후 첫 글쓰기라서 작가의 전문적인 지식이 아닌 일반 독자의 눈으로 '조세핀을 위하여'를 가볍게 해석해 볼까 한다. 여러분도 소설의 제목을 쫓아가는 방식으로 잘 따라오기를 바란다.
 본격적으로 소설을 읽기 전에 소천의 문학적 소양이나 방향을 알아보는 것도 나쁘지 않을듯하다. 일단 본문에 올라와 있는 '입관'부터 읽어보도록 하자. 그리고서 소천의 대표작을 두, 세 편 정도 더 읽어보면 작가가 추구하는 문학적 세상이 어떤지 짐작할 수 있을 것이다. 강렬하고 직설적 은유가 지배하는 그의 시는 마치 메인디쉬를 맛보기 전에 입맛을 돋우는 애피타이저의 역할로 충분하다.

〈입관〉
가시려는
고운 님
뉘인 자리

소주 한 모금
품어
기억을 닦아

듣지 말라고
말하지 말라고
고운 솜
정성스레
비비고서

탕,

-이제는 가는 거요
탕,
-진정 가시는 거요
탕,
-다시 못 볼 님아
뚜껑 닫을 때

당신 위로
허물어져 내릴
무거움에
아려 오는
가슴 한구석
피워내는
시린 눈물 몇 송이

꽃가마 가득
옹색한 변명 없은
국화꽃만
당신이름 부르는,

〈각인〉
가로등마저 꺼져버린 희미한 새벽

수탉소리 요란하게 심장으로 꽂혀 들고
동이 트면 잡았던 손을 풀어야한다
거친 숨소리,
심장소리,
창밖으로 흘러내린
어둠에 지친 눈물

너를 가슴으로 들여 마시며
비로소 감았던 눈을 뜬다

얕은 기지개키며 일어서는 명암(明暗)
날카롭게 비산(飛散)된 초승의 파편들은
첫날 밤, 새색시 앞고름 낚아채듯
문풍지 구멍을 뚫었다

마음 깊은 곳 골짜기 만드는
끝 날 예리한 세모 칼의 스케치

먹이를 쫓는 재규어의 모습으로 달려들던 아침은
날카로운 송곳니를 화살에 묶어 시위를 당겼다.
_다시 한 번 \ 2KM 전방.
_다시 한 번 \ 1KM 전방.

_다시 한 번 \ 200M 앞 진입.
태양을 향해 줄지어선 이정표들 역주행을 시작했다.

〈세월을 싣고 막차는 떠났다.〉
엊저녁 해거름을 잊었으리라

핏빛 놀 위에 떠오르던,
하얀 얼굴 하나 묵묵히 지켜보았겠지
거친 손 마디마디 얽혀있는
세월을 읽듯이
지나쳤을 푸성귀들
수십 년 세월 무색하게
한나절 햇볕에 수그러들었구나

팔 괴며 돌아눕는 햇살 아래
굵게 패인 골짜기들
여든 세월 쉬이 넘었음을
침묵으로 말한다.

일어서야 하리
반 평도 안 되는 구석자리

막차 올 시간 다 되었구나.

식지 않은 신문지 한 장 바람 따라 펄럭인다.

가까운 선배로서 소천의 시만 읽어보면 굳이 소설의 영역까지 넘볼 필요 없다. 하지만 모든 글쟁이가 그러하듯 그의 문학적 갈증 역시 심한 듯하다. 아무튼, 소천의 시에 대한 평가는 독자들의 몫이다. 적게나마 작가의 문학적 방향을 느껴봤으니, 이제부터 본래의 주제로 돌아가서 소설 '조세핀을 위하여'를 본격적으로 파헤쳐 봐야 한다. 제목만 보면 남녀 간의 사랑 이야기 같지만 속을 들여다보기 전이라 장담할 수는 없다.

(2)
소설은 프롤로그로 시작하는 일반적인 형식을 취하였다. 그 덕분에 독자들은 앞으로 펼쳐질 '조세핀을 위하여'의 세상을 어느 정도 짐작할 수가 있다. 프롤로그의 사전적 의미를 살펴봐도 프롤로그는 작품의 시작 부분에 위치하여 전체 이야기의 배경을 설명하거나 중요한 사건이나 인물을 소개하는 부분이다. 그런데 작가는 사건의 이런 윤곽뿐만 아니라 처음부터 아예 소설의 주제를 박아버렸다.

'접물'은 설명 그대로 모든 생명의 소중함을 말하고 있다. 풀 한 포기, 나무 한 그루라도 이유 없이 해쳐서는 안 된다고 했던 해월은 동학의 2대 교조 최시형이다. 그렇다면 이 소설의 내용은 남녀의 사랑보다 범위가 훨씬 넓은 인류애적 사랑일 가능성이 크다. 프롤로그의 화자로 나오는 동물 구호 활동가 김재영의 독백을 통해서도 짐작할 수 있다. 그녀라는 대명사의 여자는 시신 기증을 통해 해월의 사상을 실천했던 인물이다.

전시회의 내용까지 읽고 나면 우리가 접할 인류애적 사랑의 대상은 고양이라는 사실을 알 수 있다. 그래서 나는 너무 쉽게 주인공과 고양이의 애틋한 관계를 보여 주는 일반소설이라고 판단했다.

(3)

본문에 들어서면서 내 예상이 완전히 빗나가고 말았다. 〈소제목 1〉을 보는 순간, 어쩌면 일반소설이 아닐 수도 있다고 판단했다. 소제목에 '범죄'라는 단어가 정확하게 들어 있기 때문이었다. 그렇다면 추리소설이나 스릴러 같은 장르소설이란 말인가? 추리소설로 데뷔한 나라면 모르지만 소천하고는 전혀 맞지 않는 엉뚱한 조합이었다. 별도의 통계는 없더라도 보통의 시인들은 범죄에 대해선 읊지 않는다. 나의 궁금증을 더욱 가중시킨 이유였다.

〈소제목 1〉 '기괴한 범죄'에는 납치와 고문, 그리고 죽음

보다 두려운 협박까지, 범죄 소설이라면 재미를 돋구는 소재들이다. 더군다나 범인은 깡마른 여자라니 흥미를 끌기엔 충분하다. 궁금증이 점점 짙어지면서 얼른 〈소제목 2〉로 넘어간다.

앞의 내용이 사건의 발생이라면 〈소제목 2〉에서는 사건의 진행 과정을 구조적 방향성에 맞추어 충실히 써야 한다. '조세핀을 위해서'는 가장 보편적인 진행성을 선택했다. 범죄가 발생하고, 경찰이 개입하면서 피해자(이기혁)의 신분과 그가 과거에 저지른 범죄(동물보호법 위반)을 알게 된다. 이로써 독자들은 인류애적 사랑의 대상이던 고양이와 동물보호법 위반이라는 범죄 사이에서 사건을 유추할 수 있다.

〈소제목 3〉을 향하다 보면 독자들의 궁금증을 해결할 힌트가 나온다. 경찰의 사건 파일에서 프롤로그의 화자였던 김재영이 피해자로 되어 있다. 그가 돌보던 고양이 두 마리가 각각 상해와 사망사고로 범죄에 희생이 된 것이다. 조금 이른 감은 있지만 범인의 정체가 드러나려고 한다.

혹시 여러분도 범인의 정체를 짐작하고 있나요? 물론 아직 깡마른 여자가 등장하지는 않았지만 분명 김재영과 연관이 된 사건이란 걸 알 수 있다. 하지만 작가는 독자들의 기대를 다시 한번 무너뜨렸다. 사실 이런 식의 전개는 추리소설의 흐름 자체를 지루하게 만들 수 있다. 사건의 내용이 흐트러지면서 집중하지 못하기 때문이다.

〈소제목 4〉에서는 추리의 영역에서 벗어난 새로운 이야기가 전개된다. 사건과 연관된 고양이와 공간 '다사랑'이 나오긴 하지만 당분간은 여자주인공(민영주)을 위주로 이야기가 펼쳐진다. 추리소설의 애호가라면 벌써 눈치챘겠지만, 민영주가 사건에 연결된 계기를 설명하고 있다. 글이 뒤쪽으로 가면서 결국엔 다시 사건과 연결이 되겠지만 나처럼 성급한 사람들에겐 답답함을 가져다준다.

(4)

'조세핀을 위하여'는 시인의 첫 장편소설이라는 신선함으로 시작했다. 그러나 읽다 보니 추리적 요건이 잘 배치된 재미있는 소설이었다. 마치 오래된 소설가의 능숙한 작품 같았다. 글을 해설하면서 나도 쓰고 싶다는 욕구가 일어날 정도이다.

나머지 부분은 독자의 몫으로 남겨 놓으려 한다. 과연 소설의 끝은 어떻게 마무리될까? 시인의 용감한 변신에 다시 한번 박수를 보낸다. 모쪼록 이번을 계기로 양질의 소설을 자주 쓸 수 있기를 응원한다.

달빛 바다 장편소설
조세핀을 위하여.....

초판 인쇄 2025년 7월 5일
초판 발행 2025년 7월 12일

지은이 달빛바다
펴낸이 박재찬
펴낸곳 도서출판 바람.강
출판등록 2024년 1월 31일 제 2024-000001호
주소 충청남도 당진시 송악읍 틀모시로 709 101동 507호
전자우편 baramgang2024@naver.com
FAX 041 356 5258
H.P 010 8677 5258

ISBN 979-11-993388-0-7 03810

값 17,000원